그래봐야
인생,
　그래도 인생

그래봐야
인생,
그래도 인생

조광희 산문집

　지난 몇 년간 쓴 글들을 작년 여름 무렵에 잠깐 정리해본 적이 있었다. 그리고 나서는 달리 어떻게 할 방법이 없어 잊어버렸는데, 평론가이자 도서출판 강의 대표인 정홍수 선생님이 책으로 묶어보자는 말씀을 하셨다. 어줍은 글들을 모아보자는 제안에 감사할 따름이라 흔쾌히 받아들였다. 일간신문, 주간지, 월간지 그리고 계간지에 기고한 산문들을 모아보니 60편가량이 있었다. 본격적으로 매체에 기고를 시작한 것은 이명박 정부에서 민주주의가 본격적으로 퇴행하기 시작한 2008년 여름이었다. 그때부터 지난해 장미대선 직전까지 기고했으니 대체로 구 년 동안의 글이다.

　솔직히 말해서, 견고한 지적 기반이 있는 것도 아닌 내 글들을, 게다가 일관된 주제 의식으로 쓴 것도 아닌 산문들을, 굳이 모아서 출판하는 것이 온당한 일인지 확신이 없었다(그래서 사실은 혼자서 새로운 책을 쓰고 있던 중이기는 했다). 다만 정 선생님의 안목을 믿고 격려에 힘입어 용기를 내게 되었다. 기고한 매체들의 성격상 시류와 함께 흘러가는 글들이 많지만, 소심한 성격 덕인지 아주 틀린 의견을 개진한 것으로 뒤늦게라도 밝혀진 경우는 다행히 없었다.

행복한 제안을 해주신 정홍수 선생님과 발문을 써주신 강금실 변호사님, 그리고 편집에 애써주신 이진선 님께 깊이 감사드린다. 글들을 다시 살펴보면서 지나간 시절에 내가 마음을 깊이 쏟았던 것들이 무엇이었는지 뚜렷이 자각하게 되었다. 첫째 살아간다는 것, 둘째 민주주의, 셋째 영화였다. 그것을 뒤늦게나마 알게 된 것도 수확이라면 수확이다. 앞으로 내 마음의 비중이 어찌될지는 나도 모르는 일이다.

2018년 4월
조광희

| 차례 |

3부 한국은 내전 중

4부 그래봐야 영화, 그래도 영화

당신의 인생은
정말 괜찮았나요?

시골에서 희망을 발견할 수 없었던 부모님은 나보다 세 살 위인 형님을 낳고 나서 서울로 이사했다. 어머님이 나를 가지셨던 여름에 부모님은 모래내 하천 몇 미터 옆에서 어렵게 사셨고, 물난리가 나서 집이 물에 잠기자 근처로 잠시 몸을 피했다. 물이 빠지자 집으로 돌아와서 나를 낳으셨다는데 미역국을 드셨는지는 모르겠다. 내가 자랄 적엔 그렇지 않았는데, 더 이상 개천에서 용이 나지 않는 시대가 되었다고 한다. 물론 나는 용이 되지 못했고, 장차 될 가능성도 없다. 하지만 모래내를 개천이라고 할 수 있다면 내가 만난 사람 중에 나보다 더 개천 가까이에서 태어난 사람은 없었다. 주로 서울의 서쪽 지역에서 몇 차례 이사하면서 소년 시절을 보냈는데, 서울이라는 도시를 사랑한 적은 없었다. 그 시절에 누가 그럴 수 있었겠는가. 지저분한 거리, 무질서한 건물들, 매연, 만원버스 따위를 사랑할 수는 없었다. 소년 시절에 마음이 답답하거나 무언가를 생각하고 싶을 때 좁고 분주한 집을 벗어날 수 있는 방법은 많지 않았다. 한 가지는 무작정 몇 시간이고 걷는 것이었다. 몇 번이고 상암동에서 수색을 거쳐 증산동 근처까지 걸어갔다 왔다. 초저녁마다 집에서 난지도 부근의 논이 있는 마을까지 걸어갔다 오는 것이 일과인 적도 있었는데, 반딧불이들이 신비롭게 흘러다니는 모습은 그나마 내 마음을 위로해주었다. 또 한 가지는 근처의 매봉산에 오르는 것이었다. 돌이켜보면 작은 야산에 불과하지만 어린 마음에는 산이 너무 깊어 무섭다는 기분이 들 때도 있었다. 매봉산은 도시 아이인 내가 시골 아이처럼 지낼 수 있었던 유일한 장소였다. 마음을 달래는 다른 한 가지 방법은 상암동이 종점이었던 5번 버스를 타고 반대편 종점인 정릉까지 다녀오는 것이었다. 그 버스에서 무엇을 생각하고, 무엇을 보았는지는 거의 기억나지 않는다. 버스가 도심을 지날 때 보았던 높다란 빌딩의 오렌지색 불빛들, 우연히 옆자리에 앉은 아가씨의 하체가 내 하체에 지나치게 맞닿아 있을 때의 당황스러움이 생생할 뿐. 그 소년이 두어 시간 동안 목적지도 없이 아무 하는 일도 없이 버스에 앉아 있었을 때 얼마나 쓸쓸했을까는 충분히 짐작된다. 나는 그렇게 어른이 되었고 전형적인 도시 남자가 되었다. 그사이에 아버님은 도시빈민에서 성공한 사업가가 되었다. 부르주아가 되면서 고향에서 칭송이 자자하던 그는 번창하기만 하던 사업이 부도 위기에 몰리자 재산을 정리하고 은퇴했다. 그 후로는 아침마다 자전거를 타고 그 무렵 살던 아파트 단지를 돌았다.

눈을 뜬다. 아침이다. 침대에서 기어 내려와 비틀거리며 거실에 나가 보면 아내는 없다. 다음달에 있을 전시 준비에 바쁜 아내가 잠이 덜 깬 내게 '저 가요'라고 말했던 희미한 기억이 있다. 나는 강아지 모모에게 아침밥을 주고, 신문을 훑어본 후 집을 나선다. 언제나처럼 사무실 근처 커피숍에 들러 카페모카를 마시며 담배 두 대를 피고 나면 비로소 사무실에 들어갈 힘이 생긴다. 컴퓨터를 켠다. 새로 온 이메일들을 읽고, 지우고, 답한다. 사무실 전화와 핸드폰이 수시로 울리기 시작한다. 어느새 점심. 어쩐지 오늘은 혼자 식사를 하고 싶다. 나는 강남 삼성타운 옆을 지나 도로를 건넌다. 야외 파라솔 아래에서 햇살을 받으며 햄버거를 먹는다. 거리를 오가는 사람들을 보다가 지루하면 핸드폰으로 트위터를 살펴본다. 다들 열심히 살고 있다. 과연 그런가. 사무실에 돌아와 회의에 참석하고, 이런저런 문서를 작성한다. 불쑥 나타난 의뢰인과 차를 마시며 상의를 하다 보면 어느덧 저녁이다. 일을 마치고 동료들과 두서없는 이야기를 나누며 맥주 한두 잔을 들이켠다. 집으로 돌아가는 택시는 표정 없이 달린다. 집에 도착한 나는 모모의 배설물을 치우고 저녁밥을 준다. 아내는 아직도 일하고 있나 보다. 세수를 하고 나서 언제나처럼 피아노곡을 틀어놓고 눕는다. 오늘은 꿈도 없는 잠을 잘 것 같다. 그러나 잠이 오지 않는다. 나는 일어나서 멜라토닌을 한 알 삼키고 다시 눕는다. 여기는 어디인가. 평생 살아온 서울인 것은 분명한데도 '여기는 어딜까'라는 생각이 머릿속을 떠나지 않는다. 차츰 의식이 어두워진다. 눈을 뜬다. 아침이다. 침대에서 기어 내려와 비틀거리며 거실에 나가 보면 아내는 없다. 다음달에 있을 전시 준비에 바쁜 아내가 잠이 덜 깬 내게 '저 가요'라고 말했던 희미한 기억이 있다.

강아지 모모에게 아침밥을 주고 신문을 훑어보던 나는 오늘은 토요일이라는 것을 깨닫는다. 밀린 일이 없으니 오늘은 쉬어도 된다. 다시 침대에 누운 나는 생각한다. 오늘은 다른 날과 달라야 해. 그런데 어떻게. 도대체 어떻게. 이 도시에서 어떤 날이 다른 어떤 날과 어떻게 달라질 수 있지. 나는 오늘은 자전거를 타고, 영화를 보고, 저녁에는 친구들과 술을 마시기로 작정한다.

일어나 세수를 한다. 헬멧을 쓰고, 장갑을 낀다. 바퀴에 바람을 채우고 집을 나서면 바로 내리막길이다. 신호를 기다리다 도로를 건너 십분간 달리면 한강이다. 나는 오늘은 잠수대교를 건너 강북의 자전거길을 따라 팔당까지 가보기로 한다. 한남대교를 지나고 동호대교를 지난다. 다시 성수대교를 지나 잠실로 달린다. 나는 무언가 마음에 쓰라린 것이 있어 쉬지 않고 페달을 점점 빠르게 밟는다. 나를 따라오는 유령을 떨쳐버리려는 것처럼 속도를 높인다. 상념에 잠긴 채 달리다 정신을 차리면 구리 시민공원이다. 달려온 뒤편으로 워커힐 호텔이 보인다. 자전거에서 내려 벤치에 앉는다. 물을 마시고 담배를 피우는데 한강은 고요하다. 벤치에 누워본다. 구름 몇 송이가 떠다니는 하늘을 바라본다. 열네 살의 오월에도 매봉산 중턱에 누워 하늘을 바라보고 있었다. 누워서 맑은 하늘을 주의 깊게 바라본 적이 있는 사람은 안다. 제 눈의 표면에 있는 작고 불규칙한 무늬들이 하늘에 비친다는 것을. 나는 열네 살의 그날처럼 하늘보다도 그 무늬들을 유심히 보려고 하지만 그 무늬들은 내가 바라보려 할 때마다 시야의 바깥으로 조금씩 밀려나 사라지곤 한다. 그 무늬들은 바라보지 않으려 해야 오히려 볼 수 있다. 나는 매봉산의 아카시아 향기를 다시 느낀다. 그 향기는 삼십 년의 세월을 건너 삶과 세상의 비밀을 어설프게나마 알아버린 사내의 혈관에 모르핀처럼 퍼져간다. 아카시아 향기는 속삭인다. 내가 너의 무익한 고통을 덜어줄게. 너는 잔인한 이 도시를 견딜 수 있어. 자신도 모르게 살짝 잠들었던 나는 서서히 깨어나면서 이제 열네 살이 아니라 마흔다섯 살이고, 다행히 살아남았지만 언제나 백척간두에 서 있다는 생각에 몸서리친다. 나는 다시 햇살을 받으며 달린다. 강의 상류로 갈수록 자전거를 달리는 사람들이 줄어들고 나는 점점 지쳐간다. 팔당에 도착한 나는 강변의 음식점에 들어가 헬멧을 벗고 점심을 먹는다. 자전거를 끌고 팔당 전철역에 들어선다. 전철을 기다리면서 벽에 붙어 있는 커다란 지도를 유심히 살펴본다. 내가 그동안 이 지도의 어디에서 어디로 움직이며 살아왔는가를 떠올려보다가 서울로 돌아가는 전철을 탄다. 열차의 맨 뒤 칸으로 가서 자전거를 세워놓고 자리에 앉는다. 열차는 청량리와 옥수를 지나 서빙고역에 도착한다. 나는 다시 자전거를 끌고 전철역 바깥으로 나가 이촌동 아파트 단지를 거쳐 한강으로 달린다. 잠수대교를 건너 집으로 돌아온다. 여전히 아내는 없다. 나는 몸을 씻고 가방을 챙겨 집을 나선다.

이화여대 안의 영화관은 우리 강아지 이름과 같다. 강아지를 키우기로 결정하고 동물병원에서 갓 태어난 녀석을 데려왔을 때 무슨 생각에서인지 딸은 이름을 '모모'라고 하자고 했다. 지금은 다른 나라에 있는 딸이 당시에 미카엘 엔데의 소설 『모모』를 읽었기 때문이리라. 아니면 일본 애니메이션을 즐겨 볼 때라 '복숭아'라는 뜻을 가진 일본말 '모모'를 생각했을 수도 있다. 햇살이 눈부신 날 이 영화관이 있는 기묘한 건물로 다가갈 때면 늘 현기증을 느낀다. 마치 계곡을 걸어 들어가 계곡의 한쪽 면을 여는 느낌이다. 나는 이화여대 부속중학교를 다닌 덕분에 이 여대를 중학교 때부터 출입했다. 매주 월요일이면 이 학교 대강당에서 예배가 있었고, 졸업식이나 중요한 행사도 이 학교에서 열렸으며, 이 학교의 수영장을 다녔다. 박정희가 죽고 전두환이 집권하던 80년의 혼란스런 시기에 중학생들은 영문도 모르는 채 최루탄을 피해 이 캠퍼스를 가로질러 집에 가곤 했다. 나는 계곡으로 걸어 들어가며 최루탄의 냄새를 맡는다. 그리고 이 학교를 다니던 대학생 현미를 생각한다. 이상하게도 '322'로 시작되는 그녀의 집 전화번호는 이십 년의 세월이 지나도 잊히지 않는다. 그녀도 이 도시의 어딘가에서 살고 있으련만 헤어지고 나서는 단 한 번도 마주치지 않았다. 나는 현미 생각을 지우고 영화관으로 들어간다. 몇 년 전에 보았던 이안 감독의 영화를 다시 본다. 나는 두번째인지라 남녀 주인공의 정사 장면을 냉정하게 관찰할 수 있다. '그렇구나. 저렇게도 가능하구나'라고 감탄하는 사이에 어느덧 여주인공은 체포되어 채석장에 끌려와 있다. 여주인공과 그녀의 어설픈 동지들이 채석장의 시커멓고 거대한 구덩이가 내려다보이는 자리에 무릎을 꿇고 앉아 총살을 기다리는 장면을 나는 견딜 수 없다. 도대체 어떤 열정이, 어떤 어리석음이 그들을 그러한 운명으로 인도했는가. 그들의 운명은 "유혹한 다음 무덤 속에 내팽개치는 세상"이라는 산도르 마라이의 표현 그대로다. 물론 그들은 감언이설을 일삼는 세상에 유혹당한 것이 아니라 도도한 역사에 유혹당했지만 나는 그들의 운명이 가여워 눈을 감는다. 나는 에로틱한 기분이 아니라 처참한 기분이 되어 영화관을 나선다. 이 도시는 그들이 살았던 1940년대의 상하이에 비하면 안전하다. 이장욱의 시가 생각난다. "저기 저, 안전해진 자들의 표정을 봐." 그것이 다행일까 불행일까 생각하는 사이에 교정은 어두워져 있다.

전철을 타고 인사동 초입의 '푸른 별 주막'에 들어간다. 아직 일행들이 오지 않았다. 나는 막걸리 반 주전자와 두부를 시켜 먼저 마시기 시작한다. 저쪽 자리에는 이미 불콰해진 취객들이 이야기를 나누고 있는데, 가만히 보면 아는 사람들이다. 나는 자리에서 일어나 뻔한 인사말을 주고받은 뒤 자리로 돌아온다. 잠시 후 일본인 남녀 관광객들이 몰려와 옆자리에 앉는다. 이 소박한 주막이 어딘가에 소개되었는지 요사이 외국 관광객들이 자주 보인다. 그들은 막걸리를 먹으며 사진을 찍고 소란을 떨다가 내게 "사요나라"라고 말하고 사라진다. 영화 제작자인 선배가 오고, 최근에 알게 된 방송인 친구가 뒤이어 온다. 선배는 언제나 '카스' 병맥주와 멸치 안주만을 고집하고 방송인 친구는 술을 거의 마시지 않는다. 우리는 잔을 부딪치며 최근에 본 영화를 앞다투어 평하고, 정부의 어이없는 정책에 대하여 성토한다. 아이폰과 트위터를 예찬하고 철학과 불교를 욕보일 때쯤이면, 다른 손님들이 모두 사라지고 이미자의 노래가 흘러나온다. 내가 젊은 시절 좋아했던 노래들도 흘러간 노래가 된 마당에 이건 두 번 흘러간 내 아버지 세대의 노래다. 노래방에 가면 랩을 부른다는 딸에게는 민요처럼 들릴 것이다. 여간해서 노래를 부르는 법이 없던 아버님의 노래를 두어 번 정도 들은 적이 있다. "오늘도 걷는다마는 정처 없는 이 발길"로 시작하는 「나그네 설움」이라는 노래였다. 나는 제법 나이가 들고서야 그것이 고향을 떠나 도시로 나온 그의 심정을 그대로 읊은 것임을 깨달았다. 나는 한때 그의 심정을 생각하며 그 노래를 불러보려 했지만 잘되지 않았다. 그는 고향을 등진 나그네였지만 나는 처음부터 그저 '아스팔트의 소년'으로 살아왔기 때문이리라. 막걸리 주전자가 몇 번 비워지고, 맥주병 몇 개가 쌓일 때쯤 선배는 언제나처럼 직접 노래를 부르기 시작한다. 수백 번을 들었지만 제목도 모르는 "널 잊지 못해 견딜 수 없어"로 시작되는 그의 노래가 주막의 적막한 공간을 채운다. 노래는 끊어질 듯 끊어질 듯 이어지고 나는 어느 영화의 제목처럼 '달콤살벌한' 이 도시에서 살아간다는 것이 못내 애잔하다. 자리를 마치고 인사동 거리로 나와 택시를 잡으려는데, 술을 마시지 않은 친구가 친절하게도 차로 집에 데려다준단다. 차가 도심을 통과할 때 나는 5번 버스를 타고 보았던 오렌지색 불빛들을 다시 본다. 미래의 불안에 사로잡힌 소년의 동공에 비추어진 불빛이 술에 취하고 세상에 취한 중년의 눈에 비추어진 불빛과 같을 리 없건만, 나는 말없이 버스에 앉아 있던 그 소년에 대한 생각을 떨치지 못한다. 초점을 바꾸어 차창의 유리를 보면 세상에 닳아버린 사내가 반사되고 있다. 차는 낮에 자전거를 타고 건넜던 잠수대교를 다시 건넌다. 나는 차에서 내려 친구에게 인사를 하고 터벅터벅 골목길을 걸어 집에 들어온다. 아내는 이미 잠들어 있다.

나는 취기에도 불구하고 잠이 오지 않을 것 같아 서재로 간다. 스탠드를 켜고 책상에 앉는다. 서재가 탐이 나서 이 집을 빌렸건만 정작 여기서 지내는 시간은 별로 없었다. 어느새 가랑비가 내리고 있다. 나는 이 순간과 비슷한 순간이 있었다는 것을 기억해낸다. 십 년 전 아버님이 돌아가신 지 얼마 안 되어서였다. 새벽에 잠이 깬 나는 거실에 앉아 있었고, 그때도 비가 내렸다. 나는 거실에서 빗소리를 들으며 가난을 피해 도시로 나온 그의 삶과 임종을 생각하고 있었다. 십 년이 흘렀다. 나는 지금의 빗소리를 들으며 다시 생각해본다. 아버님은 갑작스럽게 발병을 하여 몇 달간 투병을 하다가 신촌 세브란스병원에서 돌아가셨다. 갑작스런 죽음을 앞두고서도 이상하리만큼 평온을 유지하던 그는 환자복을 입은 채 침대에 앉아서 내게 말했다. "이렇게 갑자기 가게 돼서 좀 아쉽지만 내 인생은 괜찮았어." 무엇이 그리도 괜찮았을까.

고향을 떠나 도시에서 이루고 싶었던 것을 이루었다고 생각한 것일까. 가난을 면하고 아이들에게 좀더 나은 삶을 주려고 했던 것을 해냈다고 믿었던 것일까. 그의 맥박을 나타내는 그래프가 불안정하게 요동을 치다가 점차 잦아들던 순간에는 오전의 산만한 햇볕이 병실의 커튼 사이로 비쳐 들고 있었다. 그래프가 수평을 그리면서 그의 심장은 멎었다. 아니 그의 심장이 멎으면서 그래프가 수평을 그렸겠지. 어머님은 아무 말 없이 그의 옷가지를 영화 속의 슬로모션처럼 아주 천천히 정돈하고 그의 몸을 하얀 시트로 덮어주었다. 나는 어머님의 침묵에 쌓인 움직임을 보면서 멍하니 옆에 서 있었다.

"내 인생은 괜찮았어."

그의 말이 내 귀를 맴돈다. 돈을 벌기 위해 그렇게 발버둥치며 수십 년을 휴일도 없이 일한 세월이 뭐가 그리 괜찮았을까. 어렸을 적 방학이면 내려가던 할아버지의 집이 떠오른다. 집 앞으로 흐르던 개울에는 소금쟁이가 떠다녔고, 마당의 높다란 감나무에 감이 열리면 여느 도시 처녀 못지않은 멋쟁이였던 고모는 장대로 감을 땄다. 아침이면 나무를 태우는 냄새가 코를 찔렀으며, 연못에서는 가물치가 헤엄쳤다. 아버님이 그곳을 떠나야겠다고 결심할 때 나는 세상에 없었지만, 그가 그렇게 결심한 결과 나는 그 개울보다 큰 개천 옆에서 태어나 서울내기가 되었고, 그는 생을 마감하고서야 선산에 묻힘으로써 고향으로 돌아갔다.

가랑비는 좀처럼 그치지 않는다. 나는 빗소리를 들으며 아버님이 내게 준 도시의 삶에 대하여 생각한다. 광속으로 움직이는 도시의 메트

로놈. 이글거리는 욕망들이 치열한 싸움을 벌이는 순간들. 쉬기 위해 숨어들어가는 찻집, 술집, 노래방 따위가 주는 공허한 만족. 그가 그것들의 실상을 알았더라면 과연 내게 그러한 삶을 주고 싶었을까. 알 수 없는 일이다. 다만 그는 주어진 조건에서 최선을 다했고, 나머지는 도시에 남은 아들의 몫이다. 아들이 풀어야 할 숙제는 무엇일까. 몇 년 전 집에 놀러 온 후배가 내게 물은 적이 있다. "서가의 책들 중에서 가장 마음에 남는 것은 어떤 책이죠?" 나는 니체라거나 라캉이라거나 파스칼이라거나 하는 거창한 사람들이 쓴 책들을 떠올렸지만 결국 『나의 라임 오렌지나무』라고 실토할 수밖에 없었다. 또는 우리 강아지와 같은 이름을 가진 주인공 소년이 이야기의 마지막에 '사랑해야만 한다'라고 말하는 『자기 앞의 생』이다. 생각해보면, 내가 진심으로 좋아한 영화는 「빌리 엘리어트」, 「정복자 펠레」, 「허공에의 질주」이며, 하나같이 외로운 소년의 이야기다. 비는 여전히 내린다. 나는 술에 취한 이 새벽에 서재에서 비로소 깨닫는다. 오르고 싶었던 그 모든 절벽, 얻고 싶었던 그 모든 지혜, 버리고 싶었던 그 모든 욕망, 낙오하지 않으려는 그 모든 몸짓은 '혼자 버스를 타고 이 종점에서 저 종점까지 다녀오는 것을 낙으로 삼아야 했던 어느 소년'의 것이었다는 것을. 번듯한 직업을 가지게 되고, 무언가 이룬 듯 행세를 하고, 짐짓 거만하게 철학과 정치를 논하고 있는 이 속된 자의 가슴 한편에는 땅에서 뿌리 뽑힌 채 돌아갈 고향을 가지지 못한 아스팔트의 소년이 있다는 것을. 그 소년은 내 안에 유폐된 채 끊임없이 독백을 한다. '이 사막 같은 도시에

서 어떻게 살아야 하나'

사람들은 번듯하게 살기 위해 도시에 몰려든다. 켜켜이 쌓인 그들의 욕망은 도시라는 거대한 성채를 만들었다. 그러나 우리는 도시의 주인이라기보다는 '도시의 내장을 기어다니는 벌레'일지도 모른다. 도시는 우리에게 더 나은 삶을 약속했지만, 경쟁에서 진 사람들은 하수구에 던져지고, 이긴 자들은 채워지지 않는 공허함에 시달린다. 이것이 바로 우리가 원하던 삶이라고 단언할 수 있는 사람은 아무도 없지만, 어느 누구도 그것을 바로잡을 힘을 가지고 있지 않다. 적응하거나 낙오하거나 도망하는 것만이 허용되어 있다. 모르겠다. 괜찮다던 그의 삶보다 내 삶이 더 괜찮은지. 언젠가 세브란스병원에서, 성모병원에서 아니면 그 어떤 요양원에서 내 삶을 마감할 때, 개울도 아니고 개천도 아니고 병원에서 태어난 딸에게 "내 인생은 괜찮았어"라고 나도 말할 수 있을까. 아니 그렇게 말했던 아버님은 진심이었을까. 아버님이 시골을 떠난 것과 같은 결단이 도시에서 태어나서 그 가공할 속도에 적응하기 위해 안간힘을 다해온 나에게도 필요할지 모른다. 그런데 아버님의 결단이 고향을 떠나는 것이었다면 나의 결단은 세상 어딘가에서 고향을 찾아내는 것일까.

마침내 비가 멎었다. 아내는 여전히 잠들어 있고, 모모는 내가 서재에서 나오기만을 기다리고 있다. 나는 지구 반대편에 있는 딸이 그리워 전화를 하려다 딸이 의아하게 생각할까 봐 그만둔다. 대신 나는 고향에 묻힌 아버님에게 전화한다. "당신의 인생은 정말 괜찮았나요? 이젠 솔직히 말해주세요. 제 인생도 괜찮을까요? 아니, 괜찮아질 수 있을까요?" 나는 서재에서 나와 내 안의 소년에게 멜라토닌 한 알을 준다. 눈을 뜨면 문득 아침이다.

1부

잠들기
전에

142번 버스의 추억

이사한 동네에는 세 개의 버스 노선이 있다. 둘은 한강을 건너 강남의 일터로 이어진다. 다른 하나는 142번 버스다. 기억이 맞다면, 초등학교 1학년부터 몇 년간 등하교 때 타던 버스가 142번이었다. 노선은 현재와 다르다.

나는 10월 유신이 있던 1972년 연희동의 초등학교에 입학했는데, 그 직후 부모님은 당시 서울의 가장 변두리인 상암동으로 이사했다. 시골과 다름없던 그곳에서 삼십 년 후 월드컵이 열리리라고는 상상할 수 없었다. 아버님은 좀더 나은 학교에 보내겠다는 생각으로, 형제를 상암동이 아닌 신촌의 초등학교로 전학시켰다. 돌이켜보면 신촌에 사는 친구분의 주소로 위장전입시킨 것 같다(주민등록법위반).

아버님의 무용담에 따르면, 동사무소 직원을 육천 원으로 구워삶아 나를 나이보다 일찍 입학시켰다(뇌물공여). 나는 발육도 늦어서 반에서 가장 작은 편이었는데, 건강기록부에는 '신장 100센티미터'라고 기록되었다. 나는 걸을 때 손에 쥔 책가방이 자주 땅에 끌렸다. 신촌의 초등학교로 전학시킬 때 아버님을 만난 담임선생님은 "유치원에 보냈어야지, 무슨 생각으로 학교에 보냈느냐"고 꾸짖었다.

당시 상암동에는 버스가 없었다. 나는 삼십 분을 걸어 가좌동의 큰 도로까지 갔다. 그곳에서 142번을 타고 모래내, 연희동을 거쳐 연대앞에서 내렸다. 몇 년 후 상암동에 5번 버스가 다닐 때까지 그렇게 다녔는데, 142번을 생각하면 두 기억이 떠오른다. 한번은 이사한 직후인 1학년 초였다. 등교하는데, 그날도 엄청난 만원 버스였다. 나는 어른들 허리춤에서 숨도 못 쉬던 형편이라 사람들을 헤치고 내리지 못했다. 어디에 내려야 하는지는 배웠으나 못 내리면 어떻게 해야 할지는 배우지 못한 터라, 버스가 정류장을 지나치자 눈앞이 캄캄했다. 나는 다음 정류장에 내려 학교를 찾아갈 자신이 없어서, 종점에서 버스가 돌아오리라는 생각으로 계속 타고 갔다. 어린 마음에 가도 가도 끝이 없었다. 나는 상도동까지 갔다가 바로 집으로 돌아왔다. 다음날 선생님이 "왜 결석했느냐"고 물었는데, 어떻게 설명할지 몰랐던 나는 "아주 멀리 갔었다"고만 했다.

또 한번은 정류장까지 걸어가는 길에 문제가 생겼다. 집에서 이십여 분 걸어가 개천을 건너야 했는데, 나는 무슨 생각에서인지 잠시 멈춰 개천에 힘껏 돌을 던졌다. 이때 손에 함께 쥐고 있던 십 원 동전이 같이 개천으로 날아갔다. 늘 왕복 버스비 이십 원만 받아 등교하던 나는 혼비백산했다. 지금 생각하면, 부모님은 왜 여분의 돈을 주지 않고 학교에 보냈는지 모르겠다(아동학대). 나는 학교에서 빌리자는 생각을 못하고 집으로 돌아갔다. 그날은 늦었지만 등교를 했다.

아버님의 사업이 잘되면서 십 년 후 상암동을 떠났다. 지금 상암동은 미래도시 같다. 나는 상암동의 방송국, 영화사, 영상자료원에 가면 살던 집, 뛰놀던 골목, 외로울 때 올랐던 야산을 알아보려 두리번거린다. 하지만, 완전히 재창조된 공간에서 아무 흔적도 찾지 못했다. 십 원을 삼킨 개천만 가까스로 알아보았다. 잠 못 이루는 밤이면 가끔, '동전은 지금 어디 있을까' 생각해본다. 토요일에는 영상자료원에서 오래된 영화를 보아야겠다. 그리고 봄볕이 내리쬐는 파라솔에서 얼음 커피를 마셔야겠다. 2016

삼십 년 후

아들이 법률가가 되기를 원했던 아버지가 "정 그렇다면 원하는 대로
해라"라고 말하며 뜻을 꺾자, 아들은 법과대학에 못 가겠다고 한 것이
막연한 반항임을 바로 깨달았다. 그래서 "아니, 가겠습니다"라고 말했
다. 돌이켜보면, 소박한 부모님은 공부 외에 방법이 없어 보이는 자식
이 거친 세상에서 안전하게 살아가기를 바랐던 것이지, 대단한 출세를
소망하지 않았다. 몇 년 후 사법연수원을 마칠 무렵 바로 변호사로 나
서겠다고 선언했을 때에도 많은 친구들이 겪었던 가족의 반대나 실망
은 전혀 없었다.

그렇게 입학한 삼십 년 전 법과대학의 분위기는 생각보다 이상하지
않았다. 집안의 기대를 한몸에 받고 온 학생, 미달이었던 그해에 배짱
지원으로 합격한 학생, 대단한 노력 없이도 여러 시험을 유유히 통과
하는 기이한 수재, 인문대나 예술대에 갔어야 할 낭만파, 철학에 심취

한 괴짜가 고루 있었다. 정치 상황이 심각했던 만큼 사회파 학생도 적지 않았다. 하지만 주류는 대학 졸업 전에 사법시험에 합격한다는 목표를 세우고 매진하는 학생들이었다. 최근 어느 동창에게서 듣자 하니, 그중 한 학생은 "반드시 부잣집 딸과 결혼하겠다"고 공언했다 한다. 삼류드라마에 나올 이야기라 씁쓸히 웃었지만, 내가 순진했는지도 모른다. 주례를 부탁하러 찾아간 존경하는 교수님마저도 장인될 분이 경찰이라는 말을 듣자, "어디 경찰청장이냐?"고 묻는 바람에 파출소장의 딸을 당황하게 하던 어수선한 시절이었다. 늦됐던 나는 주류와 사회파와 낭만파들 사이에서 겉돌았다.

삼십 년이 흘렀다. 청와대에서 일하다 궁지에 몰린 검사 출신 동창생의 기사가 연일 신문에 오르내린다. 친분이 없어 겪은 바 없지만, 동창들에게는 열렬히 세속적 가치를 추구하는 인물로 알려져 있다. 아마도 지나침이 화를 일으킨 모양이다. 그러고 보니 검사를 지망한 친구들 중 속된 말로 잘나가는 친구들은 이제 검찰을 비롯한 정부의 요직을 차지하고 있다. 철이 덜 든 나는 여전히 주류와 사회파와 낭만파를 오가며 살고 있다.

돈과 권력으로 행복을 살 수 없다는 복음은 거짓이다. 가끔 불행을 초대하지만, 대개 불행을 막아준다. 행복 자체를 주지는 못하나 행복으로 가는 길에 레드카펫을 깔아줄 수 있다. 주류적 삶의 뻔함과 지루함을 비웃기는 쉽지만, 그들도 그것을 차지하기 위해 많은 것을 포기하고 눈물겨운 노력을 한다. 그런데 돈과 권력은 불과 같아서 따뜻하지만 한순간 모든 것을 잿더미로 만들기도 한다. 돈과 권력의 무상함을 깨닫고 그것을 거부하며 살아가는 현자들을 살면서 여럿 만났다. 하지만 나를 비롯한 많은 이는 자신도 추구하고 싶었지만 치러야 할 대가와 체면의 손상 그리고 그것이 불러올 화에 대한 두려움으로 슬쩍 비껴간 것이 아닐까.

대학을 입학한 지 삼십 년이 지나 경력의 정점에 들어선 우리 세대 또한 이제 얼마 지나지 않아 슬슬 퇴장을 준비해야 한다. 각자 무엇을 택했든 얼마나 지닐 만했든 마침내 모두 손을 털고 떠나야 한다. 사는 동안 어떤 크고 작은 숫자를 이루었건 마지막에는 0을 곱해야 한다. 삶과 달리 죽음은 공평하다. 젊어서는 인생이 결국 무로 돌아간다는 것이 괴로웠는데, 이제는 이상하게도 그것이 위안이 된다. 퍽 위안이 된다.

○2016

무정형의 세계와
지연된 행복

오랜만에 이사를 하게 되었다. 서가를 정리하다 이십 년 전에 구입한
『삐딱하게 보기』라는 책을 펼쳐본다. '자본주의에 가장 비판적이면서
동시에 자본주의 세계에서 가장 인기 있는 철학자'라는 모순된 명성을
가진 슬라보예 지젝, 그가 한국에 처음 소개될 무렵의 책이다. 지젝은
소설이나 영화 또는 농담 따위에서 그럴듯한 예를 끌어오는 재주가 있
는데, 이 책에 인용된 여러 이야기 중 두 가지는 지금도 잊히지 않는다.

하나는 로버트 하인라인이 쓴 『조나단 호그의 불쾌한 직업』이라는
과학소설의 마지막 부분이다. 이 소설에서 우리의 우주는 존재하는 우
주들 가운데 하나에 불과하며, 우주들을 창조하는 우주의 예술가들과
그렇게 창조된 우주에 파견된 예술비평가가 등장한다. 주인공 부부는
파견된 예술비평가를 마지막으로 만난 후 차를 타고 뉴욕으로 돌아가
는데, 이때 그에게서 절대로 차창을 내려서는 안 된다는 경고를 받는

다. 그러나 교통사고를 목격한 부부는 경고를 어기고 차창을 내린다. 그들은 열린 차창 바깥으로, 모든 것이 사라지고 회색빛 무정형의 안개만이 흐르는 풍경을 보며 겁에 질린다.

다른 하나는 로버트 쉬클리의 단편 「세계들의 상점」이다. 주인공은 폐허 같은 오두막에 사는 어느 노인을 찾아간다. 노인은 특수한 약을 써서 모든 욕망을 충족시키는 다른 차원의 세계를 경험하게 해주는 것으로 알려져 있다. 주인공은 경험을 해볼까 망설이다가 일단 집으로 돌아와 가족들과 일상을 살아간다. 노인을 다시 방문하겠다고 늘 다짐하지만 하루하루 마주치는 일상을 영위하다 보니 어느덧 일 년이 흘러간다. 이때 주인공이 갑자기 깨어난다. 노인은 그에게 "만족하느냐?"고 묻고, 그는 매우 만족스럽다며 오두막을 빠져나온다. 이때 한 떼의 쥐들이 핵전쟁으로 황폐해져버린 오두막 바깥의 세상을 뒤덮는다.

초등학교에 입학했을 때, 칠판의 한 귀퉁이에는 늘 그날의 연월일이 적혀 있었다. 그러던 어느 날, 나는 2000년이 될 즈음에 몇 살이 되는가를 계산해보고 '그때까지 살 수 있을까' 가늠해보았다. 나는 그때를 훌쩍 넘어서 살아남았다. 올여름이 되면 정확히 오십 년을 살게 된다. 이제는 싯다르타의 가르침을 떠올리지 않더라도 자신이 보고 듣고 믿는 것의 허망함을 마음 한편에 늘 의식하게 된다. 내가 차창을 통하여 보는 것과 달리, 세계의 실상은 색채도 구조도 의미도 없는 무정형의 무엇일지도 모른다고 생각한다. 우리는 그러한 안개와 같은 세상에서 끊임없이 의미와 행복을 찾아 방황하는데, 그 방황의 와중에 영위하는 보잘것없어 보이는 일상이야말로 사실은 우리가 손에 쥘 수 있는 유일한 전리품이라는 것이 나날이 확실해진다.

새해다. 차 안에 앉아 창문을 굳게 올린 채, 언젠가 다가올 영롱한 순간을 고대하며 사는 시절은 영영 멀어졌다. 창문을 내려 무정형의 안개를 두려움 없이 바라보고, 안개를 바라보는 순간들을 온전히 느끼며, 이 세계를 마저 천천히 걸어가볼까 한다. ○2016

Wi-Fi 미니멀리즘

'단순함과 간결함을 추구하는 예술과 문화적인 흐름'이라 정의되는 미니멀리즘(minimalism)이라는 용어를 여러 번 들었지만 선뜻 와닿지 않았다. 그저 수많은 미술 사조 중의 하나라고 생각했다. 그런데, 몇 달 전부터 팔로우하는 'Minimalism'이라는 트위터 계정이 올리는 이미지들은 내 시선을 끌었다. 별다른 기교 없이 간결하게 포착한 하늘이나 바다의 풍경, 몇 가닥 직선으로 그려낸 그림들은 차가우면서도 미묘한 안정감을 내게 주었다. 애써 노력한 흔적마저 지워버린 순간에 도달한 그 안정감은 요사이 내가 절실히 원하던 바로 그 느낌이다.

예로부터 스토아주의나 불교와 같이 단순한 삶이 가지는 위대한 가치를 깨우쳐주는 교리들은 늘 있어왔는데, 나는 왜 갑자기 그런 가르침이 예사롭지 않게 느껴지는 것일까. 뒤늦게 철이 들어서일까. 아니, 인간은 그렇게 쉽게 바뀌지 않는다. 아니면, 시대의 징후일까. 시대의 징후를 추적하려면 서점에 가야 한다. 나는 교보문고에 가서 도서 검색용 컴퓨터를 두드린 끝에 『미니멀리스트』라는 책을 찾아냈다. 잘나가던 직장에 사표를 던진 후, 편안한 소파와 책 몇 권만을 남긴 채 물질적 요소를 최소화하고 살고 있다는 두 남자의 이야기다. 자세히 살펴보지는 않았지만, 무슨 이야기인지 알 것 같다. 예술이 아니라 삶 자체를 미니멀하게 하자는 이야기가 이 시대 사람들에게 호소력을 가지게 된 모양이다. 헨리 소로우, 간디, 이런 분들이 머리에 떠오른다. 델리에 있는 간디기념관에는 그의 유품을 전시한 방이 있다고 한다. 잘 알다시피 그의 유품은 고작해야 슬리퍼, 안경 따위이다. 그런데 나와 이 시대의 사람들을 유혹하는 미니멀리즘은 간디의 그것과 비슷한 것일까. 아니다. 그 둘은 마치 같은 것을 추구하는 것처럼 보이지만 그 실상은 매우 다르다. 내 보기에 이 시대의 미니멀리즘은 정보통신의 비약적인 발전과 노쇠한 자본주의가 우리에게 허용한 '겨우 그러나 별 불만 없이 살아가는 방식'이다.

오래전에 이런 우스갯소리가 있었다. 아이폰의 단점은 세탁기나 냉장고 기능이 없는 것이라고. 역설적으로 말해, 0과 1로 변환할 수 없는 세탁기, 냉장고, 가스레인지, 에어컨을 제외한 모든 것이 우리의 손바닥에 놓여 있다. 그래서 우리는 행복하지만, 이렇게 행복한 우리는 사실 겨우겨우 살아가고 있다. '쥐꼬리만큼 자비로운 자본주의'에서 은행 계좌는 월급이 스쳐가는 정류소에 지나지 않는다. 월급은 들어오기 무섭게 카드대금, 집세, 이자, 통신료의 명목으로 거인들의 손아귀로 넘어가고, 우리는 남은 몇 푼으로 그냥저냥 한 달을 살아간다. 그런데 이 빠듯한 삶이 의외로 견딜 만하다. 무한한 콘텐츠와 끊임없는 커뮤니케이션의 자유가 '데이터 무제한' 또는 '와이파이'의 이름으로 주어지기 때문이다. 우리는 강요된 미니멀한 삶을 견딜 수 있고, 심지어 스스로 원한다고까지 생각한다. Wi-Fi 미니멀리즘은 이렇게 우리 시대의 당당한 삶의 패턴이 된다. 그런데, 사실 우리는 자본주의 기계에게 생체에너지를 채취당하며 죽은듯이 누워 있는 것이 아닐까. 그렇게 누워 있는 우리의 목숨을 연명시키기 위해 가상현실이 Wi-Fi를 통해 끊임없이 뇌에 주어지고, 우리는 그 매트릭스를 현실이라 믿고 살아가는 것은 아닐까. ○2016

바벨의 도서관

아르헨티나 국립도서관장이기도 했던 소설가 보르헤스는 "천국이 있다면 도서관 같은 곳일 것"이라 말했다. 그의 단편 중에 「바벨의 도서관」이라는 작품이 있다. 그가 상상한 도서관은 육각형 모양의 헤아릴 수 없이 많은 진열실로 구성되고, 그곳에 비치된 책들은 모두 410쪽의 동일한 형태를 가지고 있다. 책의 글자들은 쉼표, 마침표, 여백을 포함한 알파벳으로 조합되어 있는데, 이 책들은 가능한 모든 알파벳의 조합을 망라하고 있다. 결국 세상에 존재했거나 존재하는 책은 물론이고 장차 존재할 수 있는 모든 책이 이 도서관에 있게 된다. 이 도서관이 소장하고 있는 책의 수는 아마 지금까지 알려진 우주의 모든 원자의 수효보다 많으리라. 이러한 보르헤스의 발상을 확장해보면, 세상의 모든 음악, 세상의 모든 미술, 세상의 모든 영화를 소장한 아카이브를 상상하지 못할 이유가 없다. 물론 그 엄청난 쓰레기 더미에서 쓸 만한 작품들을 어떻게 찾아낼 것인지는 전혀 다른 문제이지만.

이러한 가상의 도서관이나 아카이브에는 못 미치더라도 오늘날 우리는 키보드만 두드리면 거의 모든 지식과 문화에 접근할 수 있다. 영어를 해독할 수 있고 한자와 제2 외국어에 대해 어느 정도의 지식을 가진 한국인이라면, 그리고 네이버와 구글의 사전과 번역기를 효과적으로 활용한다면, 디지털로 변환될 수 있는 인류의 모든 유산과 연결된다. 잘 알다시피 이제 중요한 것은 당신이 '어느 정도의 호기심과 얼마나 여유로운 시간을 가지고 있느냐'일 뿐이다. 대학 시절까지 수동 타자기를 썼던 나는 모니터 앞에서 간혹 황홀경에 빠질 때가 있다. 알고 싶고 느끼고 싶은 모든 것이 존재하는 거대한 바다로 이어지는 통로가 내 앞에 놓여 있다는 사실은 나를 전율하게 한다. 한 개인이 이전에 살았던 어느 학자에게도 허락되지 않았던 방대한 지식에 즉시 접근하고, 어떤 제왕도 누리지 못했던 문화적 즐거움을 향유할 수 있게 된 이 시대는 진화의 다른 단계라고 할 만하다. 반려동물로 태어나 인간을 집사로 두는 것만은 못할지 모르겠지만, 21세기의 OECD 국가에서 사람으로 살고 있다는 것은 로또의 로또를 맞은 것이다. 그런데, 빅뱅이라고 할 정도로 지식과 즐거움의 가능성이 팽창했음에도 막상 우리의 삶은 여전히 견디기 어려운 무엇으로 남아 있다. 우리는 심지어 삶과 세상이 더 나빠지고 있다고 느낀다. 그것은 점점 뚜렷해지는 민주주의의 실패가 그러한 발전을 삼켜버릴 만큼 치명적이기 때문일까. 아니면 우리가 너무 주제넘기 때문일까. 또는 어차피 행복이란 그런 경로로는 도달할 수 없기 때문일까.

　세계의 모든 지식을 섭렵하고도 오히려 자기 환멸에 빠진 파우스트 박사는 메피스토펠레스와 수상한 거래를 시작하고, 시인 말라르메는 "아! 온갖 책 다 읽었건만, 육체는 슬프다"라고 탄식한다(원문에 충실한지는 모르겠으나, 나는 이 번역을 좋아한다). 우리는 파우스트도 말라르메도 아니다. 하지만, 과학기술 덕택에 우리는 최고 수준의 학문과 예술을 이루려는 뼈를 깎는 연마 없이도 무한한 바다에 접속해 있다. 그래서 이제 우리는 어떻게 해야 하는가. 파우스트처럼 환멸을 느끼고 말라르메처럼 탄식해야 하는 것일까. 아니면 그 무한한 천국의 바다에서 그냥 익사하면 되는 것일까. ○2016

산스크리스트어 수업

    주말에 조촐한 산행을 마치고 버스를 기다리고 있었다. 그때 벽보
가 눈에 띄었다. '산스크리트 금강경'이라는 강좌를 소개하는 벽보였
다. 부처님 말씀을 한글도 한자도 아닌 산스크리트어로 가르쳐준다는
말은 허영을 자극했다. 공부는 혼자 하는 거라는 지론을 접고 십여 년
만에 처음으로 강좌를 신청했다. 오래전에 읽었으나 한 줄도 기억나지
않는 금강경 해설서를 다시 읽었다. 산스크리트어 입문서도 구입해서
펼쳐보았다. 최근에 이런저런 언어의 문법책을 읽는 것이 취미 아닌
취미가 되었는데, 산스크리트어는 차원이 달랐다. 산스크리트어만이
아니라 인도의 주요 언어들을 표기하는 문자이기도 한 '데바나가리'를
보는 순간 현기증을 느꼈다. 이 복잡한 문자를 이 나이에 외우는 건 무
리다. 나는 목표를 낮춰 편안한 마음으로 강의를 듣기로 했다.

    강의 장소는 해방촌에 있는 비자본주의적 학문공동체의 강의실이었

다. 강의 첫날, 나는 퇴근 후 스마트폰이 안내하는 대로 집에서 십 분쯤 걸어간 후 버스를 탔다. 평생 서울에서 살았지만 처음 가보는 동네였다. 열다섯 남짓의 학생들이 자기소개를 했다. 진보정당 당원도 있었고 고대 언어 공부가 취미인 분도 있었다. 강의를 맡은 스님은 득도를 위해서가 아니라 평생 일 안 하고 공부하려고 뒤늦게 출가를 했노라고 소탈하게 말했다. 그날 나는 이상한 정열에 이끌려 열심히 강의를 들었다. 집에 처박혀 있거나 지인들과 인사동에서 막걸리 잔을 기울일 시간에, 낯선 공간에서 낯선 이들과 낯선 공부를 하고 있노라니 전혀 다른 종류의 공기를 들이마시는 느낌이었다. 강의가 끝나자, 나는 다시 버스를 탔다. 무언가 가슴에서 희미한 느낌이 일어난다. 그 느낌은 전에 하지 않던 시도를 하고 있다는 뿌듯함 같기도 했고, 이 나이에 부질없는 일을 하는 자신에 대한 쓸쓸한 비애 같기도 했다.

나는 집 근처 정류장에 내리려다 말고 두 정거장을 더 갔다. 밤에 배가 출출하면 간혹 들르는 멸치국수집에 들어가서, 약수동 사거리의 뒤숭숭한 야경을 바라보며 국수를 먹었다.

고등학교 국어 시간에 "少年易老學難成(소년은 쉽게 늙고 학문은 이루기 어렵다)"이라는 구절을 배웠을 때부터 나는 어쩐지 내가 학문을 이루지 못하리라는 예감을 했다. 자신의 게으름과 한정된 재주를 잘 알았거나, 정작 중요한 것은 '생동하는 인생 자체를 잘, 그리고 즐겁게 살아내는 것'이라는 생각을 그때부터 했기 때문인지 모르겠다. 무언가 이루기 위해서는 섬찟할 정도로 자신을 극한까지 밀어붙여야 한다는 것을 나도 어렴풋이 알았다. 하지만 나의 기질은 그런 극한에 자신을 던지는 것을 혐오했다. 두려워했다. 아니, 회피했다.

나는 예감한 바대로 학문을 이루지 못했고, 이리저리 작은 교양을 도모하는 것으로 만족하는 사람이 되었다. 그것이 그리 슬프지는 않다. 나는 고통과 위험을 무릅씀으로써 넘볼 수 없는 위대함이나 감탄할 만한 견고함에 도달하기보다는, 감당할 수 있는 경로를 따라 알뜰한 행복을 찾기로 스스로 선택했다. 이 삶은 그 결과일 뿐이다. 그러나 국수를 혼자 먹는 어느 날 밤에, '과연 내 길이 옳았을까' 하는 한 가닥 의문으로 마음이 어지러워지는 일이 전혀 없다고 한다면 새빨간 거짓말이리라. ○2016

잠들기 전에

언제인가부터 저녁 약속이나 일이 없어 바로 귀가한 날에는 무엇을 해야 할지 난감하다. TV에 흥미를 잃은 지는 오래되었다. 대개 컴퓨터에서 메일을 확인하고, 궁금한 사항을 서핑해보며, 트위터의 타임라인을 살펴본다. 그러고도 시간이 남으면 넷플릭스에서 영화를 보거나 책을 읽거나 산책을 한다. 그것마저 마치거나 심드렁하면 이제는 할 수 있는 것이 없다. 시쳇말로 그냥 멍때리고 있을 수는 없으므로 자연히 일찍 잠자리에 들게 된다. 창으로 스며드는 이웃의 불빛들을 느끼며 눈을 감는다. 피곤하지도 않은데 잠을 청했으니, 바로 잠에 빠져들 리가 없다.

그런 밤이면 우주의 빅뱅으로부터 시작하여 내가 지금 이 방에 누워 있는 시간까지 차례로 더듬어본다. 긴 시간의 연쇄 속에 내가 도무지 이해할 수 없는 무엇이 있는지를 헤아려본다. 빅뱅, 은하의 형성, 초신

성의 폭발, 지구와 생명의 탄생, 진화와 문명, 역사의 전개 그리고 지금 여기에 누워 있는 나. 눈부시게 발달한 학문과 책들은 나 같은 문외한에게조차 '이 우주만물이 도대체 왜 없지 않고 있는지' 외에는 모두 그럴듯한 설명을 제공한다. 나는 안심한다. 그것이 지루해지면 내가 저글링하고 있는 인생의 과제들에 문제가 없는지를 살펴본다. 건강, 경제, 변호사 업무, 영화 일, 교육, 공부, 삶의 의미. 그중에 특별한 위험신호가 없으면 나는 역시 안도하며 차츰 잠에 빠져든다.

어떤 밤에는 살아온 기억들을 더듬어본다. 그 기억들은 내 마음속에서 그리 크지도 작지도 않은 도시와 골짜기와 해안을 이루고 있다. 그 풍경들을 산책하듯이 천천히 걷거나 부드럽게 공중을 날기도 하며 살펴본다. 나는 현재의 지식과 경험과 깨달음에 비추어 풍경들을 음미한다. 그러다가 가끔 명백한 기억의 오류를 발견한다. 나중에 알게 된 사실에 의해 그 기억이 성립될 수 없음을 깨닫는 것이다. 왜 그런 잘못된 기억이 남게 되었는지 알아내기도 하고, 그것까지는 실패하기도 한다. 더러는 풍경의 의미가 바뀐다. 젊어서 외국을 여행할 때 길을 묻는 내게 외국인이 뜬금없이 화를 냈다고 기억하고 있었다. 나는 나중에 배운 외국어 지식에 의해 그가 내게 다급하게 했던 말이 화를 낸 것이 아니라 "잠시만 기다려요"라는 말이었음을 알게 된다. 그를 흘겨보며 떠나지 않았어야 했다. 누구의 잘못인지 모르겠다거나 상대의 잘못이라고 기억하는 중요한 순간들 중 몇 번은 내 잘못이었다. 잘못을 스스로 인정할 수 없었던 못난 내가 자기방어기제를 작동시키고 있었던 것이다. 미안하다, 그대들이여.

기억의 순례 중에 가장 난처한 것은 긴 시간 확신했던 신념들의 허구성을 발견할 때다. 믿고 의지했던 거대한 개념이나 서사가 그리 견고하지 않다는 것을 알았을 때, 나는 지난 인생의 태반을 부정해야 할 것 같은 위기감을 느낀다. 시대와 진보, 역사와 인간, 사랑과 정의 따위의 거창한 이야기와 결부된 신념이 흔들릴 때면, 살아온 인생도 휘청한다. 이제라도 깨달은 게 다행일까. 아니, 이 깨달음은 또 얼마나 세월을 견딜 수 있을까. 이런 날에는 순례와 번민을 거듭하다가 어느새 푸르스름한 새벽에 이른다. 나는 일어나 창문으로 다가가서 남산 자락의 부지런한 새들이 지저귀는 소리를 듣는다. 빈 하늘을 가득 메우는 지저귐을 아침이 올 때까지 듣고 또 듣는다. ◦2016

어떤 투병

몇 해 전부터 매년 건강검진을 받으려고 노력한다. 바쁘다는 이유로 건너뛰기도 하지만, 여름의 막바지에 자리를 잡은 생일 무렵이면 대개 건강검진센터에 전화를 해서 검진을 예약한다. 고객의 질문에 대비한 매뉴얼을 숙지한 안내원은 한 점의 의문도 없도록 안내를 한다. '건강을 챙긴다는 것은 어차피 위태로운 삶을 대하는 비겁한 태도가 아닐까' 하는 호기로운 생각은 오래전에 접었다. 이제는 내 마음이 살아가는 생태계를 현명하게 돌보아야 한다는 생각에 아무런 주저함이 없다.

지난해 초가을에도 그렇게 예약을 하고 반나절에 걸쳐 검진을 받았다. 얼마 후 건강검진 업무를 담당한 의사에게 검진 결과에 대한 설명을 들으러 갔다. 의사는 폐를 촬영한 엑스레이 사진을 보면서, 사진의 오른쪽 위를 가리켰다. 그는 "여기에 뿌옇게 보이는 부분이 있는데, 뭔지 좀더 확인을 해보자"고 말했다. 의사는 "뿌옇게 보이는 부분의 형태상 걱정할 만한 일은 아닐 것 같으니 앞서서 걱정하지 말라"고 내게 말했지만, 나는 이미 목숨에 대한 위협을 느꼈다. 나는 컴퓨터 단층촬영(CT)을 한 후 호흡기내과 전문의를 만났다. 그는 애초에 CT 촬영의 동기가 된 부분은 아예 언급하지 않으면서, 폐 조직이 전반적으로 건강하지 않은 상태이니 치료가 필요하다고 한다. 악성종양도 아니고, 섬유화가 진행된 것도 아니니 치료가 가능하다고 한다. 다만, 질환의 원인이 세균으로 인한 것인지, 알레르기로 인한 것인지 등을 정확히 알아야 그에 맞게 치료를 할 수 있다고 했다. 더 심층적인 검사를 하자는 말이었다. 의사의 권유에 따라 일단 기관지 내시경 검사를 하고, 기관지를 물로 씻어 배양을 했다. 이러한 검사를 위해 줄지에 하루 동안 입원을 했는데, 특별한 원인을 찾지 못했다. 의사는 마지막으로 조직검사를 권했다. 전신마취를 한 후 몸에 작은 구멍들을 뚫고, 카메라와 수술 도구를 집어넣어 폐 조직의 일부를 채취하는 방식이다. 질병으로 인한 아무런 증상도 못 느끼는 상황에서 오로지 질병의 원인을 알기 위해 이렇게까지 할 필요가 있는지 의문이 일었다. 그러나 할 수 있는 한 정확한 원인을 확인해보는 것이 좋다는 의사의 견해에 동의했기에, 며칠 더 입원을 하기로 하고 폐 조직을 채취했다. 결과적으로 역시 특별한 원인을 발견하지 못하여 '원인불명의 폐질환'을 앓는 환자로 분류되었다. 나는 한 달 치 약값이 단돈 몇천 원밖에 하지 않는 스테로이드 계열의 치료약을 처방받았는데, 치료가 잘되고 있다고 한다. 문제가 있다고 하니 약을 먹지만, 증상도 없는데 무슨 치료 효과가 있을까 했다. 그러나, 막상 약을 복용해보니 평소보다 더 건강한 상태를 경험하게 되었다. 스스로 자각은 못했으나, 폐가 기능적으로 완전하지는 못했던 모양이다.

이렇게 검사를 위한 처치와 수술을 받는 동안 환자 아닌 환자가 되어, 병원이 배정해주는 대로 6인용 병실에 머물렀다. 병실은 나처럼 건강한 사람이 있을 곳은 아니었건만, 나는 병실 왼편의 세 개의 침대 중에서 가운데 침대를 차지했다. 입원이나 병문안을 해본 사람들은 다들 알다시피, 각 침대는 커튼으로 구획되어 있지만 옆 침대의 온갖 소음을 피할 방법은 없다. 대부분의 환자가 심각한 상태로 보였지만, 내 양옆의 환자가 특별히 기억난다. 내 왼편의 환자는 폐암으로 투병 중인 모양이었다. 의사와 방사선 치료에 관하여 주고받는 대화로 그렇게 짐작을 했다. 내게 깊은 인상을 남긴 환자는 오른편의 환자였다.

의식은 또렷이 있지만 하루 종일 침대에서 일어나지 못하는 삼십대 중반의 남자 환자였다. 그의 어머니가 늘 그를 돌보고 있었다. 매일같이 간호사와 그의 어머니가 그에게 투여하는 약의 양을 놓고 상의하는 소리가 들려왔다. '양을 늘리면 너무 무기력해지고, 양을 줄이면 고통이 심하다'는 대화가 매일 반복되었다. 나는 모르핀의 투약에 관한 이야기로 이해했다. 그 환자는 발성도 정상이 아니었다. 나는 뇌성마비 환자가 추가로 다른 병을 앓게 된 것으로 추측했다.

모자는 매일 밤이면 삼십 분 이상 어떤 사투를 했다. 무언가를 해내기 위해 악다구니를 쓰는 소리만 들려오니 무엇을 위해 사투하는지는 알 수가 없었다. '기관지에 고인 가래를 정기적으로 뱉어내기 위해서 인가' 아니면, '욕창을 막기 위해 몸을 뒤집기 위한 것인가' 하고 막연한 짐작을 할 뿐이었다. 나 또한 입원한 다음날 폐 조직을 채취하기 위한 수술을 마치고 나서는, 잠시나마 옆구리에 피주머니를 차고 있는 영락없는 환자가 되어 엉금엉금 기어다녔다. 괴로운 몸을 침대에 누인 채 밤마다 모자가 사투하는 소리를 듣고 있노라면, 지옥이 따로 없다는 생각이 들었다.

그 어머니는 밤이나 낮이나 찬송가를 틀어놓았는데, 내가 비록 교회를 다니지 않지만 그들의 사정이 그렇다 보니 귀에 거슬리지 않았다. 세상의 누구라도 그 처지가 된다면 어쩔 수 없지 않겠는가? 나는 하나님에 대해서는 회의적이고 부처님에 대해서는 공감하는 편이건만, 그 병실에서 처음으로 어떤 사람들에게는 부처님이 아니라 하나님이 필요하다는 것을 절감하게 되었다. '천상천하 유아독존'이나 '색즉시공 공즉시색'이라는 가르침이 오로지 기적과 구원만이 필요한 저 모자에게 무슨 의미가 있겠는가? 그 와중에도 그 어머니는 오랜 병수발에 이골이 난 모양인지 온갖 상황을 대수롭지 않게 처리하면서 심지어 씩씩하기까지 했다.

어쨌든 나는 그 병실에서 가장 건강한 사람이었기에 병실에 있는 것이 난감하고 답답할 때가 많았다. 그럴 때면 환자복을 입고 병실을 나서서 병원의 여기저기를 어슬렁거리며 돌아다녔다. 하루이틀이 지나면서 그 어머니와 몇 번 인사를 나누게 되자, 나는 "아드님은 어디가 아프냐"고 물었다. 처음에는 '난치성 희귀병'이라고만 대답하더니, 하루가 지나서 다시 물으니 윌슨병이라고 한다. 언제가 들어본 적이 있는 것 같아 검색해보니, 선천적으로 구리의 대사에 문제가 있어 구리가 몸에 축적되는 병이라고 한다. 그러고 보니 환자의 상태가 이해가 되었다. 뇌에 발병을 하여 언어중추에 문제가 생겼고, 간에 발병을 하여 간경화가 진행되었으며, 또 다른 부위에서 계속 구리 축적으로 인한 증상들이 발생하는 것이었다. 이미 상당히 진행된 병의 악화를 최대한 늦추는 것 이외에는 다른 방법이 없다는 그 환자에 대해서 무슨 위로가 가능할까? 모자는 밤에 잠들기 전에 매일 하나님께 기도를 드렸다. 나는 밤마다 말없이 그들의 기도를 들었다. 며칠 후 나는 그 어머니에게 인사를 하고 어쩐지 미안한 마음으로 퇴원했다.

나는 그 병원에 한 달에 한 번꼴로 다니고 있다. 스테로이드가 계속 효과가 있는지, 부작용은 없는지 확인하기 위해서다. 아직도 두세 번은 더 가야 한다. 어느 날에는 병원 복도에서 내 진료 차례를 기다리고 있는데, 나보다 몇 살 위로 보이는 분이 '선생님은 어디가 아프냐'고 물었다. 나는 폐에 질환이 있어 치료 중이라 하니, '섬유화가 진행되고 있느냐'고 물어서 '그렇지는 않다'고 대답했다. 그분은 자신은 폐의 섬유화가 30퍼센트가량 진행되었는데, 50퍼센트까지 진행되면 산소 호흡기를 사용해야 한다고 했다. 역시 치료는 불가능하고 병의 진행을 늦추는 것이 목표인 환자였다. 나는 내 진료를 마치고 돌아가는 길에 다시 애처로운 표정의 그분과 복도에서 마주쳤다. 우리는 덕담을 건넨 후 헤어졌다.

병원에서 퇴원한 지 두어 달이 지났건만, 나는 여전히 그 윌슨병 환자와 그의 어머니를 생각한다. 우리가 바람직하고 추구할 만하다고 승인하는 모든 가치들이 무색해지는 절체절명의 상황에 처한 채, 오로지 더 긴 생존과 더 작은 고통만을 위해 매일같이 필사적으로 싸우는 그 모자 앞에서 나는 아무 할 말이 없다.

내가 많은 사람들을 향하여 정기적으로 글을 쓰기 시작한 지 거의 십 년이 되었다. 후퇴하는 민주주의에 대한 분노로 시작된 글쓰기였지만, 글쓰기의 고통과 환희를 알게 되었다. 표현하기 위해서는, 표현된 것보다 훨씬 많고 정교한 지식과 깊은 체험이 필요하다는 것을 뒤늦은 나이에 깨닫기도 했다. 그런데, 그동안 쓴 글들을 묶으려는 순간에 만났고 이름도 미처 확인하지 못한 윌슨병 환자는 나로 하여금 또 다른 생각에 잠기게 한다. 도대체 너는 왜 글을 쓰는가? 그 글들은 무슨 의미가 있는가? 물론 나는 왜 쓰는지, 어떤 의미가 있는지 생각하지 않고 쓰지는 않았다. 그러나 우연히 내 옆 침대에 누워 있던 절망적인 상황의 한 남자는 내게 처음부터 다시 생각할 것을 요구한다. 비록 그 환자의 고통이 '사회적 불의의 결과'가 아닌 '단지 불행의 결과'일 뿐이지만, 그것이 나의 성찰할 의무를 면제하지 않는다.

나는 고백한다. '나 또한 깊은 고통과 슬픔을 안 겪어본 것은 아니다'라고 생각하며 살아왔지만, 나는 사실 '희망도 의미도 없는 고통' 그리고 '기적 외에는 피할 방법이 없는 절망'을 겪어본 적이 없었다. 타인의 고통과 절망에 대해서는 안전한 대피소에서 상상만 했던 것이 아닐까? 아니, 생각해보면 인생의 어느 시절에는 타인의 고통과 절망에 대해서 제법 느끼고 알기도 했다. 그로 인해서 인생을 걸고 어떤 다짐들을 하기도 했다. 그러나 그 기억과 다짐은 모두 아스라한 시간 속에 희미해지고, 도식화된 반응만이 화석처럼 남아 있었던 것이다.

나는 단언할 수 있다. 내가 만일 저 환자의 입장이라면, 나는 민주주의의 후퇴에 아무 관심이 없을 것이다. 나는 또한 단언할 수 있다. 내가 그의 입장이라면, '삶'이란 '실존적 괴로움을 견디는 우아한 문제'가 아니라, '오늘은 얼마만큼의 모르핀을 투여하느냐의 문제'라는 것에 아무 의심이 없으리라는 것을. 나는 앞으로 다시는 '실존적 고뇌' 따위의 용어는 사용하지 않을 것이다. 내가 즐기는 영화는 또 무슨 의미를 가질까?

'무한한 어떤 것'을 기준으로 하여 다른 것을 재단하면 그 어떤 것이든 모두 '무(無)'가 되고 만다(헤겔은 '허무주의'에 대해 비판하면서 그 비슷한 논리로 설명한 적이 있다). '유한한 무엇'을 '무한'으로 나누면 무엇이든 '0'이 되기 때문이다. '무한한 고통'을 분모로 하여 '유한한 고통들'을 나누면 모두 '무통'이 된다. 이것은 옳은 논법인가? 아니다. 우리가 목격한 어떤 것을 절대화하여 그것으로 다른 모든 것을 무력화시키는 것은 옳지 않다. 그러나 어떤 개체가 짊어진 한없는 고통에 대한 철저한 의식 없이 우리가 무언가에 대해서 말하는 것은 얼마나 위험한가? 나이가 들 만큼 들고 이제 슬슬 활발한 세상에서 퇴장할 준비를 해야 할 시점에서, 새삼스럽게 이런 생각을 다시 토로한다는 것이 부끄럽다. 하지만 나 자신에게 다시 한 번 약속을 하고 싶다. '미처 꽃피기도 전에 오로지 고통을 견디는 것만이 남아 있는 삶'에 대해서 다시는 잊지 않기를. 분명히 내 젊은 시절 어느 순간에 다짐했으나 결국은 잊은 그 약속을, 두 번 다시 잊지 않기를. 그런 삶들에 대해 잊지 않고 있다고 하여도, 내가 생각하고 말하고 쓰는 것들은 별반 달라지지 않을지 모른다. 그러나 중요한 것은 '그 비명을 들으면서 계속 같이 옆 침대에 누워 있는 것'이라고 나는 생각한다. ○2018

2부

법을
믿습니까?

한명숙 재판
또는
5만 달러라는 맥거핀

　세상이 진실이 아니라 욕망에 의해 움직이고, 법은 정치의 또 다른 몸짓에 지나지 않는 시대에 선친은 왜 내게 법률가가 될 것을 권유했을까. 그는 아마도 삶이 비루하다는 것을 잘 알았고, 그것을 극복하는 방법이 법률가가 되는 거라고 생각했을 것이다. 하지만 그 사내는 법률가의 삶 또한 비루하기는 마찬가지라는 것은 잘 몰랐을 것이다. 나는 왜 사소한 반항의 몸짓을 보이다가 최면에 걸린 사람처럼 그의 말대로 법률가가 되었는가. 많은 청춘이 그렇듯이 자신이 진실로 원하는 게 무엇인지 제대로 알지 못했고, 알았다고 한들 그것을 선택한 결과가 쓰라린 것이 될 경우에 감당할 자신이 없었기 때문일 것이다. 십칠 년째 변호사라는 직업을 가지고 살고 있지만, 나는 이 직업이 몸에 맞지 않는 옷처럼 늘 어색하다.

　나는 이 직업이 환경미화원이나 의사, 장례지도사 같은 종류의 일을 하는 것이라고 생각한다. 뭔가 문제가 생긴 것을 정리하거나 고치는 일을 한다. 그런데 무엇을 새로이 발견하거나 창조하지 않는 일이 그다지 재미있을 리 없다. 만일 이런 일을 그 자체로 즐거워한다면 남다른 취향을 가진 것이리라. 이런 일은 대개 대가 때문에 하거나 소명 때문에 한다. 환경미화원이 거리를 깨끗하게 하면 길을 걷는 사람들이 행복해지고, 의사가 병을 고치면 환자들이 웃음을 찾으며, 장례지도사가 마지막 떠나는 길을 지켜주면 망자가 평안을 얻는다.

그러나 변호사의 경우에는 간단하지 않다. 변호사에게는 의뢰인이 있고, 의뢰인의 상대방이 있다. 의뢰인이 옳지 않은 한, 변호사가 하는 일이 세상에 반드시 보탬이 되지는 않는다. 변호사는 언제나 가치의 문제에 직면한다. 가치의 바다에서 헤엄치는 상어라고나 할까. 그런데 늘 가치를 고민하면서 일하는 것은 일을 제대로 할 수 없게 만들며, 가치를 도외시하다가는 어느 순간 악마를 대변하는 자신을 발견하게 된다. 이 직업은 번듯해 보이지만 제대로 된 신사 숙녀가 할 일은 아니라고 생각한다. 그래서 그런지 나는 남자화장실에 '신사용'이라는 표시가 붙어 있으면 '나 같은 사람이 들어가도 되나' 생각하곤 한다. 아마도 언제까지나 이 직업에 대한 회의에서 벗어나지 못한 채 일하고 있을 거다. 하지만 괜찮다. 사는 것이 다 그렇다. 살다 보면 모든 회의를 잊고 온전히 자기 자신인 것 같은 순간을 맞을 때가 있으리라.

이제 1심 재판이 끝났을 뿐이고, 검찰은 또 다른 건으로 단단히 벼르고 있다. 이런 상황에서 재판에 대해 변호인이 너무 왈가왈부하는 것은 자제하는 게 맞겠다. 게다가 이미 언론과 열성적인 블로거들에 의해 생중계하듯 보도된 이 재판의 전말에 관해 구구절절하게 말하는 것은 자칫 진부할 따름이다. 깜짝 놀랄 만한 속사정을 말하지 않는 한, 재판 참가자의 이야기라는 이유만으로는 지루함에 대해 용서받지도 못할 것이다. 물론 사람들이 들으면 놀랄 만한 사정을 내가 전혀 모른다고 하지는 못하겠다. 그러나 그런 사정들은 말할 수도 없다. 어쩌면 세월이 흘러 이 재판을 기억하는 사람들이 거의 사라졌을 때 어정쩡한 술자리의 분위기를 달래기 위해서 그런 사연들을 꺼내게 될지도 모르겠다. 그리고 그중 어떤 사연은 육체의 종착역일 뿐 아니라 사연의 안식처이기도 한 무덤까지 안고 가는 수밖에 없다. 그러므로 숨 쉴 틈도 없이 한 달여 사이에 진행된 1심 재판을 마친 개인적이고 주관적인 느낌만을 느슨하게 말하고자 한다.

법률적으로만 보면 이 사건은 무척 단순하다. '전직 국무총리가 2006년 12월 20일 총리공관에서 점심식사를 하면서 전 대한통운 사장 곽영욱 씨로부터 5만 달러의 뇌물을 받았는가, 아니면 받지 않았는가.' 엄격한 의미에서 그 진실을 완전하게 아는 사람은 피고인(편의상 이렇게 부르기로 한다. 조금 결례인 듯하나, 인품이 고매한 분이니만큼 이해해주리라 믿는다)과 곽영욱 씨뿐이다. 그 자리에 동석한 사람들도, 곽영욱 씨의 부인도 알지 못한다. 검사도, 변호인도, 판사도 진실 그 자체는 알지 못한다. 주변 사람들은 자신이 알고 있다고 믿거나, 이러

저러한 이유로 어느 한편을 지지하고 있을 따름이다. 나는 물론 곽영욱 씨가 사실과 다른 말을 하고 있다고 생각한다. 나는 그가 그럴 수밖에 없는 많은 사정을 알고 있다. 하지만 그렇다고 한들 당사자도 아닌 내가 한 점 의문도 없이 진실의 편에 서 있다고 확신하는 것은 오만이다. 내가 자신할 수 있는 최대치는 모든 정황과 증거를 종합해볼 때 곽영욱 씨가 사실과 다른 말을 하고 있다는 결론을 피하기 어렵다는 것, 이런 빈약한 증거를 가지고 사람을 처벌해달라고 기소하는 것은 법률적으로 대단히 잘못되었다는 것, 그리고 피고인이 변론할 만한 충분한 가치가 있는 인물이라는 것까지다.

나는 기자들에게서 이 사건을 담당한 검사들이 피고인의 유죄를 확신한다는 말을 두어 차례 전해 들었다. 기자들에게는 그것이 인상적이었는지 모르겠지만 나는 그 말을 들을 때 아무 느낌도 없었다. 검사들이 기자들에게 자신들도 유죄의 확신이 없다고 말할 수 있을까. 변호인은 그럴 수도 있겠지만 유죄를 증명해야 하는 검사들이 그런 말을 할 수는 없다. 검사들은 이 사건을 수사하고 기소했다는 위치로 인해 유죄를 확신해야 한다는 역할을 부여받았고, 그것을 충실히 수행할 뿐이다. 나는 검사들이 언론에 또는 검찰 수뇌부에 자신들의 확신을 표현했음에도 실제로는 확신하지 않고 있을 가능성도 있다고 생각한다. 냉철한 사람이라면 자신이 알 수 있는 것의 한계를 객관적으로 인식하는 동시에 그 한계를 넘어설 것을 요구하는 직무를 수행할 수도 있기 때문이다. 그런데 검사들이 과연 그렇게 냉철했을까. 나는 아니라고 추측한다. 아마 그들은 자기 자신에게 자신의 행위를 정당화하려는 욕망을 피하지 못했을 것이다.

그런데 검사들이 유죄의 확신을 다른 사람들에게 표현했을 뿐 아니라 실제로도 확신하고 있다면, 검사들은 바로 그 지점에서부터 실패하고 있는 것이다. 그것은 논리적 사고력의 결핍을 보여주는 징표이기 때문이다. 어떻게 이 정도의 증거로 자신이 직접 보지도 않은 일을 확신할 수 있는가. 그러한 확신은 논리적 추론의 결과가 아니라 그랬으면 좋겠다는 욕망의 산물에 지나지 않는다. 그러나 나는 논리적으로 사고하는 능력이 본래 검사들에게 부족했다고는 생각하지 않는다. 그런데 왜 이 사건에서는 검사들의 논리적인 사고력이 제대로 작동하지 않을까. 나아가, 논리적인 사고력이 작동하지 않는 사람들이 단지 검사들뿐일까.

우리가 믿고 있는 것처럼 이 사건의 핵심은 피고인과 곽영욱 씨 중 누가 사실과 다른 말을 하고 있는가를 가려내는 것인가. 이 사건이 재판을 통해 해결하게 되어 있는 한 그럴 수밖에 없는 것처럼 보인다. 그러나 그것은 하나의 표면에 지나지 않는다. 이 사건의 본질은 다른 곳에 있다. 왜 어떤 사람들은 곽영욱 씨의 말을 믿으려 하고, 다른 어떤 사람들은 피고인의 말을 믿으려 하는가. 왜 검사들과 권력자들과 보수적인 매체들은 곽영욱 씨의 말을 믿고 싶어 하고, 왜 변호인들과 권력을 잃은 사람들과 진보적인 매체들은 피고인의 말을 믿고 싶어 하는가. 어떻게 정치적 입장이 순수한 사실을 판단하는 토대가 될 수 있는

가. 심지어 이 사건의 사정에 대해 매체를 통해서만 전해 듣는 사람들이 어떻게 피고인이 유죄라거나 또는 무죄라거나 하는 확신을 갖게 되는가. 이 사건에 관해 보고를 받았을지언정, 직접 재판을 지켜보지도 않은 검찰 수뇌부가 무죄 판결을 비난하며 피고인이 유죄라고 단언하는 것이 어떻게 가능한가.

'확신할 위치에 있지 않은 사람들이 확신한다는 것 또는 확신하는 척한다는 것'이 이 사건의 비밀이라면 비밀이다. 그리고 이 사건만이 아니라 매일같이 이 땅에서 뻔한 연속극처럼 되풀이되는 수많은 사건들의 비밀이다. 그 비밀은 너무나 공공연하게 행해지기에 어느 누구도 비밀이라고 생각하지 않지만, 누구나 그것이 비밀인 것처럼 행동하기 때문에 실제로 비밀로 기능한다. 그것을 확신할 수 없다는 것을 아무리 증명해주어도 그들은 계속해서 확신을 멈추지 않는다. 왜 우리 사회는 이런 이상한 증상에서 결코 벗어나지 못하는 것일까. 도대체 이러한 증상으로부터 어떠한 역설적인 만족을 얻기에 이 증상을 버리지 못하는 것일까.

증명되지 않는 것을 확신하고, 증명된 것을 불신하는 사람들을 상대로 증명을 시도하는 것은 무용한 일이다. 그래서 피고인은 차라리 말하지 않는 것을 택했다. 그것은 단순히 소송 전략만은 아니다. 사람들은 이 재판에서 진실을 확인하기보다 자신의 욕망을 채우고 싶어 한다. 권력자는 권력자대로, 검사들은 검사들대로, 관객들은 관객들대로 각자의 욕망을 충족시키기를 원한다. 그렇기 때문에 진실이 그들의 욕망을 좌절시킨다면 그들은 주저 없이 거짓을 택한다. 그들은 판결이 자신을 행복하지 않게 한다면 그 판결을 미워할 것이고, 판결이 자신을 행복하게 한다면 심지어 판사를 사랑할 것이다. 사람들은 자신의 확신을 무너뜨리는 진실보다는 자신의 확신을 보듬어주는 거짓을 원한다. 그러므로 이 사건은 법률적으로는 판결의 이름으로 종결시킬 수 있으나, 심리적으로는 욕망의 구조로 인해 끝내 마무리될 수 없다. 피고인이 무죄로 확정되면 유죄라 확신하는 사람들은 피고인의 가증스러움에 치를 떨 것이고, 유죄로 확정되면 무죄라고 확신하는 사람들은 이 세상의 불의함에 울부짖을 것이다.

판결이 진실을 결정하는 기능을 완수할 수 없는 가공할 사회에서 사람들에게 법정은 어떤 의미를 갖는가. 그런 사회에서 법정은 욕망의 전선이 된다. 그 전선에서 승리는 진실의 대체물이 될 뿐 아니라 유일한 욕망의 대상이 된다. 그래서 사람들은 진실을 밝혀주는 판결이 아니라 자신을 행복하게 해줄 승리를 고대하게 된다. 이 사건에서 각자의 확신을 생산하고 확인하고 퍼뜨리기 위해 안간힘을 쓰는 큰 권력과 여러 작은 권력들이 서로 뒤엉킨 모습은 어느 신화 속 뱀의 무리를 생각나게 한다. 뱀 한 마리가 다른 뱀의 꼬리를 물고, 꼬리가 물린 뱀은 다시 또 다른 뱀의 꼬리를 문다. 처음의 뱀도 꼬리 물린 다른 뱀에 의해 꼬리가 물림으로써 뱀들은 마침내 커다란 원이 되어 빙글빙글 돌고 있다. 물론 나 또한 그 뱀의 일원일 것이다. 언제쯤 우리는 이 원형의 춤을 그칠 수 있을까.

'전직 총리가 5만 달러를 받았다는 의혹'이 보도된다. 사람들은 무슨 얘기인지 궁금하다. 조금 지나면, 그 돈이 어디에서 어떻게 전달되었는지 보도된다. 사람들은 과연 돈을 받았을지 궁금하다. 며칠이 지나면 왜 돈을 주었는지가 보도된다. 사람들은 생각한다. 이럴 수가. 얼마 뒤 검찰은 전직 총리를 소환하지만 출석하지 않는다. 사람들은 이야기한다. 과연 언제까지 버틸 수 있을까. 검찰은 체포영장을 집행한다. 사람들은 흥분한다. 과연 다 털어놓을까. 그런데 전직 총리는 아무 말도 않고 집으로 돌아간다. 그리고 재판이 시작된다. 사람들은 누가 이길까 너무 궁금하다. 갑자기 증인이 법정에서 말을 바꾼다. 도대체 어떻게 된 것일까. 재판 상황은 계속해서 사람들에게 알려지고 얼마 후 전직 총리는 무죄가 된다. 어떤 사람들은 실망하고 다른 어떤 사람들은 감격한다. 만일 1심 재판의 결론이 사실이라면 5만 달러는 처음부터 존재하지도 않았던 것인데, 그렇다면 이 모든 소란의 정체는 무엇인가. 만일 피고인이 결백하다면 '총리공관에서 주고받았다는 5만 달러'는 애초에 존재하지도 않는 것이면서 오로지 사람들로 하여금 이 모든 소동을 숨죽이며 지켜보게 만들기 위해 가정된 것이 아닌가.

맥거핀(MacGuffin)이라는 말이 있다. 영화의 줄거리에서 전혀 중요하지 않거나 존재하지도 않는 것을 가지고 마치 뭔가 있는 것처럼 위장해서 관객으로 하여금 이야기에 끌려가게 만든다. 그런데 끝에 가면 그 자체는 사실 아무것도 아닌 것으로 밝혀진다. 이 사건의 5만 달러가 히치콕 감독이 즐겨 썼다는 맥거핀이 아니라고 누가 말할 수 있는 가. 관객들은 오슨 웰스의 영화 「시민 케인」을 보면서, 주인공이 죽기 전 남긴 수수께끼 같은 말인 '로즈버드'가 도대체 무엇일까 궁금해하 며 그의 인생 역정을 따라간다. 그렇지만 영화의 마지막에 가서 '로즈 버드'가 무엇인지 알게 되면, 시쳇말로 낚였다는 것을 깨닫는다. 그런 데 이렇게 존재하지 않는 맥거핀이 이끌어가는 영화를 보며 즐기는 자 는 누구이고, 그로 인해 흥행 수입을 얻는 자는 누구인가.

누구나 알다시피 이 사건은 법률적 외피 아래 정치적 속살이 숨어 있다. 피고인을 겨냥한 정치적 욕망이 작동하는 한, 아무런 실체가 없 어도 언제든지 피고인을 향한 사건은 발화할 수 있다. 몇 가닥 소문만 으로도, 인생의 궁지에 몰린 어떤 사람의 몇 마디만으로도 사건은 폭 발할 수 있다. 그런데 그것이 모두 헛소문이자 헛소리에 지나지 않는 다면, 우리는 도대체 무엇에 놀아난 것인가. 검찰이 무죄 판결을 예감 하자마자 바로 시작했다가 여론에 밀려 중단된 이른바 9억 원에 대한 새로운 수사는 이 사건의 본질을 적나라하게 보여준다. 그것은 제보지 만 제보가 아니며, 우연이지만 우연이 아니다. 욕망과 권력은 사건을 생산한다. 9억 원은 또 다른 5만 달러에 지나지 않는다. 맥거핀은 언제 든지 영화를 진행시키기 위해 가정될 수 있다. 그래서 재판에 부쳐진 5 만 달러는 수사 과정에서 10만 달러가 되기도 했고, 3만 달러가 되기 도 했다. 액수는 전혀 중요하지 않다. 심지어 돈이 아니라 골프채라는 물건일 수도 있고, 물건이 아니라 휴가차 떠난 여행일 수도 있다. 그 모두가 맥거핀일 뿐이다.

　중요한 것은 누군가에게는 이 영화가 계속되어야 한다는 점이다. 영화가 끝나고 5만 달러도, 골프채도, 9억 원도 모두 아무것도 아닌 것으로 밝혀져도 상관이 없다. 사람들은 흥미롭게 영화를 보았고, 누군가는 그 흥행의 성과를 챙겼다. 사람들은 반문할 수 있다. 혐의가 있는데 수사를 하지 않을 수 있느냐고. 그렇다면 묻고 싶다. 만일 누군가 지금 권력을 쥔 사람들의 의자에 돈을 두고 왔다고 말한다고 해서 사건이 되는가. 어떤 사건은 절대로 시작되지 않고 어떤 사건은 집요하게 시작된다면, 사건을 작동시키는 것은 '혐의'인가 아니면 '맥거핀'인가. 피고인을 겨냥한 영화들은 그가 결백하다는 결론을 통해서는 결코 중단되지 않을 것이다. 그런 영화를 상영할 필요가 있는 한 5만 달러든 9억 원이든 다른 무엇이든 또 다른 맥거핀이 등장해 영화는 계속될 것이다.

　그렇다면 이 사건에 변호인들은 어떻게 접근했는가. 이에 대해서는 재판장이 법정에서 이미 정답을 말한 바 있다. 가장 정치적인 사건을 가장 법률적으로. 백승헌 변호사의 탁월한 전략과 지휘에 따라 각자의 역할을 다한 변호인들은 철저히 법률적인 방법만이 이 난마처럼 얽힌 상황을 풀 수 있다고 생각했다. 변호인들은 이 사건의 정치적 성격과 메커니즘에 대해 무수한 비하인드 스토리를 듣고 있었지만, 아무것도 듣지 않은 것처럼 법률적으로 수술하는 데만 집중했다. 그리고 다행히도 재판장은 뒤엉킨 고르디우스의 매듭을 '공판중심주의'라는 가장 법률적인 칼로 잘라냈다.

피고인을 처음 만나 지난 4월 9일 무죄를 선고받을 때까지 넉 달은 그동안의 내 변호사 생활에서 가장 바쁜 시기였다. 영화도 보지 못했고, 책도 거의 읽지 못했다. 유일하게 읽은 것은 에인 랜드(Ayn Rand)의 소설 『마천루(*The Fountainhead*)』였다. 본격적으로 재판이 시작되기 직전에 읽은 이 책의 주인공 로크는 자신이 생각하는 이상적인 건축에 관해 어떠한 타협도 하지 않는 건축가다. 그와 달리 매우 현실적인 삶의 방식을 통해 출세한 건축가가 된 로크의 친구는 난관에 봉착한 어느 날 그를 찾아와 도와달라고 사정한다.

"로크, 무엇이든지 요구해. 내 영혼이라도 팔겠어……"

이때 로크는 이렇게 대답한다.

"그게 바로 자네가 알아둬야 할 거야. 영혼을 파는 것은 세상에서 제일 쉬운 일이야. 그건 모든 사람이 평생 동안 매일같이 하는 짓이잖아. 만일 내가 자네보고 영혼을 지키라고 요구한다면, 왜 그게 훨씬 어려운 일인지 알겠나?"

나는 연일 이어지는 재판에 지친 채로 집에 들어와 세수를 하다가 거울을 본다. 거울 속의 물에 젖은 얼굴은 세파에 시들어가고 있다. 나는 로크가 한 말을 떠올리며 그 얼굴을 관찰한다. 그 얼굴은 '평생 동안 매일같이 영혼을 파는 무리'에 속한 듯도 하고 아닌 듯도 하다. 좀처럼 알 수가 없다. 그 얼굴은 세상의 가치에 맞춰 자신의 영혼을 재단하지는 않았지만, 짐짓 자유로운 척하면서도 낙오와 고립에 대한 두려움을 떨쳐버리지 못한 얼굴, 그래서 세상과 타협해온 어느 중년의 얼굴이 아닐까. 나는 아마도 변호사라는 직업을 매일같이 영혼을 파는 직업이라고 생각해왔던 것 같다. 영원히 사라지지 않는 어떤 가치와 이념에 봉사하고 헌신하는 것이 아니라 온갖 협잡과 현실적인 이해타산 속에서 계산기를 두드리며 목적을 관철하는 일이라고 느꼈다. 실제로 변호사라는 직업에는 분명히 그런 요소가 있다. 그러한 특성이 나로 하여금 이 직업에 어느 정도 거리를 두고 싶어 하는 심리기제를 만들어냈는지 모른다. 그런데 이런 이유로 끊임없이 변명을 하며 자신의 직업을 비껴가고자 했던 나는 '내다팔 영혼도 없는 자'가 아니었을까. 차라리 이 직업의 모순적인 성격을 적극적으로 인정하고, 만나는 모든 사건에서 '겉에 드러난 법'과 '안에 숨겨진 가치' 사이의 긴장을 발견하며, 최선의 방안을 추구했어야 하지 않을까.

생각해보면 모든 직업인은 정도의 차이는 있을지언정 끊임없이 영혼을 팔 것을 요구받는다. 판사와 검사도 마찬가지다. 가장 고매한 예술가마저도 사정이 다르지 않다. 그리고 이 시대는 더더욱 많은 사람들에게 영혼을 내놓으라고 노골적으로 협박한다. 우리 모두는 영혼을 조금씩 뜯어서 시장과 권력에 던져주고 그 대가로 일용할 양식과 지위를 쌓아가야 한다는 딜레마에 직면해 있다. 우리가 이 딜레마에서 완전히 벗어나는 방법은 은둔하는 것뿐이다. 그러나 참된 은자(隱者)는 도시 속에 숨는다고 하지 않았던가. 정글 같은 도시에 남은 자가 선택할 수 있는 유일한 방법은 자신에게 던져진 고차방정식을 모든 선의와 지혜와 노력을 다해 풀어가는 것뿐이다. 설사 그 방정식을 끝내 못 풀고 쓰러지더라도 그것을 위해 흘린 피와 땀 때문에 우리는 구원받을지도 모른다. 그리고 사람은 아주 드물게 어떤 계기 속에서, 되고 싶었지만 한 번도 되지 못했던 최선의 자기에 이르기도 한다. 이 재판은 내게 그런 기회를 주었다. 2010

박원순,
조국의 명예를 짓밟은 자?

박원순 변호사는 변호사라면 생계 걱정은 접어도 되는 시절에 그 직업을 버리고 세상을 살 만한 곳으로 만들겠다고 세월을 다 보낸 사람이다. 어떤 사람들은 그렇게 자기를 버린 결과 세상이 알아주는 인물이 되었으니 남는 장사 아니었느냐고 말할 수도 있겠다. 그것은 결과론일 뿐이다. 아니 그렇게 살면 온 세상이 알아주는 인물이 될 수 있다고 한들 난 그렇게 안 산다. 한 번뿐인 인생, 그렇게 살기에는 너무 아깝다. 더군다나 그 결과가 대한민국으로부터 '조국의 명예를 짓밟은 자'라는 이유로 2억 원을 내놓으라는 소장을 받아야 하는 것이라면 더욱 그렇다.

이 소송을 두고 많은 이야기가 있었지만 법 좋아하는 원고 대한민국이 과연 법을 제대로 알고는 있는지 따져보자. 법률상 '명예훼손'은 크게 두 가지 측면에서 규율된다. 하나는 형사적으로 제재하는 것이며,

또 하나는 민사적으로 손해배상하게 하는 것이다. 그리고 민사법의 원리와 형사법의 원리가 차이가 있기 때문에 민사상 명예훼손과 형사상 명예훼손이 반드시 일치하는 것은 아니다. 다만 거의 모든 경우에 민사적으로 명예훼손이 성립되면 형사적으로도 성립된다고 보아야 하며, 그 반대도 마찬가지다. 이번에 대한민국이 박 변호사에게 소송을 제기한 것은 일단 민사적으로 손해배상하라는 뜻이다. 비록 현단계에서 대한민국이 박 변호사를 형사 고소한 것은 아니지만 우선 형사적으로 명예훼손이 성립하는지부터 살펴보자.

형법 제307조 제1항은 "공연히 사실을 적시하여 사람의 명예를 훼손한 자는 2년 이하의 징역이나 금고 또는 500만 원 이하의 벌금에 처한다"고 규정하고 있다. 핵심은 여기서 말하는 '사람'에 대한민국이 포함되는가 하는 점이다. 이 단계에서 법률가가 아닌 사람들은 '대한민국이 무슨 사람이야, 말도 안 되네'라고 생각하겠지만 그렇게 간단하지는 않다. 여기서 말하는 '사람'에는 먹고 자고 사랑하는 진짜 사람 외에 회사와 같은 법인도 포함된다고 해석한다. 심지어 법인이 아니더라도 일정한 조직을 갖추고 사회적으로 행동하는 실체가 있으면 여기서 말하는 '사람'으로 해석한다. 그런 의미에서 대한민국은 사회적 실체로 활동하기 때문에 '사람'에 해당되는 것이라고 주장해볼 수는 있겠다. 이 사건 소송을 실무적으로 검토한 공무원들의 생각이 그랬을 가능성이 있다. 안타깝게도 문제는 그렇게 간단하지 않다. 법의 이념과 체계에 대해서 더 연구가 필요하다.

형법상의 범죄들은 침해되는 이익의 성질에 따라서 크게 세 가지로 분류된다. 첫째는 '개인적 법익에 대한 죄'이고, 둘째는 '사회적 법익에 대한 죄'이며, 셋째는 '국가적 법익에 대한 죄'이다. 즉 형법은 개인들이 있고, 개인들이 살아가는 전체로서의 사회가 있으며, 다시 그 사회와 구별되는 국가기구가 있다고 상정한다. 그리고 형법이 보호하고자 하는 것이 그중에 무엇인지를 명백히 하고자 한다. 살인이나 강도는 개인에 대한 범죄이고, 방화죄나 음란물에 관한 죄는 사회에 대한 범죄이며, 내란죄나 공무집행방해죄는 국가에 대한 범죄다. 형법에 명시적으로 그렇게까지 써놓은 것은 아니나 명예훼손죄는 그 체계상 명백히 개인, 즉 '사람'에 대한 범죄로 이해된다. 그 사람이 살아 있는 사람만을 뜻하지 않는다는 것은 앞에서 본 바와 같다.

한마디로 여기서 말하는 개인 또는 사람은 공동체 내에서 사적(私的)으로 살아가는 주체를 가리킨다고 보면 된다. 그런데 대한민국은 원칙적으로 그런 사적인 주체가 아니다. 그러므로 형법에서 예정한 '사람'이라는 범주에는 대한민국이 포함되지 않는다. 만일 국가에 대한 명예훼손도 형법으로 처벌하려고 한다면 국가에 대한 명예훼손을 규정하는 별도 조항을 만들어야 한다. 지금은 사라졌지만 유신 시절의 '국가모독죄'가 바로 그러한 발상이고, 만일 그 조항이 아직 남아 있다면 국정원은 흡족했을 것이다. 하지만 유감스럽게도 그런 조항은 남아 있더라도 헌법이 보호하는 표현의 자유에 대한 지나친 규제로서 위헌임이 분명하다. 독일의 경우에는 국가 자체에 대한 것은 아니고 관청에 대한 명예훼손에 관하여는 형법상 처벌 규정을 두고 있다고 한다. 아무리 선진국의 제도라 하여도 그 규정이 바람직한지는 별개 문제지만.

게다가 한 가지 문제가 더 있다. 명예훼손죄는 적시된 사실이 허위인 경우에는 더 강하게 처벌하지만 진실인 경우에도 처벌한다. 왜냐하면 어떤 사람의 명예는 진실한 사실이 공공연히 밝혀짐으로써 훼손되는 것으로부터도 보호받을 필요가 있다고 보기 때문이다. 예를 들어, 어떤 사람이 과거에 전과자였다 하더라도 그것을 공공연하게 폭로하는 행위는 명예훼손이라고 보는 것이다. 다만 형법 제310조는 "그것이 진실한 사실로서 오로지 공공의 이익에 관한 것인 때에는 처벌하지 않는다"라고 규정하여 표현의 자유와 조화시키고 있다.

그런데 박 변호사 같은 경우에는 그런 사실을 밝힌 것이 개인적인 억울함과 연관되어 있으므로 비록 진실일지라도 '오로지 공공의 이익에 관한 것'이라고 보기는 어려울 것이다. 그 결과는 가공할 만하다. 만일 대한민국이 법률상 명예훼손의 피해자가 될 수 있다면 국민들은 대한민국에 대하여 어떤 사실이 진실이라 하더라도 그것을 공공연히 밝히면 명예훼손으로 처벌될 수 있다는 결과가 되는 것이다. 그것이 얼마나 어처구니없는지는 더 자세히 살펴보지 않겠다. 아무튼 대한민국은 이 소송을 검토하면서 형법상 처벌을 주장하는 것은 설득력이 없다고 보았기 때문에 민사소송만을 제기했을지 모르겠다. 그렇다면 민사적으로는 말이 되는지 한번 살펴보자.

민법 제750조는 "고의 또는 과실로 인한 위법행위로 타인에게 손해를 가한 자는 그 손해를 배상할 책임이 있다"라고 규정하여 불법행위로 인한 손해배상의 일반적 원리를 천명하고 있다. 여기서 '위법'하다는 것은 전체 법질서에 비추어 허용되지 않는 것을 말하는데, 형법에 어긋나는 행위는 당연히 위법한 행위가 되고 피해자는 가해자에 대하여 손해배상을 청구할 권리를 가지게 된다. 그런데 앞서 본 것처럼 국가는 명예훼손죄가 예정하고 있는 피해자가 아니므로 형법상 범죄가 성립하지 않는다. 그러므로 형법을 어겼다는 이유로 민사상 손해배상을 하라고 주장할 방법이 없다.

한편, 불법행위로 인한 손해배상이 가해자의 행위가 형사처벌의 대상이 되는 경우만을 전제하는 것은 아니다. 가령, 타인의 사생활을 침해하는 것은 형사상 처벌받지는 않더라도 사회적으로 허용할 수 있는 한계를 넘으면 위법한 것으로 판단되어 손해배상을 해야 하는 행위가 될 수는 있다. 그렇다면 형법이 범죄로 인정하지 않음에도 불구하고 국가의 명예는 별도로 민사상 보호받을 필요가 있는가? 그렇지 않다. 민법(民法)은 그 용어 그대로 일반 시민간의 권리와 의무를 규정하는 법이며, 국가는 그러한 시민 또는 개인으로 볼 수가 없다. 국가와 시민 간의 법률 관계는 원칙적으로 행정법의 범주에 속하는 것이며, 민법이 다루는 대상이 아니다. 다만, 비록 국가라 하여도 일반 시민과 다를 바 없는 계약이나 재산권의 주체로서 행동하는 경우에 민법상의 개인과 동일하게 다루어질 수도 있으나, 적어도 명예훼손에 있어서 개인과 같이 다루어질 아무런 이유가 없는 것이다.

그 이유는 당연하다. 첫째, 국가는 일반 시민과 달리 자신의 명예를 훼손하는 행위에 대처할 모든 인적, 물적 수단과 강제력을 가지고 있다. 민사재판으로 보호해야 할 이유가 없는 것이다. 둘째, 일반적으로 사람의 '사회적 평가'를 저하시키는 것을 명예훼손이라 하는데 국가는 국제사회의 일원인지는 몰라도 인구와 영토와 주권을 그 구성 요소로 하여 스스로 한 사회를 포괄하고 있는 주체다. 그런데 국가의 내부에 속한 사회에서 어떻게 국가 자신에 대한 평가가 저하된다는 말인가. 대한민국이 국민들 사이에서 사실상 평판이 안 좋을 수는 있지만 적어도 그것은 법이론적으로는 모순이다. 이것은 어떤 사람이 자기 손을 보고 '왜 나를 손가락질하느냐'고 시비하는 것만큼 어리석은 이야기다. 우리는 그런 사람을 지칭하는 의학용어를 알고 있다.

이와 관련한 판례를 굳이 찾자면, 지방자치단체는 명예훼손에 따른 손해배상 소송을 제기할 권한이 없다는 영국의 1993년 판례가 있다. 외국의 판례를 바로 적용할 수는 없지만, 그 취지는 음미할 만하다. "중앙정부이든 지방정부이든 정부기관이 명예훼손의 소(訴)를 제기하는 것이 유익하다고 볼 아무런 공공의 이익이 없다. 그뿐만 아니라 정부기관은 제한 없는 공공의 비판을 받도록 함이 가장 중요하고 정부기관에 명예훼손의 소를 제기할 권한을 부여하는 것은 언론의 자유에 대하여 바람직하지 못한 족쇄를 채우는 것이다."*

* 박용상, 『명예훼손법』, 현암사, 2008, 59~60면 참조.

국정원이 박 변호사의 말대로 그런 어리석은 활동을 했다면 그것이야말로 대한민국의 명예를 짓밟는 행위이다. 게다가 대한민국은 명예훼손 소송을 제기하며 법률 실력이 보잘것없음을 스스로 폭로함으로써 그 명예가 또 땅에 떨어졌다. 대한민국은 국민의 자유와 재산을 지켜야 할 고귀한 지위를 내버리고 자신의 명예를 일개 시민과 똑같이 보호해달라고 칭얼대며 법원으로 달려가야 할 만큼 가녀린 존재가 됨으로써 스스로 모욕을 가하고 있는 것이다.

이렇게 해서 대한민국은 스스로 명예를 잃어가고, 우리는 조금씩 대한민국에 대하여 말할 자유를 잃어간다. 대한민국은 명예도 잃고 소송에도 지겠지만, 국민들에게 말을 못하게 하려는 목표는 충분히 달성할 것이다. 누구의 대한민국인지는 모르겠지만 그것이 분하다. 글을 쓰다 보니 박 변호사가 눈물을 흘리는 심정을 이제 알 것 같다. ○2009

'사법플레이'의 시대

해군이 제주도 해군기지 건설과 관련해 '해적'이란 표현을 사용한 김지윤 씨를 모욕죄로 고소했다고 한다. 한국에서는 전혀 놀라운 소식이 아니지만, 아직 살아 계신 것이 감사할 뿐인 노엄 촘스키 선생은 제법 놀라셨는지, '마녀사냥을 중단하라'는 성명에 참여했다. 이 고소는 몇 년 전 국정원이 명예훼손을 이유로 박원순 시장에게 민사소송을 제기한 것을 상기시킨다. 또한 나꼼수를 상대로 명예훼손을 이유로 고소하는 것을 검토한다던 중앙선거관리위원회의 검토는 끝났는지도 궁금하다. 국가기관이 개인적 법익을 보호하기 위하여 마련된 모욕이나 명예훼손을 근거로 쟁송에 착수하는 법률적 무지에 대하여는 아연실색할 따름이다. 한편, 이런 논의에서 결코 빼놓을 수 없는 자연인이자 국가기관인 분이 여러분의 머리에 떠오를 것이다. "정치인에게는 부고를 제외한 모든 기사가 이득이 된다"는 교훈을 실천하면서 '저격수'를 자처하는 분이다. 너무 이례적이라 어떻게 규정해야 할지 난감하지만, 굳이 말하자면 일종의 행위예술에 해당하고, 사법의 영역마저 예술의 영역으로 끌어들였다는 점에서 아방가르드적이라고 평가할 수 있다. 왜 행위예술가 낸시 랭이 계속하여 그를 언급하고 있겠는가.

법률을 탄환으로 사용하는 이런 행위에는 고소, 고발, 민사소송의 제기라는 방식이 있다. '고소'는 피해 당사자라고 주장하는 쪽이 형사처벌을 요구하는 것이고, '고발'은 제삼자가 형사처벌을 요구하는 것이다. 손해배상을 청구하는 등의 민사소송은 물론 피해 당사자라고 주장하는 사람이 제기하게 된다.

법이 예정한 목적에 맞는 문제 제기는 다소 적절하지 않아도 수긍해야 한다. 자신의 권리를 방어하기 위해 노력하거나, 법의 엄격한 적용을 요구하는 행위 자체를 비난할 수는 없기 때문이다. 그러나 법적 근거가 매우 부족하거나, 사실관계가 정확하지도 않은데도 공격하는 것은 사법기관의 업무를 가중시켜 시민의 세금을 낭비하며, 상대방을 부당하게 위축시킨다. 이러한 행위들은 언론 본연의 기능을 벗어나 언론을 활용하는 '언론플레이'라는 용어에 빗대어 '사법플레이'라고 부를 수 있을 것이다. '사법플레이'는 왜 이렇게 범람하게 되었을까.

먼저 '비용의 비대칭성'이라는 문제가 있다. 권력과 지식과 경제력과 같은 자원을 가진 국가기관 등은 작은 노력으로 상대를 압박할 수 있고, 실패해도 별로 타격이 없다. 민사소송에서 져도 약간의 소송 비용을 감수하면 되고, 고소고발 행위는 사실을 고의로 왜곡했다는 것이 확실히 밝혀지지 않으면 무고죄로 처벌받지 않는다. 이런 상황은 우리가 매일 목격하다시피 사법기관이 정치적으로 중립적이지 않으면 더욱 증폭된다. 국민들이 뼈저리게 경험한 것처럼, 만일 사법기관이 직접 사법플레이에 개입하면 공동체의 엄청난 재난이 된다.

법률의 약점도 이런 상황에 기여한다. 사법플레이는 자주 '어떤 사실의 진위'를 쟁점으로 삼는데, 그것은 대개 상호간의 '진실게임'이 되고, 공격받은 쪽이 억울해도 그것을 해명하는 과정은 지난하다. 명예훼손 등을 형사적으로 처벌하는 것에 문제가 있다는 주장은 그래서 설득력이 있다. 게다가 사법플레이는 동시에 언론플레이다. 주장 자체로 지면을 얻는 것보다 법적 조치를 취했다는 것으로 지면을 얻는 것이 쉽기 때문이다.

사법제도의 틈새와 언론의 속성을 교묘히 파고드는 '사법플레이'는 동원할 수 있는 자원을 가진 쪽에서 시민에게 가하는 부당한 공격으로서 민주주의에 대한 심각한 도전이다. 이제 우리 사회를 위협할 정도에 이른 무책임한 사법플레이에 대해서는 반드시 법적, 정치적 책임을 물어야 할 때가 되었다. 2012

법관은 무엇으로 사는가

영화 「도가니」, 나경원 전 서울시장 후보와 관련된 '기소청탁' 논란, 영화 「부러진 화살」 등으로 법원에 대한 국민들의 의구심은 어느 때보다도 증폭된 상황이다. 그 와중에 대법원장은 신임 법관 임명식에서 "법관은 성직자와 같은 삶을 살아야 한다"고 말했다. 그러자 징계로 인하여 현재 정직 중인 이정렬 판사는 별로 새로울 것 없는 이 말에 대해 "구체적으로 누구의 삶을 말씀하시는지? 조용기 목사님? 김홍도 목사님? 문익환 목사님? 문정현 신부님? 명진 스님?"이라는 글을 트위터에 올렸다. 본의 아니게 이루어진 이 짧은 대화는 과연 무엇을 함축하는가. 이정렬 판사는 아마도 이 땅의 어떤 성직자들이 '성직자'라는 말이 의미하는 삶이 아닌 다른 방식의 삶, 특히 속세의 기준에 비추어도 바람직하지 않은 삶을 산다는 것을 지적하고 싶어 했으리라. 그럼에도 불구하고 그 질문은 동시에 '법관의 삶'에 대한 가혹한 질문이기도 하다.

'성직자와 같은' 삶을 지향하는 법관의 삶은 동시에 결혼정보회사에서 선호하는 세속적 선망의 대상이기도 하다. 누구나 알다시피 법관이라는 직업은 학업 성취가 매우 뛰어난 학생들이 선택하는 가장 실용적인 직업이다. 그런데, 가장 실용적인 선택을 한 법관들이 이제 갑자기 '성직자와 같은 삶'이라는 가장 비실용적인 태도를 지표로 삼는다. 그러한 모순되어 보이는 행위들은 본인들의 주관적 선의와는 별개로 '과연 얼마나 진실한 것일까'라는 시민들의 의혹을 견뎌야 한다.

생각해보면, '성직자와 같은'이라는 표현은 중립적인 심판자로서 타인의 운명을 결정할 수 있다는 점을 의식한 주체가 마음을 준비하는 태도이다. 그러한 지향은 귀하다. 문제는 그러한 태도가 왜 지겨우리만큼 자주 선언될 수밖에 없는가 하는 점이다. 우리는 비밀이란 말해지지 않는 것이라고 생각하지만, 진정한 비밀은 공공연하게 선언된다. '성직자와 같은 삶'을 지향해야 한다고 거듭 선언되어야 하는 것은 사실 그 삶이 '성직자와 같은' 삶에서 계속하여 미끄러지고 있기 때문이며, 어떤 의미에서 불가능한 이상이기 때문이 아닐까.

'성직자와 같은 삶을 지향하는 법관'이라는 주체는 '조국을 위해 몸을 던지는 군인', '범죄와의 전쟁을 수행하는 검사'라는 주체와 유사하다. 일견 바람직하다고 여겨지는 그러한 주체들의 공통점은 '질문이 허용되지 않는 가치를 위한 절대적 헌신'을 요구받는다는 점이다. 군인의 이상은 '용감함'이지만, 스스로 누가 적인지를 규정하지 못한다. 그는 누가 적인지에 대하여 명령을 받고, 그 적이 노르망디에 상륙하는 연합군이라 하더라도 대적하여야 한다. 검사의 이상은 '범죄와의 전쟁'이지만, 스스로 무엇이 범죄인지를 규정하지 못한다. 그는 무엇이 범죄인지에 대하여 하명을 받고 그 범죄가 민주화운동이라 하더라도 척결하여야 한다. 그리고 법관의 목표는 '중립성'이지만, 스스로 무엇이 법인지는 규정하지 못한다. 그 법이 유신 치하의 긴급조치라 하더라도 적용하여야 한다. 즉 이러한 주체들은 주어진 과제를 성실히 수행한다고 하여 그것이 반드시 올바른 결과를 보장하지는 않는 아이러니한 상황에 놓여 있는 것이다. 그리고 이러한 주체들에게는 그 보답으로 적지 않은 사회적인 대가(권한, 사회적 인정, 연금, 국립묘지 등)가 주어지는 동시에 매우 엄격한 위계질서에 의하여 개별 행동이 금지되는 것이다.

자신에게 주어지는 명제의 정당성에 대하여 묻는 것이 금지된 직업이지만, 그것을 수행하기 위해서는 상당한 지력이 필요하고, 직업의 안정성이 '사법권 독립'이라는 민주주의의 기본원리에 의하여 보장된 사람들이 법관들이다. 그들이 가장 세속적인 잣대를 사용하는 결혼정보회사의 최우량 고객이 된 것은 당연하다. 역설적으로 어떠한 선험적인 명제도 거부하고 끊임없이 탐구하는 사람들, '날것 그대로의 삶'을 살아가기를 열망하는 사람들에게는 가장 불가능한 직업이 된다.

'가능한 한 올바른 법'이 주어지는 현실, '판단의 독립'이 실질적으로 보장되는 공동체에서는 법관의 직무가 그나마 원활하게 수행될 수 있다. 그러나 당대의 사회적, 정치적 현실이 남루할수록 그들이 수행해야 하는 일은 아이러니하게 된다. 그런 상황에서 그들이 자신을 정당화하는 방법은 "나는 실정법의 한계 안에서 최선을 다했어"라고 독백하는 것이며, "나는 '성직자와 같은 삶'을 추구했어"라는 방법론적인 태도의 뒤로 숨는 것이다. 그런데 지금의 사법적 현실은 그것으로 해결되지 못한다. 이제 현명해진 시민들은 법관들이 '법'을 '법대로' 적용하는 과제를 열심히 수행하고 있다는 것조차 의심하고 있다. 법관들이 실용적으로 직업을 선택했던 그 태도를 여전히 견지하면서, 은밀하게 그들만의 리그를 구축한 것이 아닌지 질문하기 시작한 것이다. 솜방망이 처벌을 받는 재벌, 석방되는 부패 정치인, 잡혀가는 노동자, 그리고 묵살되는 진실들을 매일같이 목격하면서도, 법관들이 '주어진 법을 묵묵히 적용하는 성직자'이기는커녕 '잘못된 당대 현실의 적극적 협조자가 아닐까' 의심하지 않는다면 오히려 이상하지 않은가. 이제 시민들은 공동체의 99퍼센트에 해당하는 자신들이 1퍼센트에 속하는 사람들에게 왜 하소연을 해야 하는지 분노하고 있다. 그리고 자신들이 정치와 법을 바꾸면 그 1퍼센트를 심지어 기각할 수 있다는 것을 깨닫기 시작했다. ○2012

'사법'이라는 판타지

요사이처럼 사법제도가 입길에 오른 적도 많지 않았을 것이다. 「도 가니」, 「의뢰인」, 「부러진 화살」, 「범죄와의 전쟁」과 같이 사법 과정을 본격적으로 다룬 영화들이 연이어 등장한 것이 원인일 수 있겠지만, 영 화와 현실이 상호작용하는 과정은 단선적이지도 일방적이지도 않기에 그 관계를 지나치게 평면적으로 규정하는 것은 무리다. 다만 우리는 말 할 수 있다. 이 영화들은 이 공동체의 사법 시스템에 발생한, 또는 오랜 기간 잠복하고 있었으나 이제 드러난 어떤 질병의 증상들이다.

웰메이드 상업영화인 「의뢰인」은 우리의 상식에 부합하는 사법 시 스템 안에서 역할을 수행하는 법률가들을 그리고 있다. 게임의 규칙은 합리적이고, 안정적이며, 관객들은 장르영화의 약속 안에서 영화를 수 용한다. 범인은 잡히고 정의는 발견되며 우리는 안도한다. 그러나 현 실은 매끈하지 않을 뿐만 아니라 전도되어 있고, 착종되어 있으며, 은

닉되어 있다.

훼손될 만큼 훼손되었기에 이제는 '사법적 정의'를 말하기조차 어렵지만, 시대착오적 상황을 극복하면 우리는 과연 '사법적 정의'를 만날 수 있을까. 물론 「의뢰인」에서처럼 잘 작동하는 '사법적 정의'가 현실에서 희귀한 것은 아니다. 많은 사건에서 '사법적 정의'는 실제로 회복된다. 그러나 다른 많은 사건에서는 가해자는 늘 가해자고, 피해자는 늘 피해자다. 사법기관에 소속된 사람들은 예외적인 사례들로 인한 불신이라며 반감을 느낄 수 있다. 그러나 그것은 과연 예외인가, 아니면 반복되는 규칙인가.

어느 공동체에서나 규범이 운영되는 과정에 대한 구성원의 신뢰는 필수적인데, 이때 우리는 '실제로 신뢰할 만한 것'과 '외관상 신뢰를 받고 있다'라는 것을 구별할 수 있다. '괜찮은 민주주의'는 고결한 이상이지만, 어떤 공동체도 '정의와 민주주의의 외관'을 획득할 뿐이다. 왜냐하면 공동체는 무엇보다도 우선 '무엇이 생명인지 아닌지', 그리고 '생명들에게는 어떻게 자원을 배분할 것인지'에 관하여 불가피하게 당파적 가치판단을 하기 때문에, 우리가 염원하는 '완전한 정의'란 불가능한 무엇이고, 우리는 '부분적 정의'만을 누리게 된다. 다만, 구성원들이 그 '부분적 정의'에 공감하면 '민주주의와 정의가 작동되고 있다'는 판타지 속에서 평안을 얻게 되는 것이다. 그런데 사람들이 판타지에서 깨어나고 있다. 유포될 수 있는 정보를 규정하고 관리하던 기존의 게이트웨이들이 권력을 상실하면서 시민들에게 사법제도의 속살이 노출되자, 그들은 그런대로 작동하고 있다고 믿었던 사법 시스템이 얼마나 폐쇄적인 그들만의 리그인가를 깨닫고 있는 것이다.

생매장된 가축, 성폭행당하는 학생, 강정에서 잡혀가는 신부, 크레인 위의 노동자, 목숨을 끊는 해고자, 수많은 1인 시위자, 쫓겨나는 기자, 쫓겨나는 판사, 감옥에 갇힌 시인이 즐비하다. 사법이 그들의 보호자이기는커녕 거대한 불의의 공모자가 아니냐는 혐의를 받고 있는 지금, 사법은 언제까지 진술거부권을 행사할 수 있을까. 배반당한 시민들은 이제 신뢰를 버린 것을 넘어서, 사법 시스템이 '실재'의 사막에서 착취당하는 우리를 기만하고 있는 거대한 매트릭스의 일부일지도 모른다고 생각하기 시작했다. 우리에게 주어진 것이 '충분하지 못한 정의'가 아니라, '착취를 지속하기 위한 한 조각의 판타지'에 지나지 않는다고 시민들이 느끼기 시작할 때, 어차피 '부분적인 정의' 외에 줄 것이 없는 사법은 뭐라고 답할 것인가. ○2012

법을 믿습니까?

헌재가 탄핵심판에 착수함으로써 공은 법률가에게 넘어갔다. 주권자는 이토록 중요한 일을 저토록 미심쩍은 손에 넘기고 나니 자존심도 상하고 불안하다. 그러나 대통령이 스스로 물러서리라는 생각이 순진하다는 것과 다른 경로는 없다는 것이 증명된 이상 어쩌겠는가.

법대에 들어간 1984년은 전두환이 청와대를 점거하고 있던 때였다. 지금은 이십구만 원으로 오병이어의 기적을 행하는 인물로 조롱받지만, 당시에는 시민을 학살하고 고문하는 악의 화신이자 공포의 대상이었다. 교수님이 불가침의 인권과 법의 숭고한 이념을 가르칠 때, 학생들은 잡혀간 친구를 생각하며 교정에 주둔한 전경을 바라보았다. 법은 종편 패널의 장광설만큼이나 권위가 없었고, 법률가는 권력의 공범인 어릿광대였다. 그 시절에 공부해서 법률가가 되었다면, 회개는 못할망정 자랑할 일은 아니다. 세상의 고통에서 눈을 돌렸거나, 좋게 보아도 불의한 세상과 어느 정도 타협한 것은 분명하다. 나도 그렇다.

우여곡절 끝에 연수원에 들어가니 운동을 하다 방향을 선회한 사람들을 중심으로 비밀 동아리가 있었다. 삼백 명의 연수생 중 스무 명이 안 되는 수가 모였는데, 장기적 전망 아래 일단 변호사가 된 후 계속 투쟁하려는 것으로 나는 이해했다. 이제 와서 고백하자면, 나는 연수원을 졸업할 때 퍽 놀랐다. 그중 몇 명을 제외하고 모두 판검사를 지원했던 것이다. 졸업 후 처음으로 다시 모였을 때 일부가 묘한 선민의식마저 드러냈을 때에는 할 말이 없었다. 한때 운동에 투신했던 이들조차 이럴진대, 그 시기에 별 고민 없이 법을 공부한 사람들을 적어도 정치적 사안에 관해서는 믿기 어렵다. 그러나 사정은 생각보다 복잡하다. 그런 법률가들의 손에 탄핵의 운명이 달려 있는 이 상황은 얼마나 고약한가.

법은 공동체의 약속이라는 명분으로 정당성을 얻었지만, 강자의 노리개라는 이유로 악명이 높다. 어느 날은 우리를 구하고, 어느 날은 우리를 버린다. 법이 목숨을 살린 사람이 있는가 하면, 그 이름으로 살해된 사람이 있다. 필요할 때는 통화 중이고, 원치 않을 때는 벨이 울린다. 나는 법의 가장 중요한 기능은 '이 공동체가 문제를 해결할 시스템을 가지고 있다는 알리바이를 제공하는 것'이라고 생각한다. 그것은 환상이기 때문에 '해결하는 것'보다는 '해결하는 것으로 보이는 게' 중요하다. 심지어 '해결을 가로막는 것'이 실제 기능일 때도 있다. 하지만 나는 법에 대한 깊은 신뢰나 열렬한 혐오가 모두 거짓이라 생각한다. 오로지 환상에 지나지 않는다면 사람들은 그것을 마침내 무너뜨렸을 터인데, 아이러니하게도 법은 문제를 실제로 해결할 잠재력을 지니고 있다. 그 잠재력을 현실화하는 것이 지금 시기 민주주의의 가장 중요한 목표다.

헌재는 아마 탄핵을 가결할 것이다. 여기서 시민을 배반하면 자신의 생존이 위협받기 때문이다. 그러므로 해냈다고 해서 칭송할 일은 전혀 아니다. 그것은 역사의 이성이 비틀거리는 법률가를 통해 자신의 이념을 영리하게 실현한 것에 지나지 않는다. 그리고 만일 이번에 배반당한다면, 난폭해진 역사의 이성을 제어할 수 있는 사람은 거의 없을 것이다. ○2016

3부

한국은
내전 중

붉은 여왕의 민주주의

마르크스는 『루이 보나파르트의 브뤼메르 18일』을 이렇게 시작한다. "헤겔은 어디에선가 모든 세계사적 사건과 인물은 두 번 나타난다고 말한 적이 있다. 그러나 이렇게 덧붙이는 것을 잊었다. 처음엔 비극(悲劇)으로, 두번째는 소극(笑劇)으로." 나는 두 사상가의 내공에 대해서는 인정하지만 이 표현을 곧이곧대로 믿지는 않는다. '무엇을 사건으로 보고 누구를 인물로 볼 것인가', '두 번의 유사성은 어떻게 평가할 것인가' 하는 것은 주관적이기 때문이다. 이것은 주장을 돋보이게 하기 위한 레토릭이지 엄격한 명제는 아니다.

그런데 KBS 정연주 사장의 해임을 둘러싼 사태를 보면서 전에 본 듯한 기시감을 피하기 어려웠다. 이유는 곧 밝혀졌다. 노태우 정권 당시인 1990년에 이미 같은 일이 있었던 것이다. 감사원의 해임 요구, 이사회의 해임 제청, 고위 인사의 압박, 대통령의 해임, 그리고 새로운 사장. 그 수순은 십팔 년의 세월을 뛰어넘어 일란성 쌍둥이처럼 닮았다. 차이라면 예전의 사건은 언론 말살의 비극이었지만 지금의 사건은 정신 나간 소극이라는 것이다. 사건이 반복될 때 뒤의 사건이 소극이 되는 이치는 단순하다. 세월의 변화를 반영하지 못한 채 되풀이되면 시대착오가 되기 때문이다. 예전에 국민의 반응이 '분노'에 가까웠다면 지금의 반응은 '실소'에 가깝다. 어차피 유유상종이기 때문에 내 주위의 반응들이 나처럼 하나같이 비판적인 것은 당연하지만 그 반응들이 '어처구니없다', '황당하다', '어이없다'인 것은 사건의 본질이 시대와 동떨어진 소극임을 보여준다.

하지만 우리는 다시 생각해야 한다. 이것은 과연 그저 웃기고 자빠진 일인가? 주로 성희롱적이거나 성차별적인 유머만을 전문적으로 구사하던 분들이 갑자기 이렇게 수준 높은 개그를 할 리가 없다. 이것은 우리의 반응과 달리 대단히 진지한 사건인 것이다.

국민의 대부분은 성인기 동안 민주주의가 후퇴하는 것을 보지 못했다. 군사독재, 문민정부, 국민의 정부, 참여정부로 변해가는 흐름 속에서 권력이 '소수에서 다수로', '밀실에서 광장'으로, '폭력에서 논리'로 옮겨가는 과정을 보아왔고, 그것이 사회적 법칙이라고 느꼈다. 그래서 지난 대선에서 군사독재에 뿌리를 둔 정치 세력이 승리하더라도 사회경제적인 문제야 할 수 없다 치고 민주주의를 걱정하지는 않았다. 이명박 후보가 당선되었을 때의 느낌은 이십 년 전 노태우 후보가 승리했을 때의 비참한 심정과는 거리가 멀었던 것이다. 심지어 이렇게 정권 교체되는 것도 길게 보아서 나라에 도움이 될 거라는 낙관적 견해도 드물지 않았다. 그런데, 반년도 되지 않아 국민들은 분노해야 할지 실소해야 할지 모르는 사태들에 끊임없이 직면하고 있다.

「이상한 나라의 앨리스」의 속편 「거울 나라의 앨리스」에서 앨리스는 붉은 여왕과 함께 미친듯이 달리지만 제자리에서 벗어나지 못한다. 이때 붉은 여왕은 앨리스에게 말한다. "여기서는 같은 자리에 계속 있고 싶으면 힘껏 달려야 해. 다른 곳에 가고 싶다면, 적어도 그 두 배는 빨리 달려야 하지." 그렇다. 우리는 민주주의에 대해, 적어도 한국의 민주주의에 대해 오해하고 있었다. 민주주의의 제자리라도 지키려면 죽을힘을 다해 달려야 한다는 것, 그 노력을 게을리할 때 민주주의는 순식간에 뒤로 처지고 만다는 것을 뒤늦게 깨닫고 있는 것이다. 갑자기 민주주의의 문제는 너무 시급해져서, 시한폭탄을 장착한 것 같은 양극화와 비정규직의 문제조차 사치스러울 지경이다.

이제 이명박 정부는 무고한 사람을 고문하고 정치 사찰만 하면 군사독재정부와 똑같은 정부가 된다. 앞의 것은 쉽지 않다고 생각되지만, 뒤의 것은 장담할 수 없다. 어느 현명한 판사에게 재판과 관련한 전화를 걸었다가 망신당한 국정원 직원의 사례는 어떤 징조를 보여주고 있다. 도대체 이 정부의 정체는 무엇일까?

보수 인사들이 입만 열면 지키겠다는 자유민주주의를 제대로 정의하기는 어렵다. 하지만 우리는 알고 있다. 주권자는 국민이고, 스스로 권력을 행사하기 곤란한 부분을 대리인들에게 위임했다는 것. 맡겨진

권력은 주권자를 위하여 행사되어야 한다는 것. 그리고 만들어진 법은 게임의 규칙으로서 누구나 존중해야 한다는 것. 나는 보수적인 견해보다는 진보적인 견해에 귀를 기울이게 되지만 민주주의와 법치주의라는 '게임의 규칙'만 준수한다면 어떤 보수적인 견해에 대해서도 함께 토론하고 선의의 경쟁을 할 수 있어야 한다고 생각한다. 하지만 자신들이 탄압받을 것 같은 때에만 민주주의를 이야기하고, 권력을 쟁취한 후에는 그것을 사유화하는 자들, 국민들에게만 법의 지배를 받으라 하고 막상 자신들은 힘의 지배가 사회의 냉혹한 규칙이라고 믿고 실천하는 자들과는 한세상에 살 수 없다. 그들은 국민을 위한다는 명목으로 제 배를 불리며, 공공의 이익을 말하는 척 패거리의 이익을 추구하는 공공의 적이며 민주주의의 파괴자다.

혹시 그대들이 민주주의와 법을 지키고 있다고 믿는가? 한번 따져보자. 공개적으로 논의하고 판사의 조정 아래 재판의 향방을 결정한 것이 사장의 배임인가? 이득은 도대체 누가 보았는가? 그렇다면 판사와 국세청장도 공범이란 뜻인가? 어느 법률가가 그따위 법률 해석을 하는가? 도주할 가능성이 전혀 없는 사람을 출국정지하여 괴롭히는 것이 공권력의 집행인가? 공권력은 필요한 경우에 최소한도로 행사하게 되어 있는 것을 검사들이 정녕 모르는가? 해임할 빌미를 찾기 위하여 정해놓고 하는 감사가 '바른 감사'인가? 당신들이야말로 감사 대상이다. 나는 KBS가 경영을 어떻게 했는지는 잘 모르겠다. 그러나 경영상의 잘못이 있다 쳐도 그것이 사전적 의미에서 '비위'라는 표현에 들어맞는가? 당신들은 일상생활에서 '비위'라는 말을 그런 경우에 쓰는가? 그렇다면 쇠고기협상이야말로 엄청난 '비위' 아닌가? 진실을 구부려 권세에 아부하는 당신들의 논리는 '비위'가 상해서 못 들어주겠다. 이전의 법에서 '임면권'이라고 규정한 것을 '임명권'이라고 고친 것이 해임할 권리를 제한하기 위한 것이 아니라면 국회가 심심해서 문장을 다듬었다는 뜻인가?

자유민주주의의 본질은 아무리 적이라도 온당한 법에 따른 절차를 거쳐 배제하라고 말한다. 그게 불가능하면 법을 고치든가, 법을 고칠 수 없으면 참으라고 말한다. 그러나 그대들은 법과 '게임의 규칙'과 '인간에 대한 예의'와 심지어 '국어의 원칙'을 무시한다. 이기는 것밖에 관심이 없는 무리에게 더 이상 관용이 적용될 수 없다. 그대들은 우리의 신성한 민주주의의 경기장 바깥으로 나가야 한다. 그대들은 승자인 자신들이 올림픽 메달리스트라고 생각하는지 모르겠지만 우리가 보기에는 프로레슬러 시합에서 상대의 눈을 찔러 비만한 배에 챔피언 벨트를 차는 반칙왕에 지나지 않는다.

붉은 여왕은 우리가 저들로부터 소중한 민주주의를 지키기 위해서는 죽을힘을 다해 뛰어야 하고 그래야지 제자리나마 지킬 수 있다는 것을 가르쳐준다. 저들은 힘과 반칙과 불법과 기만으로 국민을 능멸하지만 국민은 오로지 비폭력, 민주주의, 법치주의, 선거 그리고 단결로써 저들을 심판하자.

저들을 신성한 민주주의의 경기장에서 퇴장시키자. ○2008

불가능한 것을 요구하라
강의석의 경우

사람은 세계를 자신에게 적응시키려는 시도를 고수한다.

그래서 모든 진보는 비합리적인 사람에게 달려 있다.

—죠지 버나드 쇼

최진실 씨의 애석한 죽음이 포털 검색 순위 1위를 차지할 때, 그 아래에는 건군기념 행진 중인 전차를 알몸으로 가로막은 강의석의 소식이 있었다. 예상했듯이 그 시위 또는 공연은 뉴스에서 악플로, 찬반양론으로 번져갔다. 그는 고교 시절 학내 종교 수업을 거부하면서 알려진 이후 다양한 활동으로 언론의 조명을 받아왔다. 개혁가와 언론 노출이 지나친 사람이라는 상반된 평가가 뒤따르는 그를 어떻게 보아야 하는가? 양심적 병역거부를 넘어서 아예 '군대를 폐지하자'는 그의 주장을 어떻게 받아들여야 하는가.

2001년 임종인 전 의원이 후배 변호사인 내게 '여호와의 증인'들의 병역거부 사건을 함께 변론하자고 했을 때 처음에는 어떤 의미인지 잘 몰랐다. '양심과 종교 때문에 군대를 안 가겠다면 군대는 누가 가고, 나라는 누가 지키나'라는 소박한 생각을 했을 뿐이다. 당시에는 여론도 그러했다. 그러나 가족들과 활동가들을 통해 이유와 배경을 알게되면서 내 생각은 바뀌었다. 군사법원에서 열린 첫 재판 때 판사가 피고인에게 물었다. "지금은 전쟁 중이 아니라서 적군을 죽이지 않고 군사훈련만 하면 되는데 굳이 훈련까지 거부할 필요가 있습니까?" 이에대한 스무 살 남짓한 피고인의 답변은 남달랐다. "여러분 같으면 어머니, 아버지를 죽이는 연습을 할 수 있습니까? 군사훈련은 제게 그런것입니다." 나는 그때 비로소 '양심적 병역거부'가 어떤 사람에게는 도저히 피할 수 없는 선택이자 가장 절박한 몸부림이라는 것을 깨달았고, 그것을 충분히 공감하지 못한 채 논리만을 이해하고 변호인으로나선 나 자신이 부끄러웠다. 칠 년의 세월이 지난 지금도 대체복무제는 실시되고 있지 않지만 그들의 주장은 더 이상 황당하다고 여겨지지않는다.

강의석의 주장은 어떠한가? '군대를 폐지하자'는 주장도 결국 수용될 수 있을 것인가? '군대 없는 세상'의 정치적 기반은 세계공화국이다. 세계공화국은 역사상 가장 논리적인 사람 중의 한 명인 칸트의 이념이었고, 언젠가는 이루어질 것이다. 대부분의 국민국가들이 유럽연합처럼 지역블록화되고 그 지역블록들과 블록화되지 않는 대국들이 세계공화국의 수립에 대하여 논의하기 시작할 때 '군대를 폐지하자'는 주장은 아마도 실제적인 정치적 기반을 갖추게 될 것이다. 하지만 '양심적 병역거부'가 정착되기까지 두 자릿수 단위의 세월이 필요하다면 군대 폐지는 세 자릿수 단위의 세월이 필요한 문제다. 강의석의 주장은 비현실적이다. 그런데 비현실적이라고 비논리적인가? 과연 현실적인 것은 무엇이고, 논리적인 것은 무엇인가?

세계를 휩쓸었던 68운동 당시, 대개 엄숙하고 비장하기만 한 다른 운동들의 구호와 달리 '금지하는 것을 금지하라' '상상력에 권력을' 같은 색다른 구호들이 있었다고 한다. 그중 개인적으로 가장 마음에 드는 것은 '사랑을 해라, 전쟁을 하지 말고(Make Love, Not War)'지만, 미묘한 느낌 때문에 잊히지 않는 것은 '우리 모두 리얼리스트가 되자. 그러나 불가능한 것을 요구하자'는 구호다. 도대체 무슨 말인가? '양키 고 홈'이나 '독재 타도' 등은 익숙하고, 촛불집회의 '미친 소 너나 드세요' 같은 재기 발랄한 구호도 감이 온다. 그런데 '불가능한 것을 요구하자'는 건 무슨 자다가 봉창 두드리는 소린가? 한껏 요구하여 상대방을 질리게 한 다음 현실적인 것을 얻어내자는 고도의 협상 전략인가? 아니면 몽상가들의 넋두리인가? 강의석의 '군대를 폐지하자'는 요구를 들었을 때 나는 68운동의 이 구호를 떠올렸다. 그는 현재 불가능한 것을 요구하고 있다.

존 레논은 「이매진(Imagine)」에서 이렇게 노래했다. 국경 없는 세상을 상상해보라고. 서로 죽이지도 않고 무엇을 위해 죽을 일도 없는 세상을 상상해보라고. 수많은 사람들이 이 노래에 공감한다. 그런데 그런 가사가 실제의 주장으로서 현실 세계로 침입하는 순간 왜 허황된 이야기로 치부되는가? 왜 어떤 주장은 여흥으로만, 예술로만 즐겨야 하고 실제로 주장하면 안 되는가? 존 레논의 상상은 엄격히 말한다면 '불가능한 것'이 아니라 '우리가 하지 않는 것'이다. 만일 인류가 합의한다면 '군대 없는 나라' '전쟁 없는 세상'은 지금 바로 이루어질 수 있다.

물론 대다수의 사람들이 합의하지 못하는 것도 역사나 사회의 법칙이다. 하지만 그 법칙은 절대적 법칙은 아니다. '군대 폐지'를 요구하는 것이 비현실적일지는 몰라도, 인류를 위해 그토록 절실하고 필요한 것을 요구한다는 점에서 논리적이며, 이를 거부하는 사람들은 현실적일지 몰라도 비논리적이다. 본래 아무도 죽일 생각이 없는 사람들이 국가의 명령으로 전쟁터에서 사람을 죽이는 것이야말로 알몸으로 전차를 막아서는 것보다 더 수상한 일이다. 그런데 왜 앞의 살인은 당연하다고 여겨지고 뒤의 행위는 당혹스럽다고 여겨지는가? 미국 대통령의 결단으로 이라크에서 수많은 사람들이 이유 없이 죽은 것은 비록 격렬한 비난을 받기는 하지만 있을 수 있는 일로 용인된다. 왜 우리는 가장 악몽 같은 일을 그럴 수 있다고 받아들일까? 나라와 종교와 이념이 다르다는 이유만으로 다른 사람을 죽일 수 있다고 생각하는 것이야말로 가장 비이성적이며, 그런 일이 벌어지는 끔찍한 세계를 견딜 수 있는 것은 오로지 우리의 습관 때문이다.

군대의 폐지를 요구하는 것이 비현실적으로 보이는 유일한 이유는 그것을 실제적인 정치적 의제로 주장하는 사람이 극소수이기 때문이며, 그들이 다수가 되는 순간 그 주장은 논리적일 뿐만 아니라 매우 현실적인 주장이 된다. 문제는 소수를 어떻게 다수로 변화시키느냐이며, 강의석은 논란과 비웃음을 무릅쓰고 자신이 앞장서겠다고 다짐한 것으로 보인다. 공정하게 생각해보았을 때 강의석은 적어도 주장하는 내용 자체로는 매우 이성적이며, 지나치게 이성적이어서 도리어 이상하게 보일 따름이다.

그럼에도 불구하고 그가 문제를 제기하는 방식은 이상을 실현하기 위한 적절한 방법이었을까? 그의 주장은 의도했든 의도하지 않았든 그 형식 때문에 정치적 요구라기보다는 예술적 발언이 되었다. 그의 몸짓은 시위가 아니라 공연이 되었고, 요구가 아니라 예언이 되었다. 기존 시스템의 입장에서 보았을 때 가장 급진적인 주장이 반드시 가장 아픈 것은 아니다. 심지어 맥락이 모호한 급진적인 주장은 해프닝이 된다. 지금 그를 쫓는 매체들은 주장의 내용이 아니라 형식의 선정성에 관심이 있다. 그리고 더 이상 기사 가치가 없다고 생각할 때 그를, 그가 섰던 테헤란로의 차가운 아스팔트에 그의 주장과 함께 내동댕이칠 것이다. 내 생각에 강의석은 매체에 노출되는 것을 두려워하지 않고, 그것이 자신의 원칙을 실현하는 방법일 수 있다는 것을 잘 이해하고 있을 뿐, 매체의 노예라고 생각되지 않는다. 그러나 두려워하지 않는 것과 좋아하는 것은 간혹 매우 가깝다. 나는 그가 매체조차 자신이 균열을 내고자 하는 견고한 매트릭스의 한 부분이라는 것, 자기 자신조차 매트릭스의 한 부분으로 변환될 수 있다는 것을 충분히 알고 있는지 궁금하다.

라캉주의 철학자 슬라보예 지젝은 이렇게 쓴 바 있다. "예술에서 악명 높은 '센세이션' 전시 스타일의 도발이야말로 규범이며, 예술이 규범에 완전히 통합되어 있음을 보여주는 예다." 공식적인 이데올로기를 가장 크게 위반하는 것이 바로 그 이데올로기라는 주장에 대하여 강의석이 들어본 적 있을까? 전차 앞에 선 그의 알몸이야말로 폭력 위에 구축되어 있는 우리 사회의 불안한 이데올로기를 보완해주는 알리바이로서 역설적으로 기능하고 있다면 그것은 너무 억울한 일 아닌가? 그렇게 소비되기에는 강의석이 너무 아깝지 아니한가? 2008

빌 게이츠가
술집에 들어왔다

"빌 게이츠가 술집에 들어왔다. 안에 있던 사람들의 평균 소득이 어마어마하게 올랐다. 하지만 그게 그들에게 무슨 의미가 있는가?" 경제학에서 가끔 사용되는 비유다. 통계와 평균은 전체를 수량화하여 다루는 유용한 방법이지만 그에 따르는 착시 현상과 한계는 잘 알려져 있다. 양적 평가는 질적 분석으로 보완되어야 한다. 더 큰 문제는 그 방법론이 불가피한 수단을 넘어 대다수의 고단한 현실을 숨기는 이데올로기가 된 경우다. 10퍼센트는 천국에, 90퍼센트는 지옥에 있을 때, 평균하면 연옥에 있다는 것이 지옥에 있는 내게 위로가 되는가. 생계가 막막하여 두 아이를 안고 지하철 선로 앞에 선 내게 그 숫자가 따뜻한 손을 건네주는가?

'전체 파이를 키우기 위해 될 놈을 밀어주자'는 말은 그럴듯하다. 지나친 평등이 사회의 활력을 해칠 수 있다는 것도 수긍된다. 그러나 그 주장을 하려면 '도대체 언제까지'인지 명확히 해야 한다. 그런 각론 없이 유사 이래 지금까지 줄곧 그렇게 주장하고 있다면 '가진 자가 더 가지려는 것'이란 혐의를 받아도 할 말이 없는 것 아닌가? 게다가 국제적 통계자료들은 우리나라가 이미 오래전부터 나누었어야 한다는 것을 보여주고 있다. 하다못해 '전체 파이의 성장'을 위해서도 말이다. 작은 기업이나 가난한 사람들에게 많은 몫을 주는 것이 선물을 주는 것은 아니다. 능력이 있어 승자가 되었는데 왜 내 몫이 무능하고 게으른 사람들에게 돌아가느냐고 생각할지 모르겠다. 하지만 당신은 이 사회 덕분이 아니면 사냥하고 열매 따는 생활에서 절대로 벗어날 수 없었다. 사회와 협업하지 않으면 평생을 바쳐도 당신이 삼 년마다 바꾸는 자동차의 뒷바퀴 하나도 제대로 만들 수 없다. 당신이 승자인 것은 현재 '게임의 규칙'의 결과일 뿐이며, 이것이 당신에게 지나치게 유리하면 바꿀 수 있고, 바꾸어야 한다. 누구 말마따나 당신은 3루에서 태어나고서 자신이 3루타를 쳤다고 생각하며 살고 있는지도 모른다.

이런 마당에 금융 위기가 몰려왔다. 목욕탕에서 냉탕, 온탕을 오가는 게 혈액순환에 좋다는 이야기는 들었지만, '위기다', '아니다'를 반복하면 경제에 도움이 된다는 것은 이번에 배웠다. 이런 정부가 위기의 본질이 '자본주의 종말의 징후'인지, '신자유주의의 종말'인지, 아니면 '일시적인 금융 정책의 실패'인지를 알 거라고는 이제 기대하지도 않는다. 원통한 것은 폭풍우가 실물경제로 번져 경기후퇴와 실업으로 이어질 때 한계상황에 몰리는 것은 작은 기업과 가난한 사람들일 거라는 점이다. 그런데 정부는 경제를 살린다는 예쁜 구호 아래 여전히 '많이 가진 자와 아주 많이 가진 자'들을 위한 정책을 추진한다. 양극화를 심화시킬 것이 명백하고, 금융 위기의 발생 원인에 비추어볼 때 효과와 위험이 재검토되어야 할 FTA를 서두른다. 부자들의 주머니가 좀 가벼워진 것이 그렇게 안쓰러운가? 미국 공화당의 부자들을 위한 감세 정책이 분배는커녕 성장에도 도움이 안 됐다는 소식을 아직 듣지 못했는가? 금융 위기가 신자유주의와 깊은 연관이 있다는 소식은 왜 당국자들에게만 배달 사고가 났는가?

미국 민주주의가 곱게만 보이진 않지만 이 국면에서 오바마를 선택한 건 부럽다. 운도 없는 우리에겐 선거가 너무 멀고, 당국자들은 새로운 상황을 연구할 생각도 능력도 없다. 자신들이 뻘도 없이 떠받드는 미국에게 닥친 상황과 대처하는 모습으로부터 당국자들이 배우지 않는다면 그들이 정말로 신봉하는 것은 뭘까? 누구는 지하철에, 누구는 한강에 몸을 던졌다는 이야기는 정말 더 이상 듣고 싶지 않다. 그런데, 숫자 놀음 대신 피와 살과 영혼이 있는 구체적인 인간을 생각해달라고 정부에게 요구하려 할 때 난 왜 이렇게 무력한 느낌이 드는가? ○2008

이 나라의 장래는
밝기만 하다

이십 년 전 어느 날 아버님께서 새로 대단위 아파트가 들어선 목동
으로 이사하겠다고 하셨다. 당시에는 아파트들만 덩그러니 있었고, 편
의 시설이 거의 없었다. 상업용 건물들이 지어질 땅들은 수년간 텅 빈
채로 잡초만 무성했다. 넓디넓은 도로에 차가 없어 무단횡단하기 좋았
는데, 어느 날 고지식한 경찰에게 잡혀 과태료를 물기도 했다. 몇 년
후 결혼하면서 부모님 댁 근처에 전세 아파트를 얻었다. 얼마 후 아버
님은 은행 빚을 얻어 근처의 작은 평수 아파트를 사라고 권유했다. 사
회 초년생이라 경제 관념이 부족했으므로 평생 건설업에 종사한 분의
충고를 따랐다. 은행 이자와 원금을 갚고 나면 남는 돈이 거의 없어 사
람 만나기가 무서웠다. 술값이라도 내면서 품위를 유지할 여유가 없었
기 때문이다.

그렇게 목동 안에서 빚을 얻어 조금 넓은 아파트를 사고 다시 빚을

갚는 일을 반복하여 마련한 아파트가 지금의 아파트다. 그 아파트를 사고 나서는 아파트 평수를 늘리기 위해 인생을 계속 허비하지 않기로 결심했다. 그런데 목동에 각종 방송국을 비롯하여 그럴듯한 건물들이 지어졌다. 인생을 교육 사업에 바치는 어머니들이 목동에 늘어나더니 점점 아파트값이 오르기 시작했다. 결국 몇 년 사이에 오른 아파트값이 십 년 가까이 저축해서 그 아파트를 산 값보다 훨씬 많았다. 그래서 졸지에 팔자에 없는 종부세 대상자가 되었다. 대체로 돈을 많이 번다는 직업을 가졌지만 딴 일에 정신이 팔려 실속이 없었으므로 대상자가 된 것은 오로지 이십 년 전 아버님께서 목동으로 가셨기 때문이다.

아무튼 중산층의 공식에 따라 내 집을 마련한 것뿐이므로 고지서를 받았을 때 기분이 좋지는 않았다. 하지만 가난한 사람들이 긴긴 세월 모아야 할 돈이 통찰력 있는 아버지 덕에 생겼으니 세금을 더 내는 것은 당연하다고 생각했다. 세금이 부담스러우면 가격이 싼 지역에 집을 구하고 차액은 은행에 저금하면 되는 것 아닌가? 오랫동안 버블세븐 지역에 살았다고 계속 거기에 살아야 한다는 법은 없다. 투기를 한 것은 아니지만 불로소득을 얻었으니 세금을 더 내는 건 자연스럽다고 생각했다. 처음부터 비싼 집을 산 분들은 능력이 있으니 세금을 더 내는 게 당연하다. 집이 여러 채인 분들은 말할 나위도 없다. 유체이탈이 가능한 분들이라 한 집에는 몸이 살고, 다른 집에는 영혼이 사나? 참 이해가 안 가는 변태들이다.

그런데, 얼마 전 헌법재판소가 내 편협한 생각을 고쳐줬다. 종부세는 '결혼했지만 각자 자기 소유의 집에 살다가 섹스할 때만 만나는 변태들 아니 진보적인 커플들'을 차별하는 것으로서 위헌이라는 것을 밝혀낸 것이다. 내친김에 정부 여당은 유례없는 경제 위기의 시대에도 바쁜 시간을 쪼개 관련법을 개정한다.

내가 잘못 생각했다. 내 집 마련하다가 로또에 맞은 것뿐인데 괜한 미안함에 사로잡혀 부당한 세금에 결연히 항거하지 못했다. 요사이는 집값도 마구 떨어지는데 종부세라니 너무한 것 아닌가? 팔 것도 아닌 집이 비싸졌다고 현금이 생기는 것도 아니고 잠이 더 잘 오는 것도 아닌데 세금 폭탄은 너무했던 것 같다. 새로 마련된 개정안에 따르면 내년부터는 종부세를 안 내도 된다. 가뜩이나 어려운 시절에 눈물 나게 고맙다. 십 원 한 장 그냥 주는 사람 없는 시대에 매년 수백만 원의 현금을 안겨주니 역사니 정의니 하는 쓸데없는 생각 집어치우고 다음 선거부터 이분들을 지지해야겠다. 나도 이제 철이 드나 보다.

그런데 종부세를 낼 일이 없는 사람들이 이분들을 지지하는 건 참 이상하다. 하지만 세상에는 자신의 이해관계와 어긋나도 옳다고 생각하면 그것에 승복하는 사람들이 많은 법이다. 나도 얼마 전까지 그랬지 않나? 사리에 맞으면 포퓰리즘을 두려워 않고 정책을 추진하는 애국지사들과 비록 자신에게 불리해도 이를 과감하게 지지하는 많은 사람들이 있어 이 나라의 장래는 밝기만 하다. 2008

누구를 위한
역사 교육인가

이른바 '좌편향 역사 교과서'를 바로잡겠다는 정부와 이에 동조하는 사람들의 발상과 행동은 '퇴행적 상상력의 끝은 어디인가'라는 생각을 피할 수 없게 한다. 금성출판사가 지구의 역사를 금성에 사는 외계인의 시각에서 기술한 것도 아닌데 왜 이 난리인가?

이분들이 '실질적 민주주의'는 물론 '절차적 민주주의'를 지킬 생각도, 그것이 존중되어야 한다는 의식도 별로 없다는 것은 이미 여러 차례 확인되었다. 그러나 이분들이 역사 교과서를 둘러싸고 벌이는 소란은 다시 한 번 우리들의 예상을 넘어선다. 이분들이 보기에 왼편에 서 있는 우리들은 (오른쪽 맨 끝에 서 있다 보면 모든 사람이 자기 왼편에 서 있을 수밖에 없다) 이 소란을 어떻게 이해해야 하는가?

잘 알려져 있다시피 공동체가 '집단적 기억'을 보존하고 해석하여 전달하는 과정은 결코 질서 정연하게 진행되지 않는다. 그 과정은 과거로 직접 여행해서 확인할 수 없다는 이유로, 그리고 구성원 간에 상이한 지위와 욕망을 가지고 있다는 연유로 온갖 불일치와 갈등에 시달리게 된다. '역사 인식'에는 사실과 의견이 뒤섞이고, 실제와 신화가 뒤엉키며, 진실과 허위가 뒤범벅이 되는 것이다.

그렇지만, 그 한계를 철저하게 깨닫게 되면 오히려 '역사 인식'은 새로운 지평을 얻게 된다. 자신이 진리를 발견했다고 확신하면 반드시 오류에 빠지지만, 자신이 오류의 구렁텅이에 있다는 것을 절감하게 되면 도리어 구원의 여지가 생기는 것이다. 그리하여 겸손해진 '역사 인식'은 특정한 '역사 인식'의 압제를 피하기 위해 다양한 견해를 수용하고 나아가 장려하게 된다. 그러한 다양한 목소리들이 잘 어우러질 때 우리는 역사의 멋진 합창을 들을 수 있고 그 합창의 한가운데에서 비로소 역사가 우리에게 섬광처럼 허락하는 진정한 영감을 얻게 된다.

지금 역사 교과서의 수정을 주장하는 사람들의 견해는 어떠한가? 나는 그들의 입장과 인식이 마음에 들지 않지만 그것도 충분히 타인에게 표현될 수 있다고 생각한다. 만일 그들이 눈 뜬 장님처럼 '존재하는 역사적 사실 그 자체'에 눈감고 있다면, 그들의 잘못을 지적하고 비웃어주면 그만이다. 혹시 그들이 '존재하는 역사적 사실 그 자체'에 눈감지 않고 있다면 비록 그들이 역사적 사실을 평가하고 해석하는 방법이 마음에 들지 않더라도 제법 예의를 갖추어야 한다고 생각한다.

그런데 나는 역사 교과서 수정을 주장하는 이들의 '역사 인식'에 내재한 가치관에서 몇 가지 수상한 징조를 발견한다. 그들의 가치관에서는 전체주의가 느껴진다. 그것은 전체의 행복과 발전을 위하여 부분의 희생이 정당화될 수 있다는 발상이다. 정말 불가피한 경우에 그런 것이 아니라 자주 그리고 수시로 그럴 수 있다는 발상이다. 또한 그들의 가치관에는 '약육강식'의 법칙이 철저하게 뿌리내려 있다.

그것이 다큐멘터리 「동물의 왕국」에서 흔히 볼 수 있는 모습이나 인간의 역사에서 더러 보이는 실제 사건을 냉정하게 그대로 인식한 것이라면 무슨 문제가 있겠는가? 그들은 '약육강식'의 법칙을 역사 전반에 부당하게 일반화해 가치판단의 토대로 삼는다. 나는 또 그들의 가치관에서 과정이 아니라 결과를 중시하는 태도도 읽는다. 결과가 왜 중요하지 않겠는가? 문제는 그들이 이유 여하를 불문하고 만들어진 현실 자체를 정당화하고 있다는 사실이다.

그들이 사랑해 마지않는 '전체주의' '약육강식' '결과 중시'의 정체는 무엇인가? 그것의 공통된 핵심은 '강자의 기득권을 그 정당성과 무관하게 인정, 유지하고 그 발전을 미래에도 보장하는 것'에 다름 아니다. 이것이 그들의 '역사 인식'의 척추이며, 현재 한국에서 득세한 보수주의자들의 본질적 사고방식이다. 그들의 '역사 인식'의 목표는 현재 이 사회에서 주도권을 쥐고 있는 자신들의 가치를 정당화하고 그 주도권을 지키는 데 역사가 봉사하는 것이다.

하지만 학문적이라고 말하기에는 허황되고 철학적이라고 말하기에는 유치할지라도, 그것을 그저 표현하는 행위를 가로막을 이유는 없다. 우리는 다만 그것이 왜 어리석고, 그것이 왜 거짓인지 보여주면 된다. 불행하게도 그들은 거기에서 그치지 않는다. 그들은 이제 역사 교육에 개입한다. 역사 교육에 개입하더라도 규범과 상식에 따라 나름의 역사를 기술하고 그것이 읽히도록 노력하면서 공정하게 남들과 경쟁하면 된다.

물론 그들은 그러지 않는다. 그들이 삶과 역사에서 배운 교훈은 그런 것이 아니다. 교과서로 채택될 만한 책을 쓸 자신이 없어서인지 아니면 이왕 칼을 쥐고 있기 때문에 지름길로 가려는 것인지 그들은 자신들의 '역사 인식'을 이상한 방식으로 강요한다. 그러한 행태는 우리에겐 매우 낯설다. 그러나 곰곰이 생각해보면 그 행태는 그들의 '역사 인식'의 토대가 되고 있는 가치관에서 동일하게 비롯되고 있기 때문에 그들의 인식과 행동에는 경탄할 만한 일관성이 있다.

'중립적이고 절대적인 역사 인식'이란 우리가 추구할 수는 있으나 결코 손에 넣을 수 없는 '절벽 뒤편에 핀 꽃'이기에 우리가 할 수 있는 것은 각자의 방식으로 최선을 다해 역사적 진실을 추구하는 것뿐이다. 그리고 경쟁하는 '역사 인식' 중 어느 것이 실제로 우세한 시대정신이 될지는 그것이 사람들을 얼마나 설득하고 매료시킬 수 있느냐에 달렸다.

역사를 인식하고 해석하는 다양한 방법은 거의 절대적으로 존중되어야 한다. 심지어 그들의 혼란스럽고 촌스럽고 자기중심적인 '역사 인식'마저도. 그러나 어떠한 '역사 인식'도 남에게 강요해서는 안 되며, 학생들에게는 더욱더 그렇다.

2004년에 세상을 떠나 과거로 사라진 어느 예술평론가가 있다. 내가 가지고 있는 역사적 증거에 따르면 그 여자는 이렇게 쓴 적이 있다. "예술은 유혹이지 강간이 아니다. 예술작품은 도저히 회피할 수 없는 유형의 경험을 제시한다. 그러나 예술은 체험하는 사람의 공모 없이는 유혹에 성공할 수 없다." 나는 역사 교육도 그 점에서는 예술과 마찬가지라고 생각한다. ○2008

한예종을 지켜라

이 정부에는 매뉴얼이 있다. 이 매뉴얼이 문서 형태의 '외장형'인지 누군가의 머릿속에 들어 있는 '내장형'인지는 알 수 없지만, 지금까지의 경과로 보았을 때 누구나 내용을 추측할 수 있다. 요약하면 이렇다.

1. 이 정부와 코드가 맞지 않는 사람들은 제거해야 한다.
2. 스스로 사라지지 않으면 이런저런 경로를 통해 사라지기를 권유하거나 협박한다.
3. 그래도 버티면 검찰을 움직여 수사를 하거나, 국세청을 움직여 세무조사를 하거나, 감사원 또는 정부 부처가 감사를 한다.
4. 유감스럽게도 비리 수준에서도 코드가 달라 먼지밖에 나오지 않으면 "깨끗한 척하더니 어떻게 먼지가 나올 수 있느냐"고 언론을 통해 모욕을 준다.

5. 모욕을 받고도 상대방이 물러서지 않으면 먼지를 바위라고 우겨서 기소하거나 제거한다.

6. 상대방이 소송을 하더라도 시간이 오래 걸리므로 그동안 사람들의 기억에서 사라지기를 기다린다.

7. 빈자리는 실업난으로 고통받아온 동지들로 채운다.

8. 상황 끝.

이 매뉴얼에 따라 제거된 사람들이 한둘이 아니다. 저항하다 제거되어 재판을 하고 있는 인사로는 KBS 정연주 사장, 문화예술위원회 김정헌 위원장 등이 있고, 더럽고 치사해서 조용히 스스로 물러나는 바람에 잘 알려지지 않은 사람들은 훨씬 많다. 중요한 자리에 있지 않았거나, 유명 인사가 아니어서 저항할 힘도 없이 제거된 평범한 사람들이 얼마나 많을지는 여러분의 상상에 맡기겠다.

이 매뉴얼에 따라 진행한 사례 중 실제로 정부가 법적 권한을 가지고 있는 경우는 비록 야비하기는 해도 참아줄 수 있다. 문제는 그토록 법질서 수호를 외치는 정부의 행동이 불법인 경우다. 정상적인 정부라면 그 자리를 채우기 위해 초조하게 기다리고 있는 동지가 아무리 안 쓰러워도 법에 맞지 않으면 참아야 한다. 하지만 이 정부는 그렇게 하지 않는다. 이 정부의 마인드로는 참는 게 이해가 안 된다. CEO가 사원에 대한 전적인 인사권을 가지는 것을 당연하게 생각한다. 하지만 대한민국은 기업이 아니라 공동체다.

한예종(한국예술종합학교) 사건은 이 매뉴얼을 특별히 충실하게 실행해온 문화부의 회심의 역작이다. 듣도 보도 못한 인터넷 매체가 앞서고, 자기 대학의 발전을 꾀해야 할 귀한 시간을 한예종 개혁에 바치겠다는 이상한 정열에 사로잡힌 일부 다른 대학 교수들의 지원사격을 받으며, 문화부는 한예종 사상 유례가 없는 집요한 감사를 실시했다. 그리고 통섭교육(학제 융합교육) 중단, 관련 교수 중징계, 이론 관련 학과 축소, 서사창작과 폐지 등을 요구하고 황지우 총장을 중징계 처분하겠다는 방침도 전달했다. 황지우 총장은 이에 항의하며 총장직을 자진 사임했는데, 문화부는 총장직을 중도에 사임하면 교수직도 유지가 안 된다는 해괴한 논리를 펴고 있다. 문화부의 뜻은 단순하게 말하자면 교과과정을 정부의 뜻에 따라 바꾸고, 맘에 안 드는 교수들을 쫓아내겠다는 것이다.

매뉴얼에 따라 진행된 결과의 어처구니없음에 대해 세세하게 다투는 것은 이 정부 들어 호황(?)을 맞은 민변 변호사들의 변론에 맡기고, 본질에 대해 바로 이야기하자. 다행히 이야기의 단서는 문화부 차관이 제공했다. 그는 며칠 전 한예종을 방문해 "우파 정권이 들어서면 우파 총장이 임명되는 것이 당연하다"는 발언을 했다고 보도되었다. 이것은 일련의 과정의 본질을 자백한 셈인데 유감스럽게도 그것은 결코 당연하지 않다.

우파 정권이 들어서서 정무직인 장관을 우파 인사로 임명하는 것은 당연하다. 총장의 임기가 만료되고, 정부가 총장을 임명할 권한이 있어 입맛에 맞는 인물을 기용하는 것은 어쩌면 가능할지 모른다. 그러나 정해진 임기를 무시하는 게 당연한가. 국민의 공복인 공무원을 동원해 이례적인 감사를 하면서 사퇴하도록 압력을 가하고, 교수직조차 빼앗으려 하는 것이 그렇게 당연한가. 정부가 교과과정을 함부로 뜯어고치고자 하는 것이 어떻게 당연한가. 이것은 헌법이 보장한 학문과 예술의 자유에 대한 중대한 도전이며, 국가로부터 중립적이어야 할 대학과 시민사회에 대한 테러일 뿐이다.

현 정부나 그 지지자들이 사용하는 '좌파'니 '우파'니 하는 표현은 그들의 머릿속에서만 작동하고, 그에 동조하는 매체들에 의해 확대재생산된 허구적인 상징에 지나지 않는다. '좌파'란 자본주의의 폐해에 비판적인 태도를 취하는 사람들, 자본주의 체제에서 사회경제적 약자인 사람들에게 깊은 연대의식을 가진 사람들을 말한다. 그런데 정상적인 지식인이라면 자본주의의 폐해에 관해 어떻게 우려가 없을 수 있는가.

그러한 우려를 제도에 반영한 '제대로 된 자본주의'는 승자독식, 약육강식의 자본주의가 아니라 복지국가, 인간의 얼굴을 한 자본주의, 적어도 온정적 보수주의를 지향한다. 정부 부처 내에 있는 공정거래위원회나 보건복지부조차 그러한 우려가 제도화한 것이다. 이를 넘어서 보다 근본적인 고민을 가지고 있어 실제로 '좌파'로 불릴 만한 사람들은 기껏해야 민주노동당과 진보신당의 지지자들이며 10퍼센트가 채 안 된다. 이들조차 선거와 민주주의와 인권과 법치주의의 틀 내에서 고민의 해결 방법을 찾고 있을 뿐이며, 그들은 자유민주주의 체제 내에서 그러한 신념을 가질 당연한 헌법상 권리가 있다.

　이른바 '우파'를 자처하는 사람들이 '스탈린'과 '북한'과 '문화혁명'을 연상하게 하려고 사용하는 '좌파'란 용어는 교활하게 과장된 정치적 수사에 불과하며, 그 범주에는 사실 자유주의자와 민주주의자들이 모두 포함되어 있다. 군사독재 시대의 암울한 상황에서 자유와 민주주의를 갈구하며 "새들도 세상을 뜨는구나"라고 노래했던 황지우 시인이 어떻게 '좌파'인가. 그가 '좌파'라서 그대들의 적이라고 생각한다면 그대들은 자신들이 자유주의와 민주주의의 적임을 고백하는 것이다. 그런 사람들을 대개 파시스트라고 부른다. 이것은 민주주의를 삶의 지표로 삼았던 노무현 전 대통령을 '좌파'라 칭한 것과는 달리 허황된 레토릭이 아니다.

　건전한 '우파'가 자신들의 신념을 표현하는 단어인 '자유민주주의'는 자유주의와 민주주의의 합성어다. 자유주의는 국가의 권력과 기능이 제한적이라고 보며 개인의 자유를 강조하는 신념이고, 민주주의는 권력이 다수의 사람들의 수중에 놓여 있어야 한다는 신념이다. '자유민주주의'라는 용어는 "자유주의와 민주주의는 필연적으로 연결되어 있으며, 민주주의만이 자유주의의 이상을 실현할 수 있고, 자유주의 국가에 의해서만 민주주의가 작동할 수 있다"는 통찰의 표현일 것이다.

　그런데 우리 사회에서 누가 진정한 자유민주주의자인가. 광장을 폐쇄해서 집회와 시위의 자유를 유린하고, 정부와 다른 의견을 표현했다고 '미네르바'를 구속하고, 인터넷에서 말할 자유를 불편하게 생각하는 사람들이 자유민주주의자인가. 국민에게 위임받은 권력인 수사권, 감사권, 인사권을 자의적으로 휘두르는 사람들이 자유민주주의자인가. 마음에 안 든다고 절차를 무시한 채 쫓아내고, 교과과정에 간섭해 학문의 자유를 훼손하려는 사람들이 자유민주주의자인가. 그대들이 '좌파'라고 몰아붙이는 사람들의 대부분이 사실은 자유민주주의자이고 그대들은 오히려 파시스트에 가깝다는 사실을 정녕 모르는가. 게다가 그대들은 사실을 왜곡하고, 사람을 모욕하고, 돌아가신 분에 대한 예의도 저버린다.

한예종 사건은 좌파 우파의 문제가 아니다. 그것은 자유민주주의와 유사파시즘의 싸움이고, 인간에 대한 예의와 파렴치의 다툼이다. 시민에게서 광장을 빼앗고, 네티즌을 인터넷에서 옥죄고, 방송국을 접수하고, 나아가 캠퍼스마저 유린하려는 세력으로부터 한예종을 수호하자. 시민사회의 학문과 예술의 자유마저 위협한다면 더 이상 물러설 곳이 없다. 역사가 무수히 교훈을 준 것처럼, 그다음은 평범한 일상을 살아가는 우리 차례가 아니라고 누가 장담할 수 있는가. 2009

노블레스 오블리주는
없다

　신문을 읽다 보면 '노블레스 오블리주(Noblesse oblige)'라는 프랑스
어 표현을 주제로 한 칼럼들을 일 년에 평균 세 번 정도는 접하게 된
다. 이 표현은 '고귀하게 태어난 사람은 고귀하게 행동해야 한다'는 정
도의 의미를 가지고 있다고 한다. 이른바 사회지도층에게는 사회에 대
한 책임이나 국민의 의무를 모범적으로 실천하는 높은 도덕성이 요구
된다는 말이다. 그 예로는 각종 전쟁에 자발적으로 참전하여 숨진 귀
족이나 고위층 자제들의 이야기가 단골 메뉴처럼 거론된다.
　이 말을 처음 들은 것은 대학 신입생 설명회 때였다. 어느 교수님이
칠판에 처음 보는 알파벳을 적으면서 "여러분들은 사회에서 선택된 사
람들이니 사회에 대해 더 많은 책임을 지고, 더 많이 기여해야 한다"
는 취지로 말씀하셨던 것이다. 교수님이 전수해준 그 말은 이상에 가
득 찬 어린 학생들에게 각별한 감정을 자아냈다. 나 또한 그것을 자긍

심과 책임감이 뒤섞인 묘한 느낌으로 받아들였는데, 생각해보면 자극받은 선민의식 때문에 상기되었던 것 같다. 적어도 내 경우에는 숭고함으로 포장된 그 감정에 무언가 석연찮은 구석이 있었던 것이다.

그 후 나름대로 세파를 겪으면서 그 표현에 내포된 불순한 점에 대하여 좀더 자각하게 되었다. 그리고 이제 그 표현은 내게 대학 입시에서 우수한 성적을 거둔 학생이 언론 인터뷰에서 '교과서 위주로 공부했다'라고 말하는 것이나 법무부장관이 '불법시위나 파업을 엄단하겠다'고 말하는 것처럼 공허한 수사로 여겨진다.

물론 나는 이 표현의 의미를 진실하게 체현하고 있는 우리 시대의 많은 고결한 인물들을 알고 있다. 하지만 그들은 예외적이다. '노블레스 오블리주'라는 레토릭의 이면에는 집요하고 끈질긴 사회적 욕망과 권력관계가 은폐되어 있다. 이 표현의 수면 아래에서 작동하는 메커니즘은 과연 무엇일까.

일본의 비평가로서 사상가의 반열에 근접한 가라타니 고진(柄谷行人)이라는 사람이 있다. 그의 주장 중에서 인상적인 것은 근대국가를 '자본=국가=네이션'라는 삼위일체의 공식에 의하여 파악하는 것이다. 그의 논지는 자본, 국가, 네이션의 삼위일체가 완성됨으로써 근대국가가 형성되었고 지금도 작동하고 있다는 것이다.

그중에서 '네이션'은 특히 감정적인 기반을 가지고 있다. 월드컵 경기에서 자기 나라를 응원하는 관중들의 놀라운 열기를 보라. 그 열정은 그들이 속해 있는 네이션, 즉 국민국가에 대한 공통의 소속감에 의하여 분출되고 있다. 깊이 성찰해보면 그러한 태도는 매우 비논리적이다. 하지만 현실 세계에서 집요하게 작동되고 있는 것은 어떤 이유가 있으며 그것은 비논리적이라는 지적만으로 극복되지 않는다.

한편 자본뿐만 아니라 국가나 네이션도 넓은 의미에서 경제적인 차원에 속해 있다고 주장하는 고진은 이 세 가지를 '교환의 양식'에 의하여 구별하고 있다. 즉 자본제가 '상품의 교환'에 의하여 특징지어진다면 국가는 '일방적 취득과 재분배라는 교환'에 의하여 특징지어지고 네이션은 '호수적(互酬的, 호혜적) 교환'에 의하여 특징지어진다(일상생활에서는 듣기 어려운 '호수적 교환'이라는 표현은 예를 들어 서로 선물을 주고받는 것, 부모가 아이를 대가 없이 양육하는 것 등을 생각하면 이해가 된다).

그리고 이 세 가지 교환양식은 근대국가에서 서로 보완적으로 작동된다. 가령, 각자가 경제적으로 자유롭게 행동한 결과가 경제적인 불평등과 계급적 대립으로 귀결된다면, 국민의 상호부조적인 감정에 의해 그것을 완화하고, 국가가 자본의 방종을 규제하며 부를 재분배함으로써 근대국가가 작동한다는 것이다.

나는 '노블레스 오블리주'는 고진이 말한 호수적 교환의 일면이라고 생각한다. 아마도 '노블레스 오블리주'는 신분제도가 유지되고 있는 사회에서 지배하는 자가 지배되는 자로부터 복종에 대한 동의를 얻기 위하여 모범을 보이려는 동기에서 비롯되었을 것이다. 그것은 개인적으로는 갸륵한 일이지만 사회적으로 생각하면 결국 신분질서를 공고히 하는 역할을 하게 된다.

어느 불평등한 사회든 지배하는 자가 힘으로만 시스템을 유지하는 것은 버겁다. 이때 소수의 지배하는 자가 다수의 지배되는 자를 가장 효율적으로 관리하는 방법은 그 지배가 정당하다는 생각을 가지게 하는 것이다. 강자이기 때문에 지배할 정당한 권리가 있다고 단순하게 생각할 수도 있지만 그것만으로는 불안하다. 그것은 지배되는 자가 힘이 더 세지면 뒤집을 수도 있다는 논리로 귀결되기 때문이다. 그보다 좋은 방법은 지배하는 자가 공동체를 위하여 헌신한다는 인식을 심어주는 것이다. 그것만큼 자발적으로 복종하고 싶은 마음을 불러일으키는 것은 없을 것이다.

'노블레스 오블리주'의 심리적 메커니즘은 그런 것이다. 그런데 노예제 사회도 아니고 봉건제 사회도 아니고 모두가 평등하다는 이 민주공화국에서 왜 '노블레스 오블리주'라는 표현이 반복되어 소환되는 것일까. 그것은 이 사회가 사람들의 집단적 무의식 수준에서는 여전히 신분사회이며, 그 부당성과 불안정성이 '노블레스 오블리주'를 통해 보완되어야 제대로 작동되기 때문이 아닐까.

그러므로 '노블레스 오블리주'를 실천하는 사람들에게 감사하는 것은 좋지만, 우리는 그들에게 반드시 물어보아야 한다. 혹시 고귀한 신분을 아예 포기하고 낮은 곳으로 내려와 기꺼이 우리와 같아질 용의가 있느냐고. 만일 그렇다면 그들은 존경받을 만하다. 하지만 만일 그들이 우리를 위해 헌신할 수는 있지만, 우리와 같아질 생각은 없다면 그들이 말하고 행하는 '노블레스 오블리주'는 고차원의 사기에 지나지 않는다.

이처럼 '노블레스 오블리주'라는 표현과 기제가 수상한 것이기는 하지만, 지금 여기에서 우리를 이끌어주는 이른바 '고귀한 신분'을 가지신 분들이 얼마나 자기희생을 하는지, 얼마나 높은 도덕성을 지니고 있는지를 생각해보면 '노블레스 오블리주'에 시비를 거는 내 자신이 사치스럽게 느껴진다. 대통령께서 재산을 헌납했지만 천하를 얻기 위한 건곤일척의 승부를 뒷마무리하는 것일 뿐이고, 어느 재벌의 사회공헌 약속은 형벌을 적게 받기 위한 임시방편이었다고 한다. 그들의 희생과 헌신은 더 큰 것을 얻기 위하여 작은 것을 내놓아 마침내 자기가 가질 수 있는 것의 최대치를 얻기 위한 전략에 지나지 않는다.

정부의 고위직에 임명되었거나 임명될 뻔했던 사람들의 투기와 범법으로 점철된 삶의 궤적을 일일이 말할 필요는 없을 것이다. 그들이 걸어온 길은 저잣거리의 평범한 이들보다 낫기는커녕 일신을 위하여 각종 편법을 실천한 결과일 뿐이다. 그들은 고귀한 존재가 아니라 이 약육강식의 세계에서 승리한 맹수이자 생존의 명수에 지나지 않는다. 당신들의 천국에 사는 그들만의 '노블레스 오블리주'가 이 불평등한 세계에서 헤게모니를 유지하려는 궁여지책일 뿐이지만, 안타깝게도 그들에게는 '노블레스 오블리주'를 실천할 여우의 지혜조차 없다.

그런데 그것은 아이러니하게도 지배되는 사람들의 입장에서 보았을 때에는 천만다행이다. 왜냐하면 눈에 보이지 않는 견고한 신분질서 속에서 그저 강자일 뿐인 그들을 존경까지 하면서 살아야 한다는 것보다 끔찍한 것은 없기 때문이다. 그리고 그들이 존경받을 만하지 못하다는 것은 반대로 이 사회가 결국 변화할 수밖에 없다는 희망에 찬 전망으로 이어진다.

대한민국은 누가 뭐라든 민주공화국이다. 만일 아직 아니라면 언젠가 반드시 민주공화국이 되어야 한다. 그러므로 별로 그럴 생각도 없는 그들에게 '노블레스 오블리주'를 간청하지 말자. 그들은 그런 수준이 못 된다. 대신에 그들에게 누구나 지키는 공화국 시민으로서의 의무나 제대로 하라고 말하자. 법이나 제대로 지키라고 요구하자. 살기 위해 파업을 하는 노동자들을 방패로 내리찍지 말라고 외치자. 그리고 자원과 기회와 미디어를 독점하지 못하게 저항하자.

그러고 나서도 당신에게 마음의 여력이 있다면, 공화국 시민의 법과 의무도 준수하지 않으면서 자신이 평범한 사람들과는 차원이 다르다는 허위의식에 빠져 있는 저들을 차라리 불쌍하게 여기자. 2009

그녀는 무엇을 했는가

런던올림픽에서 오심 여부가 논란이 되어 팬들이 밤잠을 설치고 있다. 선수가 각고의 노력 끝에 참여한 인류의 제전에서 오심으로 피해를 입는다면 그 안타까움은 이루 말로 다할 수 없다. 그러나 심판도 인간인지라 관찰력과 판단력에 한계가 있다. 만일 심판이 그 한계 속에서 최선을 다했다면 결과적으로 오판이라 해도 수긍해야 한다. 그런데 만일 심판이 권한이 있는 것을 기화로 부당한 판정을 하고 있다면 어떠한가. 나아가서 런던올림픽 조직위원회가 심판들과 모의하여 조직적으로 그런 일을 자행하고 있다면 어떠한가. 그런 일은 절대로 불가능하므로 지나치게 한가한 망상인가. 그렇지 않다. 스포츠의 세계가 아닌 실제적인 사회를 돌아보면, 온 국민이 올림픽 열기에 달아오른 대한민국에서 수시로 그런 일이 벌어지고 있다. MB정부의 너무나 일상적인 풍경이기 때문에 국민들도 이제 면역될 만큼 면역되었지만, 그

수법은 갈수록 대담해지고 있다. 너무 어이가 없어 어찌할 바를 모르는 사이에 계속하여 당하는 형국이랄까.

부산저축은행 비리에 연루되어 징역형을 선고받고 복역 중이던 은진수 씨가 가석방으로 출소했다. MB의 핵심 측근으로 알려진 그는 "3분의 1 이상의 형기를 경과하여야 한다"는 법률상 가석방의 조건을 형식적으로는 충족했다. 하지만, 사실상 '권력형 탈옥'이라고 볼 수밖에 없는 그의 석방에 공감할 사람은 없다. 형식적으로는 최소한의 법적 근거가 제시되었지만, 내용적으로는 '법의 정신'에 테러를 가하는 일이 '법의 수호자'를 자처하는 사람들에 의해 자행된 것이다.

MB정부가 왜 이렇게까지 법치를 경시하고 측근을 챙기는가에 관하여 몇 가지 설명이 있다. 하나는 MB의 '공정한 법치에 대한 무개념'으로 설명하는 것이다. 지난 몇 년을 살펴보면, MB는 '국민은 법을 지켜야 하지만, 자신은 필요하면 법을 초월할 수 있다'는 대단히 편의적인 규범의식을 가지고 있음이 분명하다. 다른 하나는 '지독한 보은정신'으로 설명하는 것이다. 그는 신상필벌에 관하여 매우 일관된 행적을 보이고 있는데, 문제는 '자신에게 얼마나 충성했는가'라는 기준을 따르고 있다는 점이다. 또 다른 설명은 그렇게 무리해서라도 배려하지 않으면, 이 정부가 유지되지 않기 때문이라는 것이다. 즉 '배려하지 않으면 무언가를 폭로당할 처지에 있다'는 것이다. 최고 권력기관이 자신들과 연관된 범죄자의 입을 막으려 돈을 준 사례가 있는 것을 보면 설득력이 떨어진다고 할 수도 없는 설명이다. 우리를 지금 통치하고 있는 권력의 수준은 삼류 조폭영화의 줄거리 수준인 것이다.

이미 역사의 뒤안길로 사라지고 있어 누구도 관심이 없는 MB정부에 대해 더 이상 말해보았자 입만 아프다. 이제 우리가 말해야 할 것은 다음 정부다. 혹시 대통령이 MB에서 박근혜 씨로 바뀌면 정권이 교체되는 것이라고 생각하는 국민은 없는가. 그러한 어이없는 판단을 하는 국민들은 혹시 박근혜 씨가 MB정부의 매우 조직적이고 악의적인 오심에 대해 책임이 없다고 믿는 걸까. 박근혜 씨는 이 정부의 기획자는 아닐지언정 사태를 막을 충분한 힘이 있는데도 방치한 방조범이다. 5·16에 대한 발언에서 드러난 그녀의 규범을 경시하는 성향에 비추어본다면 가장 적극적인 지지자일 수도 있다. 대통령을 꿈꾸는 정치인이라면, '한 것'만이 아니라 '하지 않은 것'에 대해서도 책임을 져야 한다. 그녀는 이 정부의 퇴행을 막기 위해 무슨 행동을 했고 무슨 말을 했는가. 도무지 아무것도 기억나지 않는다. 아니, 선거운동 이외에 그녀가 국민들을 위해 무엇을 했고 무엇을 말했는지 전혀 기억이 나지 않는다. ○2012

'진영의 논리'와
'논리의 진영'

'진영(陣營)논리'라는 말이 있다. '공식적인 용어'가 아니기 때문에 뜻을 정의하기는 어렵지만, 대체로 "편이 나뉜 상황에서 과도하게 자기편을 옹호하거나 상대편을 공격하는 것"을 말하며, 부정적인 평가를 내릴 때 사용하기 마련이다. 예를 들어, "그런 식의 옹호는 '진영논리'이므로 부적절하다"는 표현은 가능하지만, "이런 경우에는 '진영논리'에 따라 우리 편을 옹호해야 한다"라는 식으로 적극적인 논거로 사용하면 고개를 갸우뚱하게 한다. 또한 어떤 행위를 '진영논리'라고 비판하는 주장이라 하여 스스로는 '진영논리'의 혐의에서 면제되는 것도 아니다. 간혹 보수적인 신문에서 진보진영의 어떤 태도를 '진영논리'라고 공격하는 것보다 더 역겨운 '진영논리'는 없지 않은가.

그렇다면, '진영논리'의 반대말은 무엇일까. '공정한 논리'도 답이 될 수 있겠지만, '진영논리'와 쌍을 이루는 용어는 "우리 편의 보호가 절실할 때, 논리에만 치우쳐 우리 편을 곤경에 빠뜨리는 논리", 즉 '무책임한 논리'라고 할 것이다. 이 용어는 '진영논리'와 유사한 성질을 가지기 때문에, "이런 경우에는 '무책임한 논리'에 따라, 상대방의 주장을 인정해야 한다"라는 표현은 의아한 용법이 되고, 어떤 행위를 '무책임한 논리'라고 규정하는 주장이라 하여 스스로는 '무책임한 논리'의 가능성에서 자유로운 것도 아니다. 결국 '진영논리'라는 용어나 '무책임한 논리'라는 용어는 객관적으로 사용되기보다는 어떤 주장에 대하여 부정적인 평가를 내릴 때 사용하는 일종의 '정치적 수사'임을 알 수 있다. 즉, 어떤 주장은 '맞는 주장'이거나 '틀린 주장'일 수 있고, 그것은 많은 경우에 확정할 수 있다. 하지만, 어떤 주장이 '진영논리'인지, '무책임한 논리'인지, 아니면 '공정한 논리'인지는 그 주장이 행해지는 상황과 맥락에 대한 가치판단에서 자유로울 수 없고, 그러한 가치판단은 각자의 위치와 상황 인식에 따라 다를 수밖에 없기 때문에 누구의 주장이 옳은지 판단하는 것은 매우 어렵다.

일반적으로 '논리의 진영'은 '진영논리'를 공격하고, '책임의 진영'은 '무책임한 논리'를 공격하게 마련인데, 그러한 논쟁이 매우 격화된 요즘의 상황은 안타깝다. 왜냐하면, 그런 논쟁이 '민주주의'와 '일하는 사람들이 인간답게 살 수 있는 세상'을 염원하는 사람들 간에 자주 벌어지기 때문이다. 물론 그러한 논쟁은 살균되어서는 안 되고, 반드시 지속적으로 전개되어야 한다. 논쟁이 촉발하는 성찰이 없는 진영은 언젠가 파산하기 때문이다. 그러나 영화 「부러진 화살」, 노무현 전 대통령에 대한 평가, 나꼼수의 '비키니 사진' 등을 둘러싸고 벌어지는 너무 뜨겁고 즉흥적인 논쟁 방식은 우리의 소중한 전위들과 그들을 아끼는 사람들에게 상처를 주고 있는지도 모른다.

나는 영화 「부러진 화살」에 모두 동의하는 것은 아니지만, 감독의 문제의식에 공감한다. 나는 진중권 씨의 의견에 모두 찬성하는 것은 아니지만, 그 명석함과 촌철살인을 보며 (좋은 의미에서) 뇌를 열어보고 싶을 정도로 경탄한다. 그래서 이들과 이들을 아끼는 많은 사람들이 서로 열심히 논쟁하되, 서로의 선의를 존중하고, 오독을 피하기 위하여 세심하게 상대의 주장과 논거를 살펴보며, '차가운 비판'보다는 '따뜻한 비판'을 나누었으면 하는 간절한 염원이 있다. 2012

그들이 부결시킨 것은
자신들이다

1931년에 이십대의 괴델은 '불완전성 정리'를 발표하여 세상을 놀라게 했다. 수학의 문외한으로서 그 업적을 설명하는 것은 곤란하지만, 거칠게 말해서 그는 '진리이지만 증명할 수 없는 수학적 명제가 존재한다'는 것을 천재의 솜씨로 증명했다. 나는 '불완전성 정리'가 '인간 인식의 한계'를 보여주었다고 과장할 것은 아니라고 생각한다. 하지만, 어떤 학문보다 엄밀하다고 여겨진 수학의 불완전함을 보여준 것은 '우리는 무엇을 인식할 수 있는가'에 관하여 다시 생각하게 한다. 또한 토마스 쿤은 과학사의 연구를 통하여 자연과학의 발전이 우리가 막연히 생각하는 것과는 다른 방식으로 발전한다는 것을 인상적으로 보여주었다. 과학자 사회에서 우위를 차지하던 지배적인 '패러다임'이 다른 '패러다임'으로 대체되어가는 과정을 보면, 자연과학의 발전조차 사실은 단순히 이론적인 것이 아니라 매우 사회적인 과정이라는 것이다. 수학과 자연과학의 사정이 그렇다면 사회과학은 말할 것도 없다. 심지어 쿤은 사회과학은 아직까지 공유한 '패러다임'이 없는 상태로서 '전-과학'이라고 말한다. 그토록 많은 논쟁들이 결말 없이 표류하는 사회과학을 보면 누가 쿤의 견해를 반박할 수 있을까. 그러므로 각자의 욕망과 정치적 의도가 개입하는 사회 현안들에 대한 인식은 더 말할 나위도 없다.

조용환 헌재재판관 후보에 대한 임명동의안이 부결되었다. 많은 이유가 있겠지만, "천안함이 북한에 의하여 침몰되었다고 믿지만 확신하지는 않는다"는 발언이 주된 원인이 된 것으로 알려졌다. 나도 천안함이 어떻게 침몰했는지 확신하지 못한다. 설마 정부가 조작했다고 생각하기는 어렵다. 그러나 수많은 거짓말로 신뢰를 잃은 이 정부가 사건을 처리하는 과정을 보았을 때, 북한의 행동으로 보이는 증거는 강조하고, 반대 증거는 애써 외면하는 태도로 인해 잘못된 결론에 도달했을지 모른다고 생각하는 것이 그렇게 이상한가. 이런 상황에서 증명의 문턱을 넘기 전에 한 조각 의문을 남겨두는 것에 무슨 문제가 있는가. 그런 태도야말로 사람의 운명을 좌우할 수도 있는 재판관의 첫번째 덕목이다.

무엇을 확신할 수 있고, 무엇을 확신할 수 없으며, 또 무엇은 그 경계에 펼쳐져 있다는 것을 아는 것은 쉽지 않지만, 그렇다고 박사학위가 필요한 일도 아니다. 우리는 정규교육을 거치지 않고도 그런 분별을 익힌 많은 사람을 경험으로 알고 있다. 반대로 세상에서 가장 유명한 대학을 나왔지만 그런 분별을 가지지 못한 사람을 본다. 문제는 학식이 아니라 성품과 지혜다. 어떤 개인이 필요 이상으로 확신하는 성향을 가진 것은 안타깝지만, 그 대가는 스스로 인생에서 치르게 될 것이므로 크게 탓할 일이 아니다. 우리가 할 수 있는 것은 충고하는 것에 그친다. 그런데 국회의 다수를 차지하는 사람들이 설익은 확신을 휘두르고, 심지어 자신들처럼 확신하지 않는다고 다그친다면 심각한 문제다. 새누리당은 학식을 중시한다고 알려져 있지만, 그 학식은 자신들에게 더 높은 지위와 재물과 명예를 유인하기 위해 주로 사용된다. 진리와 자신의 욕망을 혼동하고, 세상에 바람직한 것과 자신들에게 유리한 것을 교묘히 혼합하는 사람들은 공적인 업무를 수행해서는 안 된다. 새누리당은 조 후보를 부결시킴으로써 자신들이 공적 업무를 수행할 품성과 자질이 없다는 것을 여실히 보여주었다. 그들이 부결시킨 것은 조 후보가 아니다. 그들이 부결시킨 것은 어리석은 자신들이고, 만일 어리석은 게 아니라면 '영악한 욕망 덩어리'에 지나지 않는 자신들이다. ○2012

'소명' 또는
'욕망'으로서의 정치

　지난 몇 년간 진행된 민주주의의 노골적 후퇴, 공적 영역의 파렴치한 사유화에 뒤이어 총선과 대선이 동시에 진행되는 2012년이 도래했다. '국가를 수익 모델로 삼았다'는 표현이 그저 재치가 아니라, 그동안 권력을 향유하던 사람들의 행동 양식에 대한 가장 단순하고 명쾌한 설명이라는 것을 수긍할 수밖에 없는 시절이었다. 도저히 공적 영역에서 활동해서는 안 되는 사람들에게 권력을 주었던 결과는 그렇지 않아도 풀어야 할 과제가 산적한 공동체에 씻기 어려운 상처를 남겼고, 수많은 이들의 삶을 파괴했다. 이제 기세 좋게 '욕망의 정치'를 추진하면서 이에 저항하는 사람들을 사냥하던 그들의 좋았던 시절은 저물고 있다. 마치 권력이 영원히 계속될 것처럼 남용하던 사람들과 그들에 영합하던 기회주의자들에게는 혹독한 평가의 시간이 다가오고 있는 것이다. 그러나 역사 속에서 '충분한 정의'를 목격한 사람이 얼마나 있는

가. 정의를 회복하고 공동체의 항로를 올바르게 수정하려는 우리의 열망은 일부는 충족되고 일부는 배신될 것이다. 그 충족과 배신의 정도는 정치권력이 과연 교체될 것인지, 교체된다면 어떤 과정을 거쳐 어떤 모습으로 교체될 것인지에 달려 있다. 그리고 그것은 결국 국민에 의하여 호명되어 공공의 영역으로 나선 개인들의 서명으로 수행된다.

유난히 길게 느껴지는 겨울의 거리를 걷다 보면, 이른바 '얼짱 각도'의 커다랗고 관료적인 사진에 '희망', '일꾼'과 같이 수없이 되풀이되어온 수식어가 더해진 '풍경의 침입자'들과 마주친다. '당선'이라는 하나의 목적을 위하여 실용적으로 동원된 언어와 디자인은 주기적으로 반복되어 왔음에도 현대인의 세련된 감각에 커다란 충격을 준다. 그 정치적 선전들의 노골적이고 직접적인 방식은 전국 어디를 가나 돌연히 만나게 되는 "앗! 타이어 신발보다 싼 곳"이라는 어떤 광고판을 연상케 한다. '타이어를 팔아보겠다', '표를 얻어보겠다'는 결연한 실용주의 앞에서 우리의 당혹스런 감각에 대하여 불평해보았자 무엇하겠는가. 그러나 '그들이 과연 우리를 잘 대표할 것인지', '타이어가 정말 신발보다 싼지'는 못내 궁금하다.

시쳇말로 '간지가 작렬'하는 군복무 당시의 사진으로 유명한 문재인 변호사의 책 『운명』에는 다른 사진도 있다. 1988년 국회의원에 출마한 노무현 전 대통령의 유세 사진인데, '6월 항쟁의 야전사령관'이라는 문구가 선명하다. 겸손한 그가 다소 쑥스러울 수도 있는 표현을 사용했다는 것이 뜻밖이기는 하지만, 공과를 떠나서 적어도 그는 자신이 출사표를 던지며 내건 표어의 가치를 배반하지 않는 삶을 살았다고 생각한다. 정치인이나 어떤 공직자를 지향하는 사람의 내면은 두 개의 중심을 가진 타원과 같다. 하나의 중심은 '소명'이고 또 하나의 중심은 '욕망'이다. 사람들은 '소명'이라는 하나의 중심만을 가진 '원'과 같은 인물을 기대하는 경향이 있지만, 그런 인물은 대기권 내에 없다. 우리는 다만 '욕망'이라는 중심보다는 '소명'이라는 중심이 더 큰 자리를 차지하고 있는 인물을 기대할 수 있을 따름인데, 하나같이 '소명'만을 말하는 그들의 내면은 그들이 그려온 과거의 궤적을 통하여 추측해볼 수 있을 뿐이다. 어차피 세월은 그들이 '명실상부한 공동체의 대표자'인지, '욕망의 화신'인지, '정치를 수익 모델로 하는 투기꾼'인지 아니면 '고소고발집착남'인지 밝혀낼 것이다. 그러나 그때까지 공동체가 그들의 '욕망'을 위하여 치러야 할 대가를 생각하면, 거리를 채우기 시작한 몽타주와 구호들이 예사롭게 보이지 않는다. ○2012

부산의 어느 유세장에서

토요일 아침이다. 대개 한강에서 자전거를 달리는 시간이지만, 서둘러 서울역으로 향했다. 부산에서 출마한 배우 출신의 후보에게 가보고 싶었기 때문이다. 그와 깊은 인연이 있는 것은 아니나, 영화계에서 이런저런 법률 자문을 하면서 아는 처지였다. 십 년 전 아버님이 돌아가셨을 때, 친소 관계로 보아 굳이 그럴 필요가 없었던 그가 뜻밖에 장례식장을 찾아왔던 고마운 기억도 남아 있었다. 유명인이 왔다고 친척들이 지나치게 흥분하는 바람에 애도의 분위기에 차질을 빚기는 했지만 말이다.

부산역에 내려서 갈비탕을 먹은 후, 초고층 빌딩들이 즐비한 센텀시티에 숙소를 정했다. 나는 후보가 저녁 일곱시경 유세를 한다는 것을 확인하고 해 질 무렵 그곳으로 향했다. 센텀시티역에서 유세장까지 가기 위해서는 지하철을 두 번 갈아타야 했다. 졸다가 눈을 들어보니 열차는 '미남역'을 지나고 있다. 역 이름이 '참 그렇다'라는 생각을 하는데, 그 역의 지상에 위치하고 있다는 성형외과의 광고판이 눈에 들어왔다. 절묘하다.

유세는 지역의 롯데마트 주차장에서 열렸다. 내가 주차장, 아니 유세장에 도착했을 때 그의 영원한 동지인 명계남 씨가 사회를 보느라 확성기를 잡고 있었다. 국회의원 출마자의 선거 유세에 사람들이 모이지 않는 시대라는 것은 알았지만, 쉰 명이 채 안 되는 사람들이 모여 있는 것을 보니 마음이 쓰라렸다.

곧 후보가 도착했다. 나는 그가 유권자들에게 무슨 말을 할지 궁금했다. 주민들의 욕망에 호소하는 너무나 현실적이고 진부한 약속들을 들을까 두려웠지만, 그는 그렇게 하지 않았다. 유세차의 대형화면에는 2002년 대선 당시 노무현 후보를 울렸던 그의 명연설이 비쳐졌다. 그때 나 또한 사무실에서 인터넷으로 보며 눈물을 흘렸던 기억이 아득하다. 유세장 앞쪽에 서 있던 어느 여성 유권자의 눈에 눈물이 어리기 시작할 때, 후보는 연설이라기보다는 대화에 가깝게 이야기를 시작했다. 그는 담담하게 자신이 이해한 노무현 전 대통령의 '남은 뜻'과 자신이 이 지역에 출마한 이유에 대해서, 그리고 자신에게 '정치란 무엇인지'에 대해서 밝혔다. 그는 선거에게 이기기 위한 가장 효율적인 방법을 선택하기보다는 솔직하게 진심을 전달하는 방법을 선택한 것으로 보였다. 그것은 참여정부를 출범시킨 일등공신이면서도, 혜택을 받기는커녕 누릴 수 있는 기회들을 거절하고, 도리어 여러 불이익을 감수했던 그의 당연한 선택일지도 몰랐다. 그는 연설을 마치고 나서 촬영을 원하는 유권자들과 사진을 찍은 후, 보도블록에 앉아 담배를 피웠다. 나도 사랑하던 동지를 떠나보내고, 다시 척박해진 이 땅에서 맨손으로 싸우고 있는 그들이 안쓰러워 주차장 구석으로 가서 담배를 피웠다.

나는 후보에게 인사를 하고 유세장을 빠져나와 근처 식당에 갔다. 식당 밖 아파트 위로 달이 흐르고, 요사이 부쩍 달을 따라다니는 샛별도 빛을 던진다. 혼자 순두부를 퍼먹는데, 형언하기 어려운 감정이 가슴을 메운다. 정치는 비루하면서도 숭고한 것인가 보다. 그리고 어떤 이들에게 정치는, 역사나 사랑이나 기억의 다른 이름이며, 온갖 모멸과 고통을 감내하면서도 사라진 동지의 뜻과 열망을 끝내 저버리지 않는 것인가 보다. ○2012

'인류 원리'와
'유권자 원리'

　당신은 아마도 지구가 인간이 살기에 딱 알맞다는 사실에 안도해본
적이 있을 것이다. 산소의 존재, 적당한 온도, 오존층, 기타 수많은 조
건들이 일부러 맞춘 듯이 정밀하게 맞추어져 있다. '로또의 로또'에 당
첨된 격인 이러한 지구의 상태를 신의 존재로 설명할 필요는 없다. 무
수히 많은 별의 상당수가 행성을 거느리고 있으므로 통계학적으로 계
산한다면 지구와 같이 인간이 살 수 있는 행성의 수도 우주 전체로 보
아 대단히 많을 수밖에 없는 것이다. 그럼에도 불구하고 지구가 매우
희귀한 조건을 타고난 것은 우리의 '운'이라고 설명할 수밖에 없는데,
그것을 좀더 유려하게 설명하는 방식으로 '인류 원리'라는 논법이 있
다. 그것은 '지구의 조건이 인류의 생존에 적합해야만 인류는 존재할
수 있고, 만일 인류가 존재한다면 인류는 언제나 자신의 생존에 적합
한 조건에 자신이 있다는 것을 발견할 수밖에 없다'는 논리다. 마치 순

환 논리처럼 보이지만, 곰곰이 생각하면 그 논리를 수긍하지 않을 도리가 없다. 자신이 왜 로또에 당첨되었는가를 생각해볼 수 있는 사람은 로또에 당첨된 사람밖에 없는 법이다. 나아가서, 지구의 조건만이 아니라 '자연법칙들이 왜 지금과 같을까'에 대해서까지 생각을 확장해보면, 심지어 우주 전체가 인류를 위해 마련된 것처럼 보인다. 왜냐하면, 중력과 같은 자연법칙들과 그와 관련된 수치들이 아주 조금만 달랐어도 우주 전체가 지적 생명체의 존재를 허용하지 않았을 것이기 때문이다. 예를 들어, 지적 생명체가 있으려면 행성이 있어야 하고, 행성이 있으려면 태양 같은 별이 있어야 한다. 그런데 별의 생성과 관련되는 자연법칙들과 그와 관련된 수치들이 지금과 같지 않았더라면 우주 전체에 걸쳐 태양 같은 별들이 생성되지 않았을 수도 있다.

물리학에 '인류 원리'가 있다면, 정치에는 '유권자 원리'가 있다. 물론 내가 명명한 사이비 원리다. 눈치가 빠른 사람은 이미 알아차렸겠지만, '우리가 마주한 정치적 현실이 하필이면 현재와 같은 이유는 공동체의 유권자들이 그런 정치적 현실에 부합하는 유권자이기 때문'이라는 논리다. '유권자 원리'가 '인류 원리'와 다른 점은 인류는 자연으로부터 일방적으로 규정받는 입장에서 로또에 당첨된 것을 발견하는데, 유권자는 정치적 현실과 상호 영향을 미치는 입장에서 지체된 현실과 마주한다는 점이다. 입만 열면 거짓말인 지도자들, 추악한 매체들, 믿을 수 없는 사법기관을 왜 이번 밀레니엄에도 계속 보아야 하는지를 이해하기는 어렵다. 그러나 무엇이 먼저인지 말할 수는 없으나,

정치의 수준이 바로 유권자의 수준이고, 유권자의 수준이 바로 정치의 수준이다. 형식적으로나마 민주주의가 작동하는 공동체에서, 그 구성원은 자신의 DNA에 정확히 부합하는 정치 지도자와 정치 현실을 만나기 마련인 것이다. 개표를 마친 오늘 아침에 우리가 마주친 정치 현실은 정확히 2012년 봄 유권자의 수준이다. 다행스럽다면 유권자가 성숙해진 결과이고, 아쉽다면 유권자가 아직 미성숙한 결과일 따름이다. 정치 현실의 현재 상태에 대한 원인을 정치인들에게만 돌리는 주장이 부당한 것처럼 모든 원인을 유권자들의 수준으로 환원시키는 것도 잘못이지만, 투표와 선거가 최종심급인 공동체에서 유권자들은 필연적으로 자신에게 걸맞은 정치적 현실에서 살게 되는 것이다.

2012년의 중요한 정치적 선택 중 한 가지는 이미 행사되어 현실이 되었다. 이제는 어제 결정된 현실을 놓고, 연말의 더 큰 선택에 대해 고민할 시점이다. 내년에 과연 우리는 어떤 정치적 현실 속에 살고 있는 자신을 발견할 것인가. 그곳이 푸른 지구이기를 간절히 희망한다.

2012

의지로 낙관하라

서울시장 선거에서 승리를 맛본 야권의 지지자들은 4·11 총선에서
도 압승을 기대하고 있었다. 이들은 야권의 실망스런 행보로 인해 상
황이 간단치 않다는 것을 알고 있었지만, 막상 새누리당이 승리하자
시쳇말로 '멘붕'을 경험했다. 엄밀히 말하여 야권을 지지한다기보다는
여권에 반대하는 이들의 심정은 두 가지로 요약된다. '절호의 기회를
날린 야권의 무능함에 대한 배신감'과 '이런 부패하고 파렴치한 여권
에 왜 다수가 표를 던질까 하는 답답함'이 그것이다. 기회를 날린 야권
의 행보에 대해서는 차치하고, 도대체 왜 사람들이 여권에 표를 던지
는지 또는 투표하지 않는지에 관하여 이야기해보자.

최근 보도된 여권 핵심 실세들의 상식을 초월하는 비리와 미국의 광
우병 발생에 대한 정부의 태도만으로도 민주주의에 동의하는 사람들
은 여권을 지지할 방법이 없다. 솔직히 말하면 그러한 보도 내용에 별

다른 감흥도 없다. 왜냐하면 그것은 돌출적인 사안이 아니라 여권의 본질과 깊이 관련되어 있어 언젠가 반드시 일어날 일이었기 때문이다. 그런데 이런 여권이 당명을 바꾸는 등의 전혀 진정성 없는 코스프레만으로 어떻게 선거에서 이길 수 있었는가.

민심이 천심이라는 말의 절반은 거짓말이다. 정치권력이 민심에 바탕을 두어야 한다는 대명제는 옳을지 몰라도, 투표로 표출되는 민심이 진리는 아니다. 집합적으로 표현되는 '민심'은 수많은 개인들의 개별적 의사의 총합이고, 그들의 정치에 대한 이해와 판단력은 천차만별이다. 헌법을 화장지로 취급하고 공공적 의식이라고는 찾아볼 수 없는 여권을 지지하는 것이 실제로 자신의 이익에 부합하는 1퍼센트의 사람들에 대해서는 할 말이 없다. 그러나 여권에 표를 던지는 사람의 다수는 공동체에 대한 애정이나 민주주의에 대한 신념을 떠나 자신의 이익에도 배치되는 마조히즘적인 투표를 하고 있다.

공동체의 시스템에 대하여 실상에 합치되는 패러다임을 형성하는 것, 정치적 정보를 능동적으로 수집하면서 왜곡된 정보를 걸러낸 후 건전한 정치적 판단을 내리는 것은 사실 상당한 교양과 판단력을 요구한다. 역사의 의미, 뉴스와 담론이 생산되는 메커니즘, 복잡한 정치 과정, 그리고 사회의 자원이 생산되고 분배되는 과정에 대한 총체적인 이해를 획득하는 것은 바쁜 생업에 종사하는 사람들에게는 만만한 일이 아니다. 게다가 가족이나 출신 지역과 같은 개인사적인 과정을 거쳐 생성된 자신의 정치적 관점이 틀렸을 가능성을 검토하고, 필요하다면 생산적으로 부정하는 능력은 희귀한 재능이다. 우리의 딜레마는 이러한 상황에 놓인 현실의 유권자들을 통하지 않고서는 상처받은 민주주의를 치유할 방법이 없다는 것이다.

이 엽기적인 정부에 반대하는 우리는 운 좋은 선수들이 아니다. 우리는 불공정한 경기 규칙, 극심하게 편파적인 심판, 그리고 종잡을 수 없는 취향을 지닌 관중에 포위된 채 반칙왕인 상대 선수들을 제압해야 하는 거의 불가능해 보이는 경기를 치러야 한다. 그러나 분노한 벗들이여, 탄식하지 말자. 생각해보면 그렇지 않았던 적이 있었던가. 앞서간 이들이 우리보다 더한 심정으로, 심지어 죽음에 직면해서까지 떠올려야 했던 이 경구를 잊지 말자. "이성으로 비관하되, 의지로 낙관하라." 우리는 이 싸움에서 온갖 난관을 극복하고 끝내 승리할 것이다.

○2012

우리는 지금
안드로메다로 간다

'아스트랄하다'라는 표현을 처음 듣고서는 도무지 무슨 뜻인지 짐작하지 못했다. 친애하는 네이버 지식인에게 물어보니, 별이나 영적 세계와 관련된 'astral'이라는 외국어에서 유래했고, "현실과 동떨어져 있다, 이해하기 힘들다, 너무 황당하다"라는 뜻을 가지고 있다고 한다. 그보다 익숙한 표현으로는 '개념이 안드로메다'라는 말이 있다. 안드로메다는 그리스 신화에 등장하는 왕비 카시오페이아의 딸이자, 영웅 페르세우스의 아내인 인물이다. 태양계가 속해 있는 우리 은하로부터 250만 광년가량 떨어져 있는 나선형 은하의 이름이기도 하다. 이 말은 "개념이 없거나, 너무 멀리 가 있다"라는 뜻으로 풀이되는데, 어떤 언행에 대한 '우회적이면서도 신랄한 야유'라고 보면 되겠다. 어느 트위터 사용자는 의정 활동을 하면서 주유비를 지나치게 많이 써서 논란이 된 전직 국회의원에 대해 이렇게 말한 적이 있다. "그 정도면 주유비를 적게 쓴 거라고 봅니다. 그분은 지역구가 '안드로메다'라서."

　그런데 '개념이 안드로메다'인 분들께 희소식이 있다. 미국 과학자들이 지구 상공에 설치된 허블망원경의 관측 결과를 토대로 우리 은하가 안드로메다 은하와 약 사십억 년 후에 하나의 은하로 합쳐진다고 전망한 것이다. 일종의 은하 간 인수합병이 이루어진다는 것인데, '개념이 안드로메다'인 분들로서는 자신들이 그곳에 먼저 간 선발대일 뿐이라고 주장할 여지가 생긴 것이다. 물론 선발대치고는 너무 일찍 갔다.

　새누리당 박근혜 의원이 통합진보당의 이석기, 김재연 의원에 대해 "기본적인 국가관을 의심 받는 사람들이 국회의원이 돼서는 안 된다, 사퇴가 안 되면 제명해야 한다"고 말한 것으로 전해졌다. 나도 이른바 '당권파'라는 분들에게 심각한 문제가 있다고 생각한다. 그러나 그들을 제어하기 위하여 들고 나올 무기가 '국가관'은 아니다. 일부 사람들이 전가의 보도로 사용하는 '애국', '국가'라는 용어는 잘못 사용하면 그들이 애지중지하는 '자유민주주의'에 정면으로 배치되는 말이 된다. 이분들이 자신들 편리한 대로 사용하는 바람에 그 의미가 매우 혼란스럽게 되었지만, 용어만으로 본다면 '자유민주주의'는 '자유주의'와 '민주주의'의 합성어다. 그런데 '국가관'이라는 눈에 보이지 않는 사상을 이유로 어쨌거나 국민이 선출한 국회의원을 제명하겠다는 태도는 헌법의 한 축인 '자유주의'의 원리에 정면으로 어긋나며, '자유주의'의 보장 없이 '민주주의'는 꽃필 수 없다. 우리 헌법의 사상과 상극인 것으로만 보자면 '국가관'을 이유로 정치인을 강제로 퇴출시키겠다는 파시스트적 발상은 당권파 의원들에 못지않게 심각한 문제다. 헌법 원리를 심도 있게 고민할 여유가 없는 일반인이라면 모를까 차기 대통령이 될 가능성이 높은 정치인이 할 이야기는 전혀 아닌 것이다. 박근혜 의원이 수구파에 의해 어처구니없이 미화된 독재자의 딸이라는 유전적 사실은 중요하지 않다. 중요한 것은 그 독재자의 반헌법적 정신세계를 계승하고 있다는 점이다. 그 정신세계는 사십 년 전인 1972년 유신 시대의 그것이거나, 사십억 년 후에나 만날 안드로메다의 그것이다. 새로운 밀레니엄이 도래한 지 십 년이 넘었건만 아직도 '국가관' 운운하는 황당한 이야기를 들어야 하는 그 기분, 참으로 '아스트랄'하다. ○2012

'구국의 혁명'이라는
망상

    박근혜 의원의 권력이 확대되자 과거의 군사독재를 옹호하는 사람들의 준동이 눈에 띄게 늘어났다. 국회의장으로 유력시되는 하나회 출신의 새누리당 강창희 의원은 전두환의 쿠데타가 '우발적 기회'였다고 교묘하게 표현한 사실이 있다. 같은 새누리당의 한기호 의원은 "(5·16 쿠데타는) 역사적으로 시간이 흐른 이후에 결론적으로는 '구국의 혁명'일 수 있다"라고 밝힌 것으로 전해졌다. 박근혜 의원이 박정희 전 대통령의 딸일 뿐만 아니라 그의 정신세계를 계승하고 있는 것에 대해서는 굳이 설명할 필요가 없을 것이다. 그런데 도대체 무엇이 쿠데타이고, 무엇이 혁명인가. 정당화될 수 있는 반란 행위란 무엇인가.

    '목적이 수단을 정당화할 수 있고, 어떤 행동의 정당성은 역사가 평가할 것이다'라는 발상 자체를 반박하는 것은 사실 쉽지 않다. 어떤 공동체의 법도 그 공동체의 법을 근본적으로 부인하는 행위에 대해 미리

면죄부를 주지는 못한다. 그것은 법의 자살이기 때문이다. 그러나 우리는 동시에 도덕이나 법과 같은 규범은 인간의 인위적 발명에 지나지 않는다는 것을 알고 있다. 인간은 자연에 뿌리를 두고 있는데, 자연은 자연의 법칙을 무심히 따를 뿐이고 규범을 알지 못한다. 모든 당위는 인간끼리의 약속에 지나지 않는다. 그러므로 어떤 인간이 고도의 실존적, 정치적 결단에 따라 현재 주어진 규범을 넘어서서 행동하고, 그것이 결과적으로는 공동체에 도움이 되는 경우가 전혀 없다고 할 수 없다. "성공한 쿠데타는 처벌할 수 없다"는 허무한 말은 어떤 의미에서는 공동체의 법과 정치적 행동 사이의 관계를 정확히 지적한 것이기도 하다. 그런데 과연 인간은 어느 때에 자신의 행동이 현재 존재하는 규범에는 어긋나지만 결과적으로는 타당하다고 확신하고 행동할 수 있는가. 과연 그런 독단적인 태도는 어떤 조건을 충족시킬 때 정당화될 수 있는가.

박정희와 전두환의 쿠데타는 20세기에 민주주의가 미성숙한 제삼세계에 만연했던 군사적 반란 행위의 전형이다. 정신이 제대로 박힌 사람이라면 전두환의 쿠데타가 선의도 명분도 없는 가장 추악한 반란이라는 점에 대해서는 이의하지 않을 것이다. 5·16 쿠데타와 유신 체제는 사실 전두환의 그것과 완전히 같은 부류임에도 불구하고, 수구파의 오랜 미화 끝에 마치 다르게 평가할 여지가 있는 것처럼 윤색되었다. 단적으로 이야기해보자. 자신의 정적을 납치하여 살해하려 시도하고, 시민을 수시로 고문했던 정부가 무슨 손톱만큼이라도 정당성을 가졌겠는가. 오죽하면, 그의 최측근이 도저히 그 상황을 좌시하지 못하고 총구를 겨누었겠는가. 백번 양보하여 그 시기 경제 성장의 일정한 부분이 그의 공이라고 한들, 그것이 다른 악행들을 정당화할 수 있다고 생각하는가. 당신들은 강도가 집에 쳐들어와서 가족들을 수시로 때리는데도 배불리 먹여주기만 하면 만족하는 부류의 사람들인가. '구국의 혁명'이라는 수사는 파시스트 잔당들의 머릿속에 들어 있는 자족적이고 헛된 망상일 뿐이다.

한편 박근혜 씨, 강창희 씨, 한기호 씨는 모두 국회의원이다. 국회의원은 '상이한 정치적 세력 간에 내전이 아니라 의회에서의 이성적 토론을 통해 국민을 설득하겠다'고 약속한 분들이다. 쿠데타가 어떤 이유로든 정당화될 수 있다고 보는 것은 민주주의의 근간인 의회주의를 부인하는 것이며, 그러면서도 의회정치를 말한다면 '의회주의를 부인하는 의회주의자'라는 자가당착에 이르게 된다. 이런 자가당착에 빠진 분들이 유력한 대통령 후보이고, 유력한 국회의장 후보라는 사실과 2012년 대한민국의 암울한 현실이 무관하다고 믿는다면 당신의 뇌는 지나치게 청순한 것이다. ⊙ 2012

지젝, 수면제인가
아니면 각성제인가

슬로베니아 출신의 철학자 슬라보예 지젝이 지난주 내한했다. 그는 두 차례에 걸친 강연을 마치고 쌍용차 해고노동자 분향소를 방문한 후 한국을 떠났다. 그의 책은 1995년부터 한국어로 출간되기 시작하여 현재까지 수십 권이 출간되었다. 철학이나 정신분석학에 정통한 사람들에게는 독특한 지적 즐거움과 영감을 주지만 나와 같은 문외한이 그의 책을 읽는 것은 솔직히 고행이라고 말할 수밖에 없다. '최고의 수면제는 철학책'이라는 오랜 신념으로 그의 책을 대부분 구입했지만, 그에 대해 오 분 이상 말할 능력이 없다는 것을 자백한다. 그러나 그토록 많은 시간을 들이고도 제대로 이해하지 못하고 있다는 것이 그다지 부끄럽지는 않다. 왜냐하면 대한민국의 정체성을 불철주야 지키는 훌륭한 사람들 중에도 그를 이해한 사람이 없기 때문이다. 환경단체인 그린피스 관계자의 입국도 가로막을 만큼 서슬이 시퍼런 그들이 지난주에 남한에 있던 생물 중에 금붕어를 제외하고 가장 빨갛던 그의 입국을 막거나 체포하지 않았다. 그의 책을 읽어보기는커녕 이름도 못 들어본 게 분명하다. 빨갱이일지라도 쿠데타를 일으켜 권력을 잡거나 사상가로 명성을 떨쳐 세속적으로 성공하는 경우에는 한없이 관대해지는 그들의 독특한 성향과 연관이 있을지도 모르겠다. 그의 강연에는 수천 명의 청중이 몰렸다고 하는데, 학문과 사상의 자유를 존중하느라 이 불온한 좌빨들에 대해 어떤 조치도 취하지 않은 수사기관의 자제력은 칭송받아 마땅하다. 대한민국이 '자유민주주의 국가'라는 것을 정말 오랜만에 실감했다고나 할까.

강연의 내용과 분위기에 대해서 여러 기사가 있었고 트위터로 생중계되기도 했으므로, 현장에 가지도 않았을뿐더러 그의 사상을 충분히 이해하지도 못하는 내가 왈가왈부할 것은 아니다. 강연 이외에 그의 내한 당시 몇 가지 언행들도 입길에 오르내렸는데, 그중 백미는 강연의 사회를 맡은 교수의 트윗으로 사람들에게 알려졌다. 인천공항에 가본 사람들은 '공 위에 커다란 당근을 얹은 것'처럼 생긴 거대한 은빛 조형물을 기억할지 모르겠다. 입국 후 공항을 빠져나오던 지젝은 그 조형물을 보고 이렇게 말했다고 한다. "왜 히틀러의 거시기가 저기에 있는 것이야?" 그 교수의 전언에 따르면, 히틀러의 고환이 하나라는 전설이 있었다고 한다. 마르크스의 사상과 라캉의 정신분석학을 두 개의 기둥으로 하는 그의 사회비판적 시각과 유머가 넘치는 표현 방식을 이보다 잘 드러내기는 어려웠으리라. 어쩌면 대한민국은 나라의 현관

앞에 히틀러의 거대한 거시기를 자랑스럽게 전시하고 있는 또 다른 의미의 '남근주의적 전체주의 국가'일지도 모른다.

그의 방한은 『정의란 무엇인가』의 저자 마이클 샌델이나 『노동의 종말』의 저자 제레미 리프킨의 최근 방한들과는 구별되는 의미가 있었다고 생각한다. 지젝이 유사파시즘적일 뿐만 아니라 신경쇠약 직전인 대한민국에 사느라 지친 사람들에게 줄 수 있는 영감은 훨씬 근본적일 수 있다. 앞서 말했듯이 나와 같은 문외한이 서구의 역사적 경험과 철학 그리고 언어를 바탕으로 하는 그의 사상을 그의 책을 통해 직접 소화하는 것은 무리다. 그러나 일반인들이 왜 지식인들에게 일용할 양식을 나누어 주겠는가. 나는 '언어의 유희'가 아닌 '현실의 사상'은 일반인들에게도 그 핵심이 일상적인 언어로 전달될 수 있으며, 만일 그럴 수 없다면 교묘한 '지적 사기'일지 모른다고 의심한다. 그리고 사상을 쉽게 전달하는 역할이 지식인의 몫이 아니라면 누구의 몫이겠는가. 조만간 슬라보예 지젝을 수면제가 아닌 각성제로서 만날 수 있기를 진심으로 기대해본다. ○2012

한가한 역사 논쟁이 아니다

　민주통합당 문재인 의원이 "5·16은 불가피한 최선의 선택"이라는 박근혜 의원의 발언을 비판하자, 그녀는 "국민의 삶을 챙길 일도 많은데 계속 역사 논쟁을 하느냐"고 말했다. 이런 단편적 수사에 공감하는 국민도 적지 않은 안타까운 현실에서 그것이 얼마나 설득력이 있는 것인지는 살펴볼 필요가 있다.

　우선 이런 종류의 논쟁을 주로 벌여온 것은 새누리당 측이다. 민주주의를 위하여 투쟁해온 사람들에게 빨갱이라는 딱지를 붙인 후, 인신 구속을 하고 심지어 사법 살인도 자행한 것은 새누리당의 토대가 된 정치세력들이다. 어이없는 이유를 대며 사상을 검증해야 한다는 주장을 펴온 사람들이 어느 세력에 속해 있는지 잊었는가. 민주적 절차를 저버렸다는 이유로 비판받는 통합진보당의 구당권파이지만, 그들을 국가관을 이유로 국회에서 제명해야 한다는 발언은 누가 한 것인가.

게다가 이번 논쟁은 그쪽에서 불씨를 제공한 것이다. 헌정을 유린한 하나회 출신의 강창희 의원의 국회의장 내정과 관련하여, 그런 반의회적이고, 반헌법적인 인사를 기용하는 이유를 묻는 것은 자연스럽다. 이런 상황에서 사실상 당을 이끌어가는 박근혜 의원에게 그녀의 정치적 자산이 된 부친의 헌정유린 행위에 대한 입장을 물을 수 있는 것 아닌가. 그 질문에 대하여 그녀가 상식에 부합하는 답변을 했다면 부친의 잘못을 이유로 딸을 비판할 수는 없었을 것이다. 그런데 뜻밖에도 박근혜 의원은 쿠데타를 옹호했다.

박근혜 의원이 대통령이 되면 헌법 제69조에 따라, '헌법을 준수할 것'을 국민 앞에 선서하여야 한다. 헌법의 핵심이 제1조의 "대한민국은 민주공화국이며, 대한민국의 주권은 국민에게 있고, 모든 권력은 국민으로부터 나온다"라는 구절임은 누구나 알 것이다. 군사반란 행위는 국민으로부터 위임받은 무력을 사적으로 행사하여 주권을 찬탈하는 최악의 반헌법적 행위이다. 그러한 행위가 어떤 이유로든 정당화될 수 있다고 생각한다면, 박근혜 의원은 "헌법을 준수하겠다"는 선서를 할 수 없거나, 만일 선서한다면 자칫 거짓 선서를 하게 된다. 물론 '지금은 말도 안 되는 일이지만, 당시에는 불가피했다'는 논변이 있을 수 있지만, 그것은 언어도단이다. 당시에도 최고 규범인 헌법은 있었고, 그 당시에 파괴할 수 있다고 생각한다면, 앞으로도 파괴할 수 있다고 보는 것이 자연스럽다.

박근혜 의원이 "국민의 삶을 챙길 일도 많은데 역사 논쟁을 하느냐"

고 '민생우선'의 논법을 동원한 것에 대해서는 길게 말할 것이 없다. 국회의원으로서 그녀가 입법을 주도한 민생법안이 거의 없다는 것, 새누리당의 가장 유력한 정치인으로서 MB정부의 민생파탄 행위에 공조하거나 묵인했다는 점만 지적하면 된다.

새누리당은 사실 헌법을 중요하게 생각하지 않는다. 그들의 주된 관심은 개인적 출세와 권력의 쟁취이며, 그것을 위해 정치의식이 부족한 국민들을 주된 지지 세력으로 삼는다. 그런 의미에서 5·16에 대한 박근혜 의원의 평가는 권력의 쟁취를 위하여 헌법을 파괴할 수도 있다는 것을 솔직히 인정한 것이며, 그 솔직함은 높이 살 수 있다. 그것이 그녀가 MB와 다르다면 다른 점이다. 문제는 그것이 더 공포스럽다는 점이다. ○2012

정치는
'진실한 유혹'이어야 한다

민변의 선배였던 강금실 전 법무부 장관이 2006년 지방선거에 서울 시장 후보로 출마할 때, 뜻하지 않게 선거캠프에 참여해본 적이 있었다. 정치의 현실에는 관심이 있었지만 현실의 정치에는 관심이 없었던 나는 선거 과정에 대하여는 전혀 문외한이었다. 캠프에 처음 갔을 때는 각종 매체 출연과 특정한 장소들을 방문하는 것으로 빽빽하게 짜인 일정들의 의미를 이해하지 못했다. 시간이 다소 흐르고 나서야 큰 선거에서는 유권자 개개인을 접촉하는 것은 별 의미가 없고, '매체로 하여금 후보의 동선과 그 과정에서 던지는 발언을 보도하게 함으로써 간접적으로 유권자를 설득하는 것'이 선거전의 핵심이라는 것을 깨달았다. 이때 후보의 동선과 그때 던질 말들은 세심하게 기획된다. "정해진 연기를 하고 끊임없이 다음 장소로 이동하는 우리의 신세가 떠돌이 유랑극단 같다"며 강금실 후보와 우스갯소리를 주고받았던 기억이 있다.

생각해보면 대중의 지지가 중요한 모든 직업은 '동선을 통하여 메시지를 던지는 것'이 일상적인 업무의 하나이고 그 점에서 정치인과 유명 연예인의 삶은 놀랄 만큼 닮은 점이 있다.

그런데, 그렇게 메시지를 던지는 것은 철저히 기획된 연출이라는 점에서 일종의 '코스프레' 또는 '행위예술'의 성격을 피할 수 없다. '코스프레'라는 말은 "애니메이션이나 만화의 캐릭터 또는 인기 연예인들의 의상을 꾸며 입고 어떤 장소에서 놀거나 전시하는 행위"를 뜻하는데, '코스튬 플레이(costume play)' 또는 '분장놀이'라고도 한다. 정치인의 일상은 일련의 '코스프레'로 점철된다. '아이를 안고 환히 웃는 모습', '시장에서 어묵을 먹는 모습', '뜬금없는 독도 방문' 등이 다 무엇이겠는가. 어찌 보면 유치하지만 민주주의의 일상이란 원래 그런 것이다.

박근혜 의원의 파격적인 행보들이 논란이 되고 있다. 그는 봉하마을, 전태일재단 그리고 전태일 동상을 방문하며, 통합의 '코스프레'를 연출하고 있다. 그러한 일련의 '퍼포먼스'가 던지는 메시지가 진실한 것이라면 환영할 만한 일이다. 그런데 그것이 한낱 '코스프레'에 지나지 않는다는 많은 증거가 있다. 그는 이 정부에서 가장 유력한 정치인이었고, 이제 여당의 대선 후보로서 가장 힘센 사람이다. 그는 노무현 전 대통령이 돌아가시는 계기가 되었던 편향된 검찰 수사의 방관자이며, 극심한 반노동자 정책의 동조자이다. 그는 문제를 해결하기 위하여 나서고자 하면 당장이라도 착수할 수 있는 사람이다. 야당들이 반대할 이유도 없다. 그러나 그는 하지 않는다. 이처럼 그가 현재의 모순된 구조에 철저히 기여하고 있는 것을 누구나 알고 있는데, 대중에게 보여지는 겉치레를 위하여 피해자들을 방문한다면 그들의 심정이 어떻겠는가. 가혹하게 버려지고 나서 심지어 연출에 이용된다면 모멸감을 느낄 수밖에 없는 것 아닌가. 급기야 그가 죽은 전태일의 동상에 헌화하고자 할 때, 살아 있는 노동자는 더 이상 참지 못하고 그를 제지하려다 멱살을 잡히고 말았다. 김진숙 씨에 따르면, 그 노동자는 삼 년간 스물두 번이나 동료들의 장례를 치렀고, 며칠 전에도 박근혜 의원을 만나려다가 연행된 쌍용자동차의 지부장이라고 한다.

예술비평가 수전 손택은 "예술은 유혹이지, 강간이 아니다"라고 썼다. 정치인의 행보는 행위예술적 요소가 있는 '코스프레'로서 어느 정도는 '연출된 유혹'일 수 있다. 그러나 이미 죽었고 지금 죽어가고 있기에 그 '코스프레'를 도저히 받아들일 수 없는 사람들에게 견딜 수 없는 치욕을 안기는 일방적인 것이어서는 안 된다. 정치는 적어도 '진실한 유혹'이어야 하지 않겠는가. ○2012

오류의 시대를
종식시켜야 한다

니체는 "진리란 그것 없이는 특정한 종(種)의 살아 있는 존재들이 더 이상 살지 못할, 그런 오류의 한 양식이다"라고 말했다. 그 알쏭달쏭한 말의 의미를 이해하기는 어렵지만 그렇다고 전혀 이해하지 못할 바도 아니다. '진리는 객관적으로 존재하면서 우리에게 발견되는 무엇이라기보다는, 우리가 살기 위해 채택하는 어떤 것으로서 역시 오류일 뿐'이라는 뜻으로 나는 이해한다. 이 문제를 제대로 살피자면, 대체 '진리'라는 말로 우리가 뜻하고자 하는 것이 무엇인지부터 확정해야 한다. 그 말로 우리가 표현하려는 것이 사람에 따라 달라서 그에 대해 미리 합의하지 않으면 미궁을 헤맬 수밖에 없기 때문이다. 다만 진리의 개념을 '대상에 대한 올바른 인식'이라고 한정 짓자고 제안해도 무리는 아니라고 생각한다. 굳이 말하자면, '거짓이 아니라 참인 명제'라는 뜻이다. 이렇게 생각하면 진리는 어떤 실체라기보다는 "대상과 인식이 합치한다"는 뜻인 '맞다'의 명사형으로 이해될 수 있다. 그런데 니체는 그러한 '맞다'라는 판단은 객관적이라기보다는 판단하는 주체가 생존하기 위하여 받아들이는 불가피한 오류라고 지적하고 있는 것이다. 나는 우리가 주장하는 진리들이 너무나 허약하지만, 그렇다고 진리가 완전히 상대적이라고 마냥 폄하하는 것을 지지하지 않는다. 그럼에도 불구하고, 니체의 철학적인 논의에서 한참 지상으로 내려와 지금 이 땅에서 벌어지는 일들에 관해 생각해볼 때, 그의 말은 의미심장하다.

사회는 그 시스템을 유지하기 위해 특정한 직업군들에게 진리를 탐구하고 확정시키는 역할을 배분했다. 대체로 말하여 학자, 법률가, 언론인, 정치인들이 그 사회의 진리를 탐구하고 확정하는 역할을 담당하게 된다. 굳이 말한다면 대뇌의 기능을 이들에게 담당시켰다고나 할까. 그런데, 그 대뇌가 유기체의 생존을 위하여 진리를 인식해야 하는 본연의 임무를 망각하고 있다. 대뇌가 대뇌 자신의 이익을 위하여, 나아가 대뇌의 각 주름들이 그 주름들의 이익을 위하여 특정한 오류를 계속하여 진리라고 주장하며 사회라는 신체를 병들게 하고 있다. 니체식으로 말하자면, 그러한 직업군들은 스스로 하나의 종(種)이 되어 자신들의 생존을 위한 오류들을 체계적으로 생산해낸다. 언젠가부터 우리 사회의 그러한 증세는 더욱 심화되어 쉽게 확정할 수 있는 진리들마저 저마다의 생존을 위한 고함 소리에 묻히고 있다. 확정된 진리를 토대로 더 정교하고 포괄적인 진리로 나아가야 하는 진리의 길이 실종

되고 있는 것이다.

　정치검찰의 사법적 진리가 사회를 지배하고, 사이비 언론의 설익은 진리가 세상을 부유한다. 관변학자의 비양심적 진리가 권력에 기생하며, 정치인의 당파적 진리가 시민들을 호도한다. 공동체의 대뇌가 고장이 난 이 마당에 과연 무엇이 우리를 구원할 수 있을지는 분명하지 않다. 다만 분명한 것은 이 사회가 가능한 한 최선의 진리를 산출하는 시스템을 재건하여 오류의 시대를 종식시키지 않는 한, 더 나은 세상을 위한 우리의 어떠한 노력도 결국 좌초되리라는 점이다. ○2012

'역사로부터 배우거나,
과거로부터 자유로워지거나'

"우리는 '인간은 역사로부터 아무것도 배우지 못한다는 것'을 역사로부터 배웠다"고 헤겔은 말했다. 아무것도 못 배울 리는 없겠지만, 기대에 못 미친다는 것을 누가 부정할 수 있을까. 역사 속의 인간은 앞의 실패를 교훈 삼아 현명하게 행동하기보다는 놀라울 정도로 잘못을 반복한다. 그 경향은 우연과 외부의 충격에 의해 멈추어질 뿐, 여간해서는 깨달음에 의해 중단되지 않는다. 개개의 인간은 역사에서 교훈을 얻었더라도 제대로 적용해보지 못한 채 수명이 다하기 일쑤다. 인간의 집단 또는 세대는 다른 집단이나 앞선 세대의 뼈아픈 경험을 제대로 내면화하지 못한다. 큰 배움은 지식이 아니라 체험의 문제이고, 실제로 체험하지 못한 역사는 몸에 새겨지지 못하기 때문이리라.

최근 『사피엔스』라는 책으로 각광받고 있는 이스라엘의 역사학자 유발 하라리는 인간의 이런 한계를 절감한 까닭인지 어느 인터뷰에서 이렇게 말했다. "과거에서 배우기 위해서가 아니라 과거에서 자유로워지기 위해 역사를 공부해야 한다." 과거로부터 자유로워진다는 것은 무슨 뜻일까. 역사에 등장하여 우리의 현재를 규정하고 있는 온갖 시스템, 도덕, 종교, 이념들은 마치 필연적인 것처럼 보이지만, 긴 역사적 안목으로 살펴보면 전혀 필연적이지 않다. 어떤 계기를 통해 시작된 이것들이 과거에 폭넓게 받아들여졌고 현재까지 우세하다고 하여 진리로 영접할 수는 없는 것이다. 우리는 역사의 연구를 통하여 그것들의 우연성, 상대성, 허구성을 꿰뚫고 자유로워져야 한다.

우리는 '왕의 권능이 신으로부터 주어진 것'이라는 '왕권신수설'의 논리가 얼마나 허황된 것인지 직관적으로 알고 있다. 그러나 절대왕정 시대에 살았던 사람이 그것을 깨닫는 것은 쉬운 일이 아니다. '왕에 대한 충성'은 지금 시점에서는 우스꽝스럽지만 그들에게는 매우 진지한 것이다. '인권'과 '민주주의'라는 개념은 어떠한가. 어쩐지 반대하면 안 될 것 같은 도덕적 압력을 느낀다. 하지만, 그 진보성, 유용성과는 별개로 그것 또한 발명된 개념일 뿐이다. 그것이 자연이나 역사나 신에 근거하는 불가침의 가치라는 주장은 비장한 레토릭에 지나지 않는다. '민족'이 '상상의 공동체'일 뿐이라는 유명한 주장은 월드컵경기장에서 발설됐다면 구타를 유발할 것이고, 정치인이 부르짖는다면 낙선을 각오해야 하겠지만, 지식사회에서는 이미 폭넓게 받아들여지고 있다. 어쩐지 열심히 신봉해야 할 것 같은 국가, 신, 도덕, 일부일처제, 정의, 자유, 평등이라고 선뜻 면죄부를 받을 수는 없다. 우리가 가장 애지중지하고, 반대하기 어려운 가치야말로 가장 의심스러운 가치들이다.

살다 보면 판단력의 레벨이 다른 사람들과 뚜렷이 구별되는 사람들을 아주 가끔 만나게 된다. 좋은 판단력의 핵심은 지능이나 지식이 아니라 성품과 성찰하는 능력이다. 그런데, 어떤 사람들은 그에 더하여 '세상에서 당연하게 받아들여지는 핵심적인 가치들이 알고 보면 최고의 거짓말'이라는 사실을 깨닫고, 그 가치들을 유연하게 다룸으로써 비범한 판단력에 이른다. ○2016

애도의 정치, 그 이후

아침 뉴스에 반기문 UN 사무총장이 김종필 씨를 만나고 안동 하회 마을을 가는 등 대선 행보를 했다는 기사가 즐비하다. 그 와중에 박근 혜 대통령은 아프리카 우간다를 방문하고 있다. 왜 하필 독재자가 수 십 년째 집권 중인 우간다인가? 박정희 전 대통령 때 수교를 맺었고, 우간다가 새마을운동을 벤치마킹하고 있다는 기사를 보면 이해가 된 다. 아니, 이해 정도가 아니라, '그러면 그렇지' 하는 생각이 든다. 4대 악 근절에 1970년대에나 어울릴 '불량식품 근절'이 포함된 것을 본 이 후로는 여간해서 놀라지 않는다. 모두 '애도의 정치'일 뿐이다.

다른 능력이 아무리 탁월해도 주어와 술어의 일치에 자주 어려움을 겪는 정치인이 OECD 국가의 대선에서 승리할 수 있었다는 것은 의아 한 일이다. 그것은 알다시피 아버지의 유산 덕분이며, 정확히 말하면 '갑자기 불명예스럽게 살해된 지도자를 제대로 애도하지 못한 사람들의 애틋한 감정' 때문이다. 그 인간적인 감정은 수백만의 표로 응고되어 언제든지 동원할 수 있는 정치적 자원이 되었다.

그리스 신화의 안티고네는 오이디푸스의 딸이다. 새로운 테베의 통치자로 등극한 크레온은 왕위 계승을 위해 싸우다 죽은 폴로니케스의 시신을 장례 지내거나 애도하는 것을 금지한다. 오이디푸스의 딸이자 폴로니케스의 동생인 안티고네는 이에 맞선다. 안티고네는 신의 법에 따라 혈족의 장례를 치르는 것을 인간의 법이 금지할 수 없다고 항변한다. 박근혜 대통령은 안티고네다. 그의 정치는 그의 혈족을 제대로 장례 치르고 애도해달라는 안티고네의 항변이다. 안티고네는 결국 죽음에 이르렀지만, 박근혜 대통령은 애도하지 못한 수많은 사람들의 억압된 심정이 표로 귀환함으로써 승리했다. 그것은 옳고 그름을 따지는 것을 넘어선 원초적 힘이었다.

경쟁자는 어떠했는가. 안철수 후보의 사퇴로 야권의 단일후보가 된 문재인 후보는 또 다른 안티고네가 아니었던가. 불명예스럽게 몸을 던진 노 대통령을 애도하는 마음에 대한 이해 없이, 지난 대선에 패배하고도 여전히 건재한 그의 위상을 어떻게 설명할 수 있겠는가. 지난 대선은 한마디로 말하자면 '애도의 정치'의 격돌이었다.

이제 한 안티고네는 아버지의 시신을 제대로 매장함으로써 뜻을 이루었다. 또 다른 안티고네는 내년 대선에서 다시 애도의 대변자가 될 것이다. 그가 당선되어 원하는 애도가 이루어지면, 21세기 초반 한국 정치를 휩쓸었던 '애도의 정치'는 일단락된다. 만일 또 당선되지 않는다면, 힘을 다한 태풍처럼 '애도의 정치'가 소멸할 것인지, 아니면 또 다른 후보가 바통을 이어받을 것인지는 분명하지 않다.

내년 대선은 천하삼분에 성공한 모험 기업가와 또 다른 안티고네 그리고 지구방위사령관(?)의 후광을 가진 외교관의 대결이 될 것인가. 일반의 직관과 달리 UN 사무총장직의 수행보다 국내 정치가 훨씬 어렵기에 외교관의 출정은 아직 알 수 없다. 모험 기업가와 안티고네의 출정은 특별한 사정이 없는 한 거의 분명해 보인다. 출정한 누군가는 뜻을 이루겠지만, 누가 뜻을 이룰 것인지 아는 사람은 아무도 없다. 다만 누가 대선에 출마하고 누가 승리를 하든, 이제 한국 정치에서 '애도의 정치'는 이것으로 마무리되기를 간절히 소망한다. ○2016

저문 강에 삽을 씻고

원고 마감이 코앞이라 분발해야 하는데, 트럼프가 당선되어 쓸 수가 없다. 이 와중에 시에 대한 글을 쓰자니 손이 굳는다. 설마 그럴 리야 했건만, 『신호와 소음』의 저자로서 최고의 예측가인 네이트 실버조차 헛발질을 했다. 미국 정치를 잘 모르지만, 아들 부시의 당선이 수많은 미국인과 이라크인의 죽음으로 이어진 것을 본 이후로는 미국 선거가 남 얘기 같지 않다. 그런데 정치 논리나 경제 논리를 떠나 이런 무뢰한 이 당선되다니, 오바마 때문에 미국을 과대평가하고 있었나 보다.

"나 이대 나온 여자야"라는 대사로 풍자의 대상이 되었던 이화여대 가 박근혜 대통령과 최순실 씨의 커넥션을 밝히는 데 수훈을 세우면 서 새삼 재평가되고 있다. 하지만 나는 이대에 대해 늘 높이 평가하고 있었다. 나도 이대를 나왔기 때문이다. 아니, 이대부속중학교를 나왔 다. 1980년경 전국에서 드물게 한 반에서 남녀가 같이 수업을 받는 공학이었고, 선생님들의 학생들에 대한 배려와 따뜻함은 남달랐다. 여자 선생님의 대부분은 이대 사범대 출신이었는데, 나는 학창 생활 중에서 드물게 사랑받고 보호받는다는 느낌을 받았다. 나는 그 학교에서 시를 배웠다. 방법은 단순했다. 2학년 국어 선생님은 매년 당신이 수업을 맡은 반 아이들에게, 각자 장부를 만들고 학기 동안 자신이 외운 시를 기록하게 했다. 외웠는지 여부는 친구 앞에서 낭송을 해서 확인했다. 학교에서 제일 많이 외워야겠다는 경쟁심에 사로잡힌 나는 외우기 쉬운 짧은 시를 발굴하기도 하면서 밤낮없이 암송에 몰두했다. 이 삼십오 년 전 일로 인해, 예술이 직업이 아닌 한국 아저씨로는 드물게 시를 애호하는 사람으로 되었고 개저씨(?)를 겨우 면했다.

처음 시를 외울 무렵에는 김소월, 김광균, 조지훈, 유치환의 시를 좋아했다. 그 이후로는 점점 평소에 시를 읽는 일이 줄고, 간혹 스포트라이트를 받는 시집이 눈에 띄면 읽게 된다. 최영미, 이성복, 황지우, 기형도, 김경주 등의 시가 그랬다. 간혹 선배 세대의 시를 뒤늦게 읽으며 빠져드는 경우도 있었다. 김지하의 시를 뒤늦게 읽었을 때의 충격은 잊을 수가 없기에, 노년에 이루어진 그의 어리석은 정치적 선택에 대해 나는 모르는 척해줄 수 있다.

1978년에 초판이 발행된 정희성 시인의 『저문 강에 삽을 씻고』는 1990년대 초에 구입했다. 이미 시집의 존재를 알았으나 갑자기 궁금증이 생겨 당시 자주 가던 신촌 로터리의 서점에서 구입했으리라.

한 사내가 해 질 녘 강변에서 삽을 씻는다. 쭈그려 앉아 담배를 피운다. 그 단순한 정경에서 시인은 삽 한 자루에 의지해 살아온 일생의 슬픔을 발견한다. 나는 평생 종이만 만져왔건만, 썩은 강물에 뜨는 달을 보며 삽을 씻는 이 사내의 일생이 온몸으로 느껴진다. 세상이란, 노동이란, 혼자 감당하고 가기에는 얼마나 고달프고 아스라한 것인가.

지쳤을 때, 세상이 왜 이 모양일까 화가 날 때, 작은 승리에 교만해질 때, 나는 가끔 이 시를 꺼내서 읽는다. "흐르는 물에 삽을 씻고 먹을 것 없는 사람들의 마을로 다시 어두워 돌아가야 한다"라는 마지막 구절에서 나는 매번 울컥한다. 한 번도 만난 적 없는 삽을 든 사내로 말미암아, '세상이 아무리 우리를 속일지라도, 좀더 살아보자, 좀더 해보자'라고 다짐해보곤 한다. ○2016

한국은 내전 중

박 대통령과 최순실 씨의 아연실색할 행적이 드러나며 시작된 사건은 이제 클라이맥스로 달려가고 있다. 예상대로 탄핵이 되면 벚꽃대선이 전개된다. 몇 달 전에는 상상할 수 없었던 일이 현실이 되고 있다. 오늘은 우병우 전 민정수석의 구속실질심사가 진행된다. 사람들의 공분에는 십분 공감하지만 대학 동창생이 이런 지경에 몰린 것은 처음이라 마냥 즐겁지만은 않다. 칼럼이 게재될 무렵이면 영장이 발부되거나 기각되어 있을 것이다. 연수원을 함께 다닌 조윤선 전 문화부 장관은 이미 구치소에 있다. 전 수석과는 동창생이라는 것 외에 인연이 없지만, 전 장관은 연수원 시절 한반에서 가깝게 생활했다. 화려한 길을 걷다 경계를 넘어선 그는 젊어서는 냉혹한 정치와 거리가 멀었고 선량했다. 특검에 전폭적 지지를 보내면서도 마음이 무겁다.

문득 이 세계의 위험을 실감한다. 작년에 미드 「왕좌의 게임」에 뒤늦게 빠져들어 예측불허의 이야기에 농락당했다. 인간의 본질과 세계의 민낯에 대한 작가의 식견과 종잡기 어려운 상상력에 감탄하며, 위험한 세계를 살아가는 인간 군상의 이야기에 흠뻑 취했다. 이 시대는 더 이상 그런 살육과 고문과 정복의 시대는 아니다. 그러나 이 시대가 그렇게 다른가. 정당 간 경쟁은 내전의 축소판이 아닌가. 미디어를 통한 공세는 궁정의 음모들이 아니던가. 선거전은 피비린내 나는 공성전과 과연 얼마나 다를까. 여기 한국은 총성 없는 전쟁터다. 가난한 사람은 가난한 사람대로 인간으로서 생존하기 위해 사투를 한다. 여기서 패배한 사람들이 버리는 목숨의 숫자는 내전 상태에 있는 나라들의 사망자 수효보다 적지 않다. 중산층은 계층 유지와 상승을 위해, 기업은 이윤을 위해 불철주야 각자의 전쟁을 치른다. 아이들의 전투는 어떠한가. 낙오자가 되지 않으려 찬란하게 낭비해야 할 청춘을 볼모로 잡힌 채, 노예들이나 할 법한 강도 높은 노역을 한다. 그리고 아쉬울 것 없어 보이는 정치와 경제의 엘리트들 또한 더 많은 정의와 재물과 권력과 이름을 위해 유혈이 낭자한 전투에 참가하고 있다.

예전에는 총검과 대포를 무기로 싸웠다면, 지금은 미디어를 무기로 상대의 명예를 실추시키고 추문에 휩싸이게 한다. 법률을 무기로 상대의 잘못을 찾아내 감옥으로 보낸다. 정치와 경제와 법률과 문화의 상층부에서는 전략적 구도를 짜고 메시지로 평판을 관리하며 법률로 상대를 저격하는 것이 매일의 일상이다. 여기서 승리하면 대통령이 되고 재벌이 되고 톱스타가 되며, 패배하면 감옥이나 불명예에 갇힌다. 행성에서 가장 성공한 외교관 반기문 씨조차 비열한 거리의 생리를 모른 채 안전하게 살아온 사람이었기에 삼 주 만에 백기를 들었다. 물론 인간의 모순으로 인해 어느 사회건 어느 정도는 다 이렇다. 미드 「굿 와이프」를 보라. 현대 시카고의 매혹적인 내전을 볼 수 있다. 그러나 이 땅은 육식동물에게 절대적으로 유리한 동물의 왕국. 초식동물들은 아주 가끔 승리한다. 지금은 다행히 초식동물의 시간이다.

나는 비열한 거리에서 지쳤을 때 스칸디나비아 뉴스를 읽는다. 그 비현실적으로 한가로운 뉴스가 위로가 된다. 오늘의 톱뉴스는 "이케아가 이스라엘판 카탈로그에 여성들을 등장시키지 않아 비난받고 있다"는 내용이다. 그리고 우리의 거리에는 포연이 자욱하다. 2017

장미전쟁

　박근혜 씨가 탄핵되면서 벚꽃대선 아니 장미전쟁이 현실화되었다. 보수적인 재판관이 포진한 헌재였기에 우려한 사람들도 많았으나 이변은 없었다. 한국 상층부 보수의 멘탈리티는 사실 보수라기보다는 기회주의에 가깝기 때문에, 유례없는 국민의 열망을 거스를 생각을 감히 하기 어려웠으리라.

　87년 이후 한국 민주주의에는 많은 진전이 있었고, 대개의 순진한 사람들은 그것이 돌이킬 수 없는 방향성을 가지고 있다고 믿었다. 나도 그랬다. 그 후 우리는 이명박 정부와 박근혜 정부를 거치면서 그 진전의 대부분이 훼손되는 것을 무력하게 지켜보았다. 뒷걸음질이 너무 심각하다 보니, 민주주의의 중요한 성과 중 '잡혀가서 고문당하지는 않는다' 정도만이 우리의 기대를 배반하지 않을 거라고 믿을 수 있었다. 다른 것은 어느 하나도 온전히 우리의 권리라고 생각하기 어려웠다.

박근혜 씨와 그에게 머리를 조아리는 사람들은 무엇을 해도 무탈하다고 생각했으리라. 민주주의는 작동이 안 되고, 언론은 요리할 수 있으며, 여론은 변덕스러운 것이다. 그렇게 믿고 살아왔던 박근혜 씨로서는 갑자기 벼락처럼 작동하기 시작한 민주주의를 도저히 받아들일 수 없을 것이다. 늘 그렇게 통치해왔는데, 갑자기 모든 것이 폭로되고 준엄하게 단죄되니 본인으로서는 어이가 없다고 느낄 만하다. 그러나 잘못된 것은 갑작스러운 탄핵이 아니라, 그 이전에는 작동하지 않던 민주주의다. 사회는 비로소 조금이나마 정상을 회복한 것이다.

박근혜 씨는 어디까지 마음대로 해도 될까 시험하다 국민의 역린을 건드렸고, 참았던 국민들이 쏟아내는 분노의 격랑을 막을 방법은 없었다. 그 분노는 언론을 움직이고 국회를 휩쓸고 헌법재판소로 범람하여 구체제를 모두 휩쓸고 갔다. 이제 최고 권력자마저도 그 저열함이 임계값을 넘어서면 법의 이름으로 파면될 수 있다는 선례가 확립되었다. 이것은 '고문 금지의 수준'에 머물던 한국 민주주의의 불가역적 방어선이 획기적으로 전진 배치된 것이다. 이제 어떤 지도자도 탄핵을 실제적 위협으로 인식할 것이고, 권력 남용은 그 선을 넘기 어려울 것이다.

'역사의 이성'은 법률은커녕 정치적 방법으로도 민주주의를 유린하던 박정희 전 대통령의 통치를 중단시킬 수 없었기에 예외적인 물리력을 매개로 자신의 이념을 실현했다. 그러나 물리력은 민중의 마음에 깊은 흔적을 남겼다. 그를 애도하고, 그 딸을 애달파하는 마음은 비논리적이지만, 그 정서적 에너지는 정치적 헤게모니로 변환되고 비이성

적인 투표로 귀결되었다. 그리고 그 딸이 다시 민주주의를 훼손할 때
에, 이제는 촛불이 견인한 법률이 물리력을 대신했다. 민주주의를 훼
손하는 정치권력을 퇴장시키는 힘이 물리력에서 제도로 도약하기까지
사십 년 가까운 세월이 필요했던 것이다.

　이제 우리는 박정희 전 대통령이 사라진 이후 어떤 일이 일어났는가
를 기억해야 한다. 그 뒤에 온 것은 민주주의가 아니라 공수부대였다.
우리 손으로 대통령을 직접 뽑기까지 얼마나 많은 피와 눈물과 땀이
더 필요했는가.

　탄핵을 이룬 우리는 이제 역사의 이성을 온전히 환대할 것인가. 아
니면 또 다른 길고 어리석은 싸움을 이어가야 하는가. 앞으로 오십 일
간 벌어질 장미전쟁이 그 밑그림을 결정하게 된다. ○2017

4부

그래 봐야
영화,
그래도 영화

그래봐야 영화,
그래도 영화

리버풀의 전설적인 축구 감독 빌 샹클리는 축구가 '삶과 죽음의 문제'라고 믿는 사람들의 태도가 맘에 들지 않는다며, 축구는 그보다 훨씬 더 중요한 문제라고 말했다. 나는 무언가를 그토록 중요하다고 생각할 수 있는 열정에 놀랐지만, 그게 과연 가능한 것인지 아니면 레토릭에 불과한 것인지는 의심스럽다.

살다 보면 무언가에 몰입해 그것을 생사의 문제보다 우위에 놓은 사람들을 보게 된다. 내가 보기에 삶의 부분집합에 불과한 어떤 것이 모든 경험의 총체인 삶과 그것을 무화시키는 죽음의 문제가 가지는 중요성을 넘어선다는 것은 불가능하다. 자주 감성적이 되기도 하지만, 논리적인 것에 어긋나는 것을 견디지 못하는 나는 인생의 어느 한순간에도 그러지 못했다. 고백하건대, 내 삶은 축구보다는 물론, 예술보다도, 그리고 사랑보다도 우선한다. 어쩌면 진리보다 우선하며, 역사보다 우선할지도 모른다. 어떤 무엇도 내 삶 안에 배치되는 것이지 삶을 넘어서지 않는다. 성정이 그런 까닭에 나는 좋은 의미에서든 나쁜 의미에서든 과잉을 기피한다.

그러나 엄격한 의미에서 잔에 가득 물을 채우려면 잔을 넘치게 하는 수밖에 없으므로 절대로 물을 흘리고 싶어 하지 않는 자는 잔을 가득 채울 방법이 없다. 극한의 경지에 도달할 수 없는 것이다. 그래서 나는 자질도 부족했지만, 그 기질 때문에 예술가가 되지 못한 채 딜레탕트가 되었고, 운동가가 되지 못한 채 변호사가 되어, 극한까지 가본 사람들에게는 은근한 경멸의 대상이 되고 말았다. 그런데, 어떤 별종들에게는 그들의 삶에서 그것을 제거해버리면 삶이 성립되지 못하는 무엇이 있다. 그것이 누구에게는 축구이며, 누구에게는 예술이고, 누구에게는 사랑이다. 누구에게는 진리이며, 누구에게는 역사다. 그들은 도리어 삶이야말로 그것을 위해 종사하는 것처럼 그것에 삶의 모든 것을 건다. 마치 그가 그것을 선택했다기보다는 그것이 그의 이름을 부르고 삼켜버린 것처럼 보인다.

나는 그러한 태도에 경외감을 가지기는 하나, 현명하다고 생각하지는 않는다. 그렇지만 우리는 안다. 무언가를 삶과 죽음의 문제보다 우위에 놓을 때 비로소 그 삶이 온전해진다는 역설을. 그 삶이 아우라를 얻게 된다는 진실을. 나는 살면서 삶보다 영화를 우위에 두는 사람들을 보았다. 그러한 표현이 지나치다면 그들의 삶과 영화가 구별되지 않는 사람들을 만났다.

내가 영화사 대표이기도 하다는 것을 아는 사람들은 간혹 묻는다. 예전부터 영화를 좋아했는지. 거듭되는 질문이지만 나는 매번 뭐라고 말해야 할지 몰라 고민에 빠진다. 물론 좋아했다. 그렇지만 전업은 아니더라도 영화와 관련된 일을 하면서 살게 되리라고는 꿈에도 생각하지 못했다. 그저 좋아서 자주 보고, 관련된 책을 뒤적거려보며, 시네마테크를 드나든 것이 전부라면 전부다. 내 개인사를 샅샅이 뒤져보아도 영화광의 기미는 없다. 내가 영화에 대한 취미를 넘어서서 영화에 연루된 것에는 우연한 계기가 있었다. 이제는 유토피아도 인류 종말도 아닌 것으로 판명된 밀레니엄을 눈앞에 두고 있던 1999년의 어느 날 밤이었다. 오래전부터 알고 지내던 선배가 봉천동의 집으로 초대를 했다. 거기에는 소설가 조경란 씨와 그 무렵 「처녀들의 저녁식사」라는 멋진 데뷔작을 연출한 임상수 감독이 있었다. 소설가 조경란은 매우 인상적인 미인이었기 때문에 친해지고 싶은 마음이 가득했지만, 명분도 없고 기회도 없었다. 다만, 나중에 출간된 그녀의 단편소설에서 그날의 자리가 짧게 묘사된 것을 발견하고, 작가들과 교류하면 언제든지 작품의 등장인물이 될 각오를 해야 한다는 것을 알았다. 그때 나는 「처녀들의 저녁식사」를 두 번이나 보았던 터였고, 임 감독은 자기 영화를 두 번이나 보았다는 사람을 싫어할 까닭이 없었다. 당시 임 감독은 변호사를 주인공으로 한 시나리오를 쓰고 있던 때이기도 하여 몇 차례 만났는데, 그러다가 사흘이 멀다 하고 만나는 술친구가 되었다. 임 감독은 직설적이고 다혈질이라서 나와는 기질이 달랐지만, 나는 그의 재담과 열정과 그리고 독설—너머에 있는 마음 깊은 곳의 순수한 기질을 좋아했다.

나는 임 감독을 통해 그리고 그로 인해 알게 된 사람들을 통해, 당시 도약기에 있던 한국 영화계의 주요한 인물들을 만나게 되었다. 이후에 「로드무비」로 데뷔한 김인식 감독, 당시에는 시나리오 작가이던 「방자전」의 김대우 감독, 「스캔들」의 이재용 감독, 「8월의 크리스마스」의 허진호 감독 등 문제적 감독들과 친분이 생겼고, 거의 대부분의 중요한 감독들을 알게 되었다. 그리고 내가 지금 대표로 있는 영화사 봄의 제작자 오정완, 명필름의 이은, 심재명, 영화제작가협회 회장 차승재, 최근에 「시」를 제작한 나우필름 이준동 대표 등도 알게 되었다. 산업화의 길을 걷고 있던 영화계도 지속적인 법률 자문을 필요로 하는 시점이었기 때문에 그중 상당수는 내 의뢰인이 되었고, 몇몇과는 남다른 친구가 되었다. 요즘은 새로운 사람들과 술자리를 하는 것을 꺼리게 되었지만, 그때만 해도 사람이 그리울 시절이라 앞뒤 안 가리고 어울렸는데, 술자리를 마치는 시간이 새벽 두세시는 예사였다. 나는 무엇에 홀렸는지 밤을 새워가며 그들의 이야기에 귀를 기울이고 마법 같은 세계에 빠져 들어갔다. 그 세계는 낮의 명징한 세계와는 사뭇 달랐다. 어느 날 밤에 우연히 들은 이야기가 몇 달 뒤에는 영화가 되어 세상에 모습을 드러냈다. 꿈이 현실이 되고, 현실이 꿈이 되었다. 어제 마신 술이 내일의 예술이 되고 미래의 화폐가 되었으며, 그것이 다시 예술이 되고 술이 되었다. 그곳은 신비한 동화와 날선 승부가 교차하는 세계였다. 그중에서도 내가 늘 경이롭게 생각했던 것은 그들은 낮에도 밤에도 쉬지 않고 영화 이야기를 한다는 것이다. 술자리에서 본격적으로 법률 논쟁을 하는 변호사는 드물었기에 그 풍경은 내게 낯설게 느껴졌다. 적어도 변호사들은 공장을 나오면 공장 이야기를 어느 정도 접어두는 것이 통례인데, 이들의 삶에는 그런 경계가 불분명했다. 세상이 공장이고, 공장이 세상이었다. 삶이 영화였고, 영화가 삶이었다. 도대체 영화의 무엇이 그들을 그토록 사로잡았을까. 영화는 과연 그런 정도로 의미가 있는 일일까.

예술적 창조와 체험의 본질에 대하여 깊게 알지 못하는 나로서는 '영화'라는 매혹의 정체가 궁금했다. 물론 '영화'라는 말은 '책'이라는 말과 마찬가지로 무언가를 전달하는 텅 빈 그릇에 불과하다. 그릇에 무엇이 담기느냐에 따라 너무 다른 결과를 낳기 때문에 그저 '영화'라거나 단지 '책'이라고 해서는 설명이 부족하다. 만일 어떤 사람이 한순간도 책을 손에서 놓지 않는 사람인데, 늘 읽는 것이 이제는 B급 문화의 전설이 되어버린 '선데이 서울'류의 선정적인 잡지뿐이라면 우리는 그를 과연 독서광이라 부를 수 있을까. 원주율을 소수점 이하 수백만 자리까지 적어놓은 책을 강박적으로 반복해 읽는 것이 취미인 사람이라면, 일단 정신과 의사와 면담해볼 것을 권해야 하지 않겠는가. 마찬가지로 영화 감상에 몰두하는 어떤 사람이 두문불출하며 심취하는 것이 '하드코어 포르노'라면 그를 영화광이라고 부를 수는 없다. 다행히 우리가 '영화를 만든다', '영화를 즐긴다'라고 말할 때 염두에 두는 영화가 무엇인지에 대해서는 어떤 공감대가 있다. 차승재 회장의 지론은 그 핵심에 '이야기'가 있다는 것이다. 공감하지 않을 이유가 없다. 그것이 다큐멘터리건 극영화건, 실사영화든 애니메이션이든, 사람들이 영화에서 관심 있는 것의 본질은 '이야기'이다. 그리고 현대사회에서 '이야기'를 가장 실감나게 전달하는 형식이 영화라는 견해에 누가 반대하겠는가. 그런데 사람들을 매혹하는 그 '이야기'란 무엇일까. 그것은 '마사이족이 어떻게 살고 있다더라', '고래가 어떤 이유로 멸종 위기에 있다더라'라는 인류학적, 생태학적 지식에 관한 것을 넘어서는 무엇인데, 사람마다 관심을 가지는 '이야기'는 천차만별이라서 어떤 '이야기'라고 꼭 집어 말하기는 곤란하다. 나는 호러영화에 관심이 없지만, 어떤 사람은 호러영화에 빠져든다. 어떤 이는 SF에 심취하지만, 어떤 이는 로맨틱 코미디를 찾는다. 누구는 사회비판적인 영화에 공명하고 누구는 영웅서사에 기절한다. 부지런한 사람들은 인간이 즐기는 '이야기'의 유형을 집요하게 정리해내기도 했고, 심지어 모든 이야기의 원형은 '길을 떠난 영웅'의 이야기라고 제시하기도 했다. 천차만별인 '이야기'들을 하나의 공통된 틀로 묶는 것은 무리겠지만 아무튼 대부분의 사람들이 빠져드는 것은 그저 밑도 끝도 없는 '이야기'는 아니며 적어도 '어떤 존재가 마주친 운명에 대한 이야기'이다. 그것은 실제였을 수도 있고, 이 지상에서 그 비슷한 일이 단 한 번도 없었던 것일 수도 있다. 인간의 이야기일 수도 있고, 「치킨 런」에서와 같이 닭의 이야기일 수도 있으며, 「아바타」에서와 같이 외계인의 '이야기'일 수도 있다. 그 '이야기'들은 이렇게 말을 걸며 우리를 유혹한다.

"혹시 이런 삶이 있다는 것을 아시나요?"

어떤 의미에서든 실제 그 자체는 아닌 어떤 '이야기'를 즐기고 만들어내는 일이 우리가 직면한 삶의 문제만큼, 그리고 인생을 걸 만큼 중요한 일인가. 이미 말한 것처럼 나는 그 무엇도 삶에 우선하지 않는다고 생각한다. 그러므로 무엇인가 삶에 우선하고 있다고 주장하거나, 그렇게 전제하고 살아가는 것은 어쩐지 미덥지 않다. 그 무엇이 예술이든 또는 공동체의 운명이든 간에 나는 거기에는 일종의 거대한 사기가 숨겨져 있을지 모른다고 의심한다. 그러나 뒤집어 생각해보자. 만들어진 '이야기'에 비해 우리 삶은 그렇게 견고한가.

내가 어디에 가든 나를 따라다니는 삶은 내가 무언가를 해볼 수 있는 유일한 장소이자 기회다. 그리고 나는 지구에서의 삶처럼 신비로운 것은 없다고 생각한다. 우리는 소설이자 영화인 '솔라리스'에서 우리의 기존 관념으로 도저히 설명할 길 없는 현상이 벌어지는 '솔라리스' 행성을 지켜보며, 신비감에 빠져든다. 그런데 지구에서의 삶이 '솔라리스' 행성에서나 있을 법한 신비로운 일에 못 미치는가. 아니다. 지구에서 살아가는 일이 덜 신비롭게 느껴진다면 그것은 단지 그것이 우리에게 익숙하기 때문이다. 곰곰이 생각해본다면 여기야말로 '솔라리스'

행성보다 더한 진짜 '솔라리스' 행성이다.

그런데 안타깝게도 이 신비로운 행성에서 살아가는 우리는 그 신비를 만끽하기는커녕 자신의 삶을 변변치 않고 흔해빠진 무엇으로 느끼기 십상이다. 그 이유는 무엇일까. 부르주아 문예비평가 시절의 루카치도 어디선가 비슷한 말을 했지만, 우리가 실제로 살아가는 삶은 우리가 소망하는 그리고 가능성으로 주어진 삶과 동떨어져 있다는 점에서는 가장 비현실적인 무엇이다. 삶다운 삶은 언제나 미래로 유예된다. 삶은 전혀 '레알'하지 않다. 모든 삶은 '그렇게 살고 싶었으나 끝내 그렇게 살지 못한 삶'으로 귀착된다. 우리는 가장 삶다운 삶을 어제도 오늘도 지금 이 순간에도 열망하지만 그 삶은 결코 오지 않는다. 누구나 자신의 실존을 등에 업고, 평생에 걸쳐 온 세상을 주유하지만, 그 삶은 과연 얼마나 충만한가. 이루지 못한 꿈과 줄이지 못하는 체중과 끊지 못하는 담배에 시달리는 사람이 얼마나 많은가. 버거운 애욕과 어제의 과음은 늘 당신의 뒷덜미를 잡지 않는가. 삶은 가장 단단해 보이지만, 사실 늘 손가락 사이로 빠져나가고 마는 부스러기들이다. 삶은 쉼 없이 전개되어 나가지만, 그것은 '가능한 무엇에서 2퍼센트 부족한 무엇'으로 점철된 지리멸렬한 것으로서 가장 허황된 것이다.

이처럼 창백한 그림자에 지나지 않는 우리의 삶을 대부분의 사람들은 묵묵히 견딘다. 어떤 사람들은 이 세상이 너무나 이상하다고 느끼면서도 그저 살아간다. 이때 많은 사람들은 '이야기'를 원한다. 우리가 살고는 있지만 '제대로 살고 있는 것'은 아니라는 것을 알기에 '제대로 된 삶'을 보고 싶어 한다. '이야기'는 우리가 '진정한 삶'이라는 위대한 범죄를 저지른 적이 없고 결백하다는 반어적인 의미에서 '현장부재증명'이다. 소설이든 연극이든 영화든 어떤 '이야기'는 가장 있을 법하지 않은데도 기어이 현존하고 마는 이 불완전한 세계에 대한 야유이며, 현실의 완고한 관성에 언제나 복종하고 마는 무력한 자신에서 벗어나려는 간절한 소망이다. 우리는 어두운 공간에 들어앉아 꿈을 꾼다. 그 꿈은 의도된 작업이고, 꿈에 지나지 않는다는 것을 알면서도 계속 꾸고 있는 집단적인 자각몽이며, 그 속에서 울고 웃는 실제 같은 환영이다. '이야기'는 삶에 우선하지 않고, 영화는 스크린에 비추어진 빛의 일렁거림에 불과하다. 하지만 그 '이야기' 속의 삶은 우리의 삶보다 더 명료하다. 별처럼 빛나는 순간도, 애타게 기다리는 반전도 없이 지루하게 반복되는 삶의 퍼즐은 너무도 많은 조각이 비어 있어 우리는 끝내 삶 자체만으로는 온전한 그림을 맞추지 못한다. 영화는 가상으로 복원해낸 우리의 완전한 삶이다. 그래서 많은 사람들은 삶의 생기가 필요할 때, 자신의 삶이 문법이 잘못된 비문이라고 느껴질 때 '이야기'를 찾는다. 나아가 어떤 사람들은 '이야기'를 보고 듣는 것에 그치지 않고 기어이 우리의 삶이 거짓이자 그림자에 지나지 않는다는 것을 직접 증명하고 싶어 한다. "이런 삶이 있다는 것을, 저런 삶이 가능하다는 것을 알고 있느냐"라고 우리를 심문하려고 하는 사람들이 바로 배우들이고 영화감독들이다.

명색이 영화사 대표이지만, 그 이전에 변호사인 나는 어떤 영화를 만들지, 어떤 영화가 되어야 하는지에 관하여는 깊이 관여하지 않는다. 인생의 모든 것을 걸고 그 일을 하는 사람들보다 내가 눈이 밝다는 생각을 하지 않기 때문이다. 그렇지만 영화사로 배달되거나 영화사 안에서 만들어지는 시나리오들은 거의 읽어본다. 나는 새로운 세계의 설계도를 훔쳐보는 느낌으로 그 '이야기'들을 숨죽이고 살펴본다. 간혹 그 '이야기'들은 시나리오가 아니라 갑자기 던져지는 몇 마디 말인 경우도 있다. 어느 감독이 대화 중에 슬쩍 '이야기'를 던져놓고 나의 반응을 살핀다. 내가 무슨 '이야기'의 권위자라서가 아니라 삶에 지친 이 중년 남자를 그 '이야기'가 매혹시킬 수 있는가를 시험해보는 것이다. 그때 내가 '그래서요'를 연발하면 감독은 만족스러워져 "이 이야기로 한번 시나리오를 써볼까요"라고 말한다. 나는 이상하게도 문장을 만들어낼 수는 있었지만 하나의 이야기, 하나의 세계를 창조할 수는 없었는데, 어떤 사람들은 그것을 만들어내며, 그것을 만들기 위해 자신의 모든 삶을 건다. 그들을 십여 년 동안 보아오면서 이젠 그들도 어쩔 수 없는 생활인이라는 것을 알게 되고, 가끔 그들의 꿈이 지쳐 보여 안쓰러울 때도 많다. 그러나 그들은 여전히 '이야기'에 도전한다.

　오에 겐자부로의 자전적 소설 『아름다운 애너벨 리, 싸늘하게 죽다』에 이런 표현이 있다. "It's only movies, but movies it is!" "그래봐야 영화, 그래도 영화!" 정도로 번역해볼 수 있는 이 문장은 단순하면서도 아이러니한 구조를 가지고 있어서 '영화'라는 단어를 다른 어떤 장르로, 아니 인간이 욕망하는 그 어떤 것으로 대체해도 뜻이 생겨난다.

"그래봐야 소설, 그래도 소설!" "그래봐야 인간, 그래도 인간!"……

나는 이 문장을 '영화는 삶에 우선하지 못하지만, 삶의 불완전성을 채워줌으로써 삶을 완전하게 해줄지도 모른다'라는 의미로 읽는다. 장미는 자기가 장미인 줄도 모르기에 스스로 또 다른 장미를 꿈꾸지 않는다. 인간은 그렇지 못하다. 매우 성숙한 인간은 그저 자연의 한 부분으로 살아가는 것이 얼마나 장엄한 것인가를 터득하기도 하지만 우리들 대부분은 미처 살아내지 못한 다른 삶들을 생각하며 잠을 뒤척인다. 영화는 자연의 장미에 인공적으로 파란색을 입힌 '파란 장미'이고, 삶이라는 재료에 빛을 입힌 셀룰로이드다. 영화는, '이야기'는, 그리고 예술은 파편화된 삶에 생기를 불어넣으려는 노력이고, 잃어버린 삶의 조각을 찾아 삶을 완전하게 하려는 시도이다. 나는 '파란 장미'가 과연 가치 있는 것인지, 그것을 만들어내려는 시도가 의미 있는 작업인지는 확신할 수 없다. 그렇지만 "그래봐야 인생, 그래도 인생!"을 힘겹게 살아가는 우리가 그게 아니라면 무엇을 무기로 도저한 현실의 중력에 저항할 수 있는지는 가늠조차 못하겠다.

불이 꺼지고 스크린에 '파란 장미'가 피어난다.

여기가 바로 신비로운 행성 '솔라리스'다. ○2010

정복자 펠레

내 기억이 맞다면 그것은 스물네 살 겨울의 일이었다. 나는 그때까지의 인생에서 가장 괴로운 시절을 통과하고 있었다. 수년을 두고 노력해왔던 일은 불운이 아닌 불성실과 교만 때문에 이루지 못했고, 장차 성취하리라는 보장도 없었다. 오랜 시간 나의 변덕과 무심함을 견뎌왔던 사람은 내가 떠나보냈는지 스스로 떠났는지 알 수 없는 상황 속에서 멀어져갔다. 모든 고통은 당연히 나의 몫이라고 생각했고, 삶에 대한 근본적 태도를 바꾸는 일부터 다시 시작해야 한다고 느꼈지만 좌절감과 허전함은 쉽게 달랠 수 없었다. 현실을 직시하고 그곳에 자기를 묻어버리는 영리함은 본래 없었지만, 바로 그곳에서 나는 현실을 가볍게 웃어넘길 줄 아는 오만함마저 잃어버렸다.

그때 거리에는 한 소년의 얼굴만이 클로즈업된 영화 포스터가 나붙었다. 축구 황제 펠레가 자꾸만 연상되는 이름의 영화 「정복자 펠레」

였다. 눈이 내린 어느 날 밤 혼자 강남의 어느 극장에서 마지막 회 표를 샀다. 칸영화제 수상 작품이라는 수식어를 달고 있었지만 관객은 열 명도 되지 않았다. 나는 관객이 적은 영화를 볼 때면 늘 그렇듯이 좌석 번호에 상관없이 맨 앞에서 두세 번째 줄 중간 부근에 앉았다.

불이 꺼졌다. 조그만 집이라도 장만하고 일요일 아침이면 침대에서 커피를 마실 수 있는 생활을 찾아 고향 스웨덴을 떠난 아버지. 아이들은 일하지 않고 하루 종일 놀 수 있는 곳이라는 아버지의 말에 가슴이 부푼 어린 아들. 이들에게 덴마크 또한 꿈에 그리던 곳은 아니라는 사실이 곧 드러난다. 가까스로 바닷가의 어느 농장에서 일하게 된 아버지와 아들은 외양간 같은 숙소에서 성탄절에도 고기를 먹지 못하고 매일 청어만을 먹어야만 하는 고되고 가망 없는 나날을 보내게 된다. 다정하면서도 무능한 아버지 역의 막스 폰 시도의 연기는 처음부터 얼마나 실감나던지 나는 하마터면 김승옥이 어느 소설에서 묘사했던 것처럼 그를 향해 손을 내밀 뻔했다.

어린이의 삶을 다룬 영화란 대개 동심의 수정체로 바라본 세계의 모습을 통해 현실에 의하여 굴절된 삶의 순수함을 복원하려고 하게 마련이다. 그런데 「금지된 장난」처럼 서정성의 집요한 관철을 통하여 마침내 거대한 서사성을 획득하는 영화는 예외적이고, 많은 경우에는 서정이 강조되면서 서사는 실종된다. 「정복자 펠레」의 훌륭함은 북유럽의 고된 자연조건 속에서 힘겹게 살아가는 사람들의 개인적 또는 계급적 운명의 서사적인 묘사와 함께 주인공 펠레가 성장해가는 궤적을 서정적으로 그리는 데 성공했다는 것이다. 이 영화에서 곤경에 처한 펠레의 자아는 세계 속에서 고립되거나 표류하지 않고, 세계는 고통에 가득 차 있지만 사막처럼 한없이 황량하지만은 않다.

영화관 바깥의 추운 날씨와 영화 속의 매서운 날씨는 나를 조금씩 얼어붙게 했으나, 연이은 고난과 결코 자기를 보호해주지 못하는 늙은 아버지에게 좌절하지 않고 자신이 정복해야 할 미지의 세계에 대한 꿈을 키워가는 펠레의 눈빛은 나를 얼마나 숨죽이게 했던가. 나는 영화 속 인물들이 겪는 가혹한 시련, 그 속에서도 온기를 잃지 않는 사랑, 그리고 끈질긴 희망에 나의 값싼 고뇌와 근거 없는 서러움, 그리고 거짓 절망을 비교하지 않을 수 없었다. 그들이 힘겹게 영위하는 반노예적인 생활을 보면서 나는 따뜻한 보금자리와 딜레탕트적인 유희로 점철된 생활이 슬며시 부끄러웠다. 그리고 서울 변두리에 사는 수줍고 보잘것없는 아이로서 자아의 주권을 얻기 위해 몸부림치던 소년 시절을 떠올렸다.

겨울바람 같은 현실은 펠레의 자아를 주조하고 담금질한다. 그 과정에서 자아는 세상의 잔인한 법칙을 창조적으로 내면화하고, 승화된 자아는 다시 세계를 변화시킬 것이다. 드디어 펠레는 어린 나이에도 불구하고 꿈의 공동묘지인 농장을 벗어나 미지의 세계에 도전하는 것만이 유일한 길임을 확신하고 먼 길을 떠난다. 늙어서 긴 여행을 견딜 수 없는 아버지를 남겨두고 흰 눈으로 뒤덮인 바닷가의 들판을 뛰어가는 펠레를 아버지가 내려다보는 마지막 장면은 늘 내 가슴에 서늘하게 남아 있다. 나는 한동안 펠레가 도달하는 새로운 세계는 어디이고, 펠레는 어떻게 살아갈 것인가 하는 궁금증을 가지고 있었다. 나중에 우연히 보았던 어느 글은 「정복자 펠레」가 3부작 소설의 1부를 영화화한 것인데, 소설 속에서는 도시로 나간 펠레가 노동운동가로 성장한다고 적고 있었다.

펠레가 다른 세계를 향해 뛰어가는 모습을 보았던 날 정말로 서울에는 눈이 왔던 것일까. 그리고 그때는 북해에 면한 덴마크 어느 마을의 날씨처럼 추운 겨울이었는가. 나는 그렇다고 기억한다. 실제는 아닐 수도 있다. 그것은 내 마음에 새겨진 펠레의 마을이 나의 기억을 서서히 변화시켜 십 년 가까이 지난 지금, 그때가 눈 오는 겨울이었다고 믿게 되었는지도 모른다. 하지만 아무려면 어떤가. 내 기억은 나에게는 절대적 진실이고, 그때 내 마음은 정말 황량한 겨울이었는데. 그리고 어리지만 조숙한 펠레가 뛰어가기 시작한 바로 그 바닷가 들판에서 나는 비로소 나 자신이 지체된 유년 세계 속에 고립된 미성년임을 깨닫고, 뒤늦게나마 서사적 세계를 향해 달려가야 하는 나의 길을 발견했는데. ○1997

「렛미인」이냐
「트와일라잇」이냐

두 개의 뱀파이어 영화가 관객들의 목을 물어주려고 기다리고 있다. 본래 겁이 많아 공포영화를 좋아하지 않는데 「렛미인」을 보고 싶은 마음은 공포심을 이겨냈고 보답을 받았다. 그에 반해 「트와일라잇」은 흥행의 예감을 하면서도 '하이틴 로맨스'로 추정돼서 기피했다. 그런데 보고 싶지 않은 영화도 우여곡절 끝에 보는 것이 인생 아닌가? 막상 본 「트와일라잇」은 흥미롭긴 했다. 하지만 중학생 딸에게 추천할 수는 있어도 내가 맘껏 즐길 수는 없었다.

두 영화를 보고 나서 문득 한 가지 생각이 들었다. 어찌 보면 영화와 무관한 생각이다. 내가 보기에 두 영화의 커다란 차이점은 「렛미인」을 만든 사람들은 '자신이 뭘 보여주고 싶은가'를 중요하게 생각했고, 「트와일라잇」을 만든 사람들은 '다른 사람들이 뭘 보고 싶어 하는가'를 중요하게 생각했다는 점이다. 뜻을 간명하게 전달하기 위해서 거친 표현의 위험을 무릅쓰고 말해본다면, 「렛미인」은 만드는 것 자체에 더 큰 의미를 부여한 '예술'이고, 「트와일라잇」은 만들고 나서 자신들에게 돌아올 보상에 더 큰 의미를 부여한 '사업'이다. 내가 만일 두 영화를 만든다면, 「렛미인」은 '의미' 때문에, 「트와일라잇」은 '화폐' 때문에 만들게 될 것이다. 그리고 둘 중 하나만 만들어야 한다면 해결할 수 없는 고민에 빠지게 될 것이다. 이것은 인류 역사상 매우 오래된 딜레마인데, 이 딜레마는 '꿈과 현실의 충돌'이라는 진부한 이름으로 불리기도 한다.

이 딜레마는 인생의 고비마다 등장하여 우리를 잠 못 이루게 하며, 그때 내려진 각 결론들은 삶의 분수령이 되어 우리를 다른 운명에 이르게 한다. 좀더 깊이 생각해보면, 날마다 내리는 무수한 선택 중에서 이와 무관한 선택은 점심 메뉴 따위를 논외로 하고 나면 오히려 드물다고 말해도 지나치지 않다. 물론 현실 자체가 그대로 자신의 꿈인 사람들도 적지 않다. 저녁 뉴스 시간에 TV를 켜면 자주 보이는 '불유쾌한 몽타주를 가진 분들'이 대표적이다. 이분들은 대부분의 시간을 한강 부근의 커다란 둥근 지붕이 있는 건물에서 자기들끼리 서로 고함을 치고 막말을 하며 보내신다. 하지만 많은 사람들은 풀 수 없는 딜레마 때문에 밤을 하얗게 지새운다.

나는 좋은 사회란 사람들을 꿈과 현실의 딜레마로 내몰지 않거나, 그중 하나를 선택한 결과가 극단적이지 않은 사회라고 생각한다. 꿈과 현실이 합치되는 사회란 어차피 없으므로 그 괴리가 적을수록 좋은 사회다. 그리고 꿈을 선택하더라도 가난하게 살거나 사회적으로 인정받지 못할지언정 인간으로서 최소한의 품위를 지킬 수 있게 해주는 사회가 좋은 사회다. 그런데 지금 이 사회는 어떠한가? 이 사회는 현실이 아닌 꿈을 선택하는 사람들을 위해 실직이나 감옥이나 모멸이나 모진 가난을 예비해둔다. 그리고 그것이 두려워 현실을 선택한 사람들은 꿈을 잃은 절망감과 무의미한 노동으로 하루하루를 허비하게 된다. 이것이 우리가 원하는 세상인가? 아니면 도대체 어느 누가 원하는 세상인가?

사막 같은 겨울이 깊어간다. 수많은 사람들이 '불유쾌한 몽타주를 가진 분들'과 경제 위기로 인해 잉태된 고통과 절망을 속수무책으로 기다리고 있다. 이 겨울은 무척 길고 외로울 것이다. 잔인한 현실의 협박에 항복하지 않은 채 아직 꿈을 껴안고 있는 당신에게는 더욱 길고 외로울 것이다. 허나 희망은 어느 날 문득 오기도 하는 법. 당신은 그때까지 살아남아야 한다. 삶을 진정 사랑하고, 삶을 사랑할 자격이 있는 당신은 반드시 살아남아 이 모진 세월과 동정 없는 세상을 기필코 증언해야 한다. ◦2008

데블즈 애드버킷

'악마의 변호사'쯤으로 번역할 수 있는 '데블즈 애드버킷(The Devil's Advocate)'이라는 말이 있다. 악덕 변호사를 지칭하거나, 악마의 말을 세상에 전파하는 사람이라는 의미로 쓰인다. 알 파치노와 키아누 리브스가 주연하고 테일러 핵포드 감독이 연출한 영화의 제목이기도 하다. 하지만 가톨릭에는 실제로 그런 이름의 직책이 있다고 한다. 어떤 인물을 성인(聖人)으로 정하는 가톨릭의 절차에서 후보자를 성인으로 정해서는 안 된다고 주장하면서 후보자의 품성에 대해서 회의적인 견해를 피력하고, 기적이 사기라는 증거를 수집하는 등 반대자의 역할을 맡은 사람이다. 위키피디아에 따르면, 그 직책은 1587년 교황 식스투스 5세 때 만들어졌고, 1983년 교황 요한 바오로 2세 때 폐지되었는데, 폐지 후 성인으로 지정된 수가 급증했다고 한다. 가톨릭이 고안했던 '데블즈 애드버킷'이라는 직책은 우리가 진실에 도달하기 위해서는 비록 불편하더라도 의도적으로 자신의 주장을 반박하려는 노력이 절실하다는 것을 보여준다.

그런데 흔히 강남 사는 부자를 대변한다고 여겨지는 현재의 지배권력은 이러한 혜안을 벤치마킹하지는 못할망정 자신들에게 비판적인 기존의 '데블즈 애드버킷'들이 눈꼴 시리다고 온갖 방법과 꼼수를 버라이어티하게 동원하여 분쇄하려 한다. 입맛에 맞는 사람들을 무리하게 방송통신위원장과 방송사 사장에 앉혀 비판 언론을 접수하려 하고, 그것도 모자라서 비판적인 시민단체들을 핍박한다. 촛불집회에 참여한 순수한 시민들을 박해하고, 심지어 유모차를 끌고 시위에 나온 어머니를 국회에 불러 윽박지른다. 그리고 이 모든 불순한 일이 인터넷 때문이라는 생각에 사로잡혀 인터넷 여론에 재갈을 물리기 위해 안타깝게 돌아가신 분의 이름까지 판다. "정치는 사람들로 하여금 그들이 관련된 문제에 참여하지 못하도록 가로막는 기술이다"라는 발레리의 말이 이렇게 와닿은 적은 없었다.

현실 세계에서 권력을 획득하고 행사하는 일련의 과정은 헌법과 법률에 정한 절차에 따라서 이루어지는 것만은 아니다. 더 중요한 것은 '누가 상징을 장악하느냐', '진실이 무엇인지 해석할 권리가 누구에게 있느냐'를 둘러싼 싸움이다. 이명박 대통령은 '경제전문가'라는 상징을 획득함으로써 대선에서 압승했다. 그 상징이 실제와 동떨어진 얼마나 어처구니없는 것이었는지는 반년도 안 되어 입증되었지만, 이미 버스는 떠났고 그는 합법적인 대통령이다. 역사 교과서를 둘러싼 논란은 과거 진실의 해석을 둘러싼 투쟁이다. 누가 집단적 기억을 해석할 권리를 행사하느냐에 따라 미래의 헤게모니를 누가 차지할지 결정된다. 신문, 방송, 인터넷이 그러한 상징 투쟁의 정점이라는 것은 말할 나위도 없다. 현재의 지배권력은 권력을 유지, 재생산하기 위해서는 상징을 장악하고 진실을 해석할 권리를 획득하는 것이 절실하다는 것을 잘 알고 있다는 점에서 무능하다기보다는 영리하다. 하지만 세상만사가 그렇듯이 이 싸움에도 한계가 있다. 넘어서는 안 될 선과 상식이 있는 것이다. 그런데 현재 지배권력은 그 한계를 의식하지 않는다. '필요하면 장악하고, 까불면 혼내준다'가 그들의 모토가 아니고서는 이럴 수가 없다.

'데블즈 애드버킷'의 존재를 지우고 직책을 박탈함으로써 그대들은 아마 성인의 반열에, 위대한 지도자의 반열에 오를 수 있을지도 모른다. 하지만 그대들이야말로 기적을 조작하여 성인의 반열에 오르려고 하는 무리고, 그대들이 저주하는 '악마의 변호사'들이 사실은 신을 대변하고 교회를 수호하고 있을지도 모른다는 것을 상상해본 적은 있는가? ○ 2008

「체인질링」을 보고 든
몇 가지 생각

정치적인 문제와 윤리적인 문제는 어떤 연관이 있는가? 정치적인
의제는 어느 시점에서 윤리적인 의제로 전환되는가? 왜 우리는 '허구
적인 작품'이나 '먼 곳'의 문제에는 적절한 윤리적 판단을 하면서 '지
금 여기'의 윤리적 문제에는 눈을 감거나 혼란을 일으키는가?

1928년 LA, 전화국에 근무하는 싱글맘의 아이가 사라진다. 여러 달
이 지난 어느 날 경찰이 연락한다. 아이가 돌아왔다고. 그러나 그 아이
는 그녀의 아이가 아니다. 체인질링(changeling), '뒤바뀐 아이'일 뿐이
다. 어떻게 자기 아이를 못 알아볼 수 있는가? 하지만 부패한 경찰은
실수를 인정하기 싫어서인지 아이도 못 알아본다고 윽박지른다. 사이
비 전문가는 엄마를 자기 아이를 거부하는 이상한 사람으로 몰아간다.
급기야 엄마는 경찰에 대들다 정신병원에 감금된다. 다행히 엄마는 LA
경찰의 비리와 싸우는 것을 인생의 과업으로 생각하는 목사의 도움으

로 집으로 돌아온다. 돌아온 아이는 가짜임이 밝혀지고, 진짜 아이는 연쇄살인범에게 납치된 것으로 밝혀진다. 마침내 경찰과 부패한 관리가 대가를 치르고, 연쇄살인범의 사형이 집행되면서 정의는 회복된다.

영화 「체인질링」에는 두 종류의 악이 있다. 연쇄살인범이 대표하는 '순수한 악'과 부패한 LA경찰이 대표하는 '혼혈의 악'이 그것이다. 엄마의 주된 싸움의 대상은 '혼혈의 악'이다. 연쇄살인범은 이미 엎질러진 물, 사회의 어쩔 수 없는 얼룩이다. 그는 공동체의 외부에 존재하는 자, 이미 악으로 분류된 자로서 지워야 할 대상일 뿐이다. 그는 괴물이고 재난이다. 경찰은 다르다. 경찰은 시민이 고용하여 세금으로 먹이는 자이다. '시민을 위하여 존재한다고 가정된 주체'인 그 경찰이 시민을 속이고, 때리고, 가둔다. 이것은 사이코패스와는 다른 차원의 문제이다. '순수한 악'이 아니지만 그래서 싸움은 더 힘들다. 엄마는 사이코패스와는 달리 '경찰이 틀렸고, 자신이 옳다는 것'까지 증명해야 한다. 힘없는 싱글맘이 막강한 경험과 조직을 가지고 있고, 법률이 정당함을 보장하는 공권력에 대항하기 위해서는 기적이 일어나야 한다. 이 지경에 이르면 공권력이야말로 진정한 괴물이자 재난이다. 그 괴물은 공동체 외부가 아니라 내부에 서식하고 있고, 나아가 공동체의 중핵을 점유하고 있다.

영화 속 인물들의 연쇄살인범에 대한 윤리적 판단은 확고하지만, 그들의 경찰에.대한 윤리적 판단은 모호하다. 그래서 엄마가 진실을 밝히는 과정은 지난하다. 하지만 영화 바깥에서 스크린을 바라보는 관객들은 연쇄살인범의 비윤리만큼이나 경찰의 비윤리를 직관적으로 안다. 영화를 보면서 어느 이라크 기자가 부시에게 했듯이 경찰에게 신발짝을 집어 던지고 싶어 하지 않은 관객이 누가 있었을까. 작고한 장인이 은퇴한 파출소장이라서 경찰에 우호적인 나 같은 사람 중에는 경찰에게도 딱한 사정이 있을 거라고 믿는 관객이 있을지 모르겠다. 그러나 보통 시민이라면 경찰을 옹호할 생각을 가질 수 없다. 만일 경찰이 아닌 엄마가 문제라고 생각하는 사람이 있다면, 엄마 역의 안젤리나 졸리가 브래드 피트와 결혼한 것에 대해 억하심정이 있거나, 윤리적 판단 능력에 심각한 장애가 있음이 틀림없다. MB정부의 경찰이라면 그들의 인터넷 검색 결과를 조사해서 화성 연쇄살인 사건과 관계가 있는지 파헤쳐야 한다.

문제는 사람들이 영화관 바깥에서 자신의 공동체에 대해서 판단할 때다. 공교롭게도 영화가 상영되고 있는 지금 한국에서도 연쇄살인범이 체포되었고, '공권력 집행의 정당성'이 문제되고 있다. 사람들은 연쇄살인범 강 아무개에 대해서는 윤리적 판단을 하는 것에 어려움을 느끼지 않지만 공권력에 대해서는 다르다. LA경찰의 비윤리성은 즉시 인지했던 사람들이 대한민국 공권력의 비윤리성에 대해서는 헷갈린다. 예를 들어 '미네르바 구속'과 '용산 철거민 참사'에 대하여 물었을 때, 공권력에 대한 지지율은 3분의 1 내외인 것으로 조사되고 있다. 이것을 여론이 매우 나쁘다고 해석하는 것이 일반적이겠지만 내게는 그 숫자조차 경이롭다. 그 사람들은 아직까지 문제의 윤리적 성격을 인지하지 못하고 있는 것이다. 한나 아렌트가 나치 전범 재판을 참관하면서, 극도로 잘못된 공권력을 실행했던 사람들이 윤리적 문제를 인식하지 못하는 것에 대해 '악의 평범함'이라는 개념으로 요약한 사실은 잘 알려져 있다. 그런데, 공권력 외부에 있는 사람들은 왜 분명한 윤리적 요소, 선악의 문제를 인지하지 못하는 것일까? 왜 그들은 영화에서는 직관적으로 윤리적 문제를 인지하면서 막상 자신의 공동체에서는 윤리적 방향감각을 상실하는 것일까? 그것은 어떤 힘들이 현실에서는 그 의미가 은폐된 채 섬세하고 집요하게 작동하고 있지만, 영화 속에서는 그 힘들의 비윤리성이나 거짓이 충분히 암시됨으로써 그 효과가 거세되고 있기 때문이다. '공권력에 우호적인 미디어의 공세', '공권력이 동원할 수 있는 다양한 자원', 그리고 '시민을 위하여 존재한다고 가정된 주체가 보유한 상징적 위치'가 생산하는 효과들이 그것이다.

민주주의에서 경쟁하는 정치적 세력 사이의 정치적 갈등을 윤리적 문제로 손쉽게 치환하는 것은 위험하다. 흔히 보수가 대표한다는 '전통'과 진보가 대표한다는 '변화' 중 어느 편이 더 윤리적이라거나 어느 편이 더 선하다고 말하는 것은 매우 어렵다. 하지만, 현실에서 활동하는 정치적 세력의 정체성, 지향, 실제의 행위에 대한 평가는 많은 경우에 윤리적 판단과 무관하지 않다. '어떤 정치적 세력을 지지하느냐' 하는 문제가 더 이상 윤리적 문제가 아닌 공동체에 사는 시민은 행복하다. 우리는 잠시나마 이미 그런 공동체의 구성원, 그런 공화국의 시민이 된 줄 착각하고 있었다. 그런데 지금 대한민국은 어디에 있는가?

지난 대선이 정치적 노선의 문제임과 동시에 윤리적 문제라고 생각한 사람들이 훨씬 소수였기 때문에 한나라당은 집권할 수 있었다. 그러나 사람들은 이 정부를 지지하느냐의 문제가 대단히 윤리적인 질문임을 점차 실감하고 있다. 앞서 본 것처럼 사람들은 자신이 속한 공동체의 윤리적인 문제를, 자신이 한 발짝 떨어져 보는 다른 사회, 다른 시대, 그리고 작품 속에서의 윤리적인 문제보다 덜 인지하는 경향이 있다. 하지만, 일부 예민한 사람들이 아닌 대다수의 사람들이 '지금 여기'에서의 정치적 문제를 마침내 윤리적 문제로 인지할 수밖에 없는 발화점이 있다. 정치적 문제를 윤리적 문제로 인지하는 것을 방해하는 온갖 힘으로도 더 이상 방어할 수 없게 되는 벼랑이 있는 것이다.

군사독재정부는 시민을 상대로 군대를 움직일 수 있었지만 민주화 이후의 정부는 경찰만을 움직일 수 있다(아니 혹시 모르겠다, 이젠 믿을 수 있는 게 많지 않다). 그때 시민들에게는 휴대폰과 인터넷이 없었지만 지금 시민들에게는 있다. 그 시대를 겪지 않은 젊은 세대일수록 부자유와 폭력과 부당한 대우를 참을 수 있는 것으로 생각하지 않는다. 이러한 시민들의 인내심이 바닥나서 이 정부의 문제점이 정책의 문제를 넘어, 이념의 문제를 넘어, 그리고 능력의 문제를 넘어 '근본적 윤리의 문제', '정의를 위한 투쟁'의 문제라고 받아들이게 될 때, 성난 시민들을 무엇으로 막을 수 있다고 생각하는가? 우호적인 신문들의 도움으로? 방송국들을 장악하는 전략으로? 법을 당신들에게만 유리하게 적용하는 방법으로? 그것은 당신들의 희망 사항일 뿐이다. 2009

장자연 또는
핏빛 다이아몬드

그다지 사람들의 주목을 받지는 못했지만 개인적으로는 레오나르도 디카프리오 주연의 영화 「블러드 다이아몬드(The Blood Diamond)」를 제법 흥미롭게 보았다. 잔인한 현실과 로맨스를 섞고, 역사와 활극을 혼합하며, 건달을 회개시켜 소영웅으로 만든 것이 평론가들에게는 불만스러웠을지 모르겠다. 그러나 그 정도 타협이나마 하지 않았다면 도대체 그 영화를 만들 화폐를 어디서 구했겠는가. 두 눈이 있다 보니 보석이 아름답다는 것은 알지만, 그래 보았자 그저 돌일 뿐인데 왜 그렇게 많은 돈을 주고받으며 거래하는지 솔직히 이해가 안 된다. 알다시피 다이아몬드는 고온에서 결정이 되어버린 탄소에 지나지 않는다. 한마디로 숯과 본질이 같다는 뜻이다. 하지만 나 또한 보석을 바라보는 여인들의 눈빛이 흔들리는 것을 본 일이 있다. 본질이 아무리 숯에 지나지 않은들 그것을 보고 눈빛이 흔들리는 여인이 다수라면 그것은 경제의 법칙이 된다. 영화 「블러드 다이아몬드」는 빛과 견고함으로 인해 '영원한 사랑의 징표'로까지 격상된 다이아몬드의 생산과 교환 과정에서 얼마나 많은 아프리카인들이 희생되고 있는가를 보여주었다. 이 영화로 인해 다이아몬드의 수요가 실제로 감소했는지는 의심스럽지만, 많은 사람들은 다이아몬드를 볼 때마다 사랑이 아니라 아프리카 소년 병사의 피눈물을 연상하게 되었다.

그런데 오만한 인간들의 거친 세상에서 피로 얼룩진 것이 어디 다이아몬드뿐일까. 유명 스포츠 용품이나 커피에서 가혹한 노동 착취를 연상하게 되는 것도 이제는 낯설지 않다. 따지고 보면, 가축을 도륙하여 식생활을 영위하는 것이 인간사의 기본이니만큼 좋은 것치고 피로 얼룩지지 않은 것이 없다. 아프리카인들의 피가 어린 다이아몬드 반지를 손가락에 끼워주며 행복한 눈빛을 주고받는 남녀나, 레스토랑에서 쇠고기 스테이크를 먹으며 고상한 대화를 주고받는 사람들이나 그로테스크하기는 마찬가지 아닌가.

만지는 것마다 금으로 만드는 마이다스 왕처럼, 만지는 것마다 피로 더럽히는 것이 인간들이 하는 일이지만, 장자연이라는 젊은 연기자의 소식을 들었을 때에 '블러드 다이아몬드'라는 상징을 떠올리지 않을 수 없었다. 스타의 삶 또한 무수한 사람들의 일상이 그렇듯이 본래는 그저 숯에 지나지 않는 것일지 모른다. 하지만 많은 이들은 그들이 다이아몬드처럼 빛난다고 믿었거나 믿고 싶어 했다. 그러나 그 다이아몬드는 스스로 목숨을 끊어야 할 만큼 괴로운 삶, 피로 얼룩진 삶이었던 것이다. 과연 대한민국에 사는 우리에게 숯으로서 따분한 일생을 살거나 아니면 핏빛 다이아몬드가 되는 것 외에 다른 방법이 있는가.

명색이 영화사 대표라니까 지인들이 가장 많이 하는 질문 중의 하나는 "연기자들을 자주 만나느냐" 하는 것이다. 여성들이 물어볼 때는 장동건 씨를 만났냐는 뜻이고, 남성들이 물어볼 때는 김혜수 씨와 아는 사이냐고 묻는 것이다. 물론 일터가 그렇다 보니 오며 가며 스타들을 만나거나 볼 일이 없지는 않다. 처음에 그런 스타들을 볼 때는 제법 긴장을 하기도 했다. 하지만 이제는 그들도 모두 그저 사람일 뿐이라는 것을 안다. 그들이 우리와 마찬가지로 숯인지까지는 모르겠지만 적어도 다이아몬드라고 믿지는 않는다. 어떤 사람이 이른바 스타의 반열에 올랐다 하더라도 그 사람이 일반인과는 전혀 다른 외계인이라 생각하면 곤란하다. 단지 타인의 이목을 끄는 직업을 가졌고, 그에 맞는 어떤 재능을 가지고 있다고 이해하면 된다. 수많은 사람들의 시선을 견딜 수 있는 단단한 신경, 가능하면 호감을 주는 용모, 늘 대중에게 노출되는 상황에서 돌발적으로 발생하는 순간에 대처하는 최소한의 지적 능력 따위가 그것이다. 나는 그들이 경멸의 대상이 되는 것도 안타깝고 선망의 대상이 되는 것도 어색하다. 다만 실제야 어떻든 간에 세상 사람들에게는 이 땅의 무의미한 하루하루를 버티게 해줄 환상이 반드시 필요하고, 그 환상의 주재자가 되려는 치열한 경쟁 속에서 누군가는 실제로 그 무대를 점유하는 다이아몬드가 된다. 그런데 다른 인생의 길과 마찬가지로 그 무대를 차지하는 것이 단순히 재능과 노력만으로 결정 나는 것은 아니다. 그러기에는 우열을 가리기 힘든 경우가 너무 많다. 게다가 이 상징적 위치를 차지하느냐 마느냐가 너무 많은 차이를 낳기 때문에 경쟁은 살벌한데, 그 경쟁을 사회가 공정하게 관리하기도 어렵다. 저기 무대가 있다. 그 무대에 서면 꿈이 이루어진다. 숯이 다이아몬드가 되는 연금술이 저 무대를 향한 입구만 통과하면 이루어질 것 같다. 그런데, 만일 내가 들어가고자 하는 입구를 야수들이 지키고 있다면 어쩔 것인가.

삶은 본디 비루하다. 부자 부모를 만났거나 출중한 DNA를 타고나지 않은 한, 언젠가부터 우리 사회의 시스템 내에서는 다이아몬드는커녕 은이 되는 것도 어렵다. 노력하면 누구나 무언가 될 수 있다고, 성공할 수 있다고 자기 암시를 하면 정말 성공할 수 있다고, 온갖 처세서적들은 감미롭게 속삭인다. 그러면, 모두 열심히 하면 누가 경쟁에서 이기는가. 결국은 또 재력과 선천적인 DNA가 문제가 된다. 그런 책들의 일부는 진실하지만 대부분은 당신의 빠듯한 주머니에서 돈을 털어 당신이 아니라 저자의 꿈을 이루려는 술책에 지나지 않는다. 세상은 삶의 비약을 위하여 꿈을 꾸라 한다. 하지만 행운의 별을 타고나지 않은 사람이 꿈을 이루기 위해서는 반드시 야수들이 지키는 저 입구를 지나야 하는데 야수들은 당신에게 무엇을 요구하는가. 당신의 양심을 내려놓거나, 당신의 몸을 던지거나, 당신의 웃음을 팔아야 한다. 이것은 장자연 씨만의 문제가 아니다. 연기자들만의 문제도 아니고 이 비루한 세상을 사는 우리 모두의 문제다. 만일 당신이 그 요구들을 거절할 생각이면 숲으로 사는 것에 만족해야 하며, 야수들의 요구를 거절하고서도 저 입구를 통과하고자 한다면 야수들과 싸우느라 피투성이가 될 각오를 해야 한다. 야수들이 낙원으로 가는 입구를 지키는 사회에서 꿈을 꾸는 것은 위험하다. 차라리 꿈을 꾸지 않았다면 장자연 씨도 사랑하는 사람들, 좋아하는 친구들과 다정하고 은근하며 행복한 삶을 살 수 있었을지도 모른다. 저 야수들은 그런 조용하고 빛나지 않는 삶을 비웃을지 몰라도 어차피 우리 모두 탄소에 지나지 않는다. 숲의 모양이든 다이아몬드의 모양이든 나름의 삶에는 모두 작게나마 행복의 기회가 있고, 그 행복을 찾는 지혜는 다행히 누구에게나 주어져 있다. 꿈을 이루라고 부추기는 사회는 위험하다. 더군다나 어느 사회가 꿈을 이루기 위해 지나야 할 입구를 야수들에게 맡겨둔 주제에, 사람들에게 꿈을 이루라고 부추기는 것은 말 그대로의 의미에서 살인이 되기도 한다. 나는 장자연 씨가 좋은 사람이었는지 아니었는지 전혀 알지 못한다. 하지만 그녀가 삶의 마지막 순간에 느낀 절망이 이 세상의 많은 사람들이 느끼는 절망보다 더 화려했거나 더 값싼 것은 아니었으리라 생각한다. ○2009

늦가을 또는
오지 않는 사람

오전 재판을 마치고 부랴부랴 비행기를 타고 도착한 김해공항은 아직 더웠다. 부산영화제에서 제공하는 행사 차량을 타고 해운대로 향했다. 광안대교를 건너면서 차창 밖으로 바라본 해안에는 마천루의 숲이 전보다 우거져 보였다. '저 중의 하나가 얼마 전 화재가 난 곳이겠지'라는 생각을 하며 호텔에 도착한 나는 스마트폰을 통해 트위터에 접속했다. 트윗들을 훑어보던 나는 한순간 멈칫하며 내 눈을 의심했다. 영화잡지 『씨네21』의 강모 기자가 중국 여배우 탕웨이를 조금 전에 인터뷰하고 악수를 한 후 헤어졌다는 내용이었다. 탕웨이라면 「색계」의 여주인공 아닌가. 본래 여배우들에게 (아마도 국민 평균보다) 관심이 적은 편이지만 탕웨이에게는 어쩐 일인지 관심을 접기가 어려웠다. 「색계」의 적나라한 장면들 때문인지 아니면 탁월한 연기력 때문인지는 모르겠다. 아니, 내 무의식을 조금만 심문해보면 금방 탄로 날 사실을 속이지 말자. 적나라한 장면 때문이다. 그 탕웨이가 부산에 왔구나.

체크인을 하고 배가 출출하여 호텔 근처에서 막국수를 먹는데, 영화사 봄의 오 이사와 우연히 마주쳤다. 무슨 이야기 끝에 탕웨이가 부산에 왔다는 이야기를 꺼내자 외국 영화인들과 교류가 많은 오 이사는 어제 장이모우 감독, 탕웨이와 함께 술을 마셨다며 오늘 또 만날지도 모른다고 말한다. 그때 비로소 나는 탕웨이가 필름이 사라져 이제는 어디서도 볼 수 없는 이만희 감독의 「만추」를 리메이크한 같은 제목의 영화에 출연했고, 그 영화 때문에 부산영제에 왔다는 것을 알게 되었다. 연출자는 김태용 감독, 상대 배우는 현빈이었다. 오 이사에게 혹시 만나게 되면 반드시 내게 연락을 달라고 당부를 하고 초초하게 기다리고 있는데, 탕웨이는 인터뷰 직후 부산을 떠난 것으로 밝혀졌다. 실의에 빠진 나는 '꿩 대신 닭'이라는 생각으로 『씨네21』이 부산영화제 취재를 위해 임시로 사용하는 사무실에 들렀다. 거기서 기사 마감에 여념이 없는 강 기자를 발견한 나는 탕웨이와 악수했다는 손을 낚아채서 내 뺨에 비볐다.

부산영화제의 낮이 '영화의 바다'라면, 밤은 '술의 향연'이다. 해운대 거리와 주점 곳곳에서 술판이 벌어지면 영화 관계자들은 어느 자리가 더 재미있을까 저울질을 하며, 새벽녘까지 이 술집 저 술집을 떠돌아다닌다. 그렇게 며칠째 술자리를 전전하다 보면, 비로소 죄의식이 발동하여 (또는 영화제 측에서 초청받은 사람이 얼마나 영화를 예매하고 보았는가에 관한 데이터베이스를 관리한다는 소문도 있어) 영화

상영 스케줄을 뒤적거리게 된다. 영화제는 보통 목요일에 개막을 하고 다음주 금요일까지 진행된다. 개막 당일과 주말에는 야단법석이지만, 막상 주말이 지나고 나면 하나둘 부산을 떠나기 시작하여 해운대가 한적해진다. 월요일에 간단한 업무를 처리하고 화요일 오후 비행기를 타고 서울로 돌아오려던 나는 화요일 오후 다섯시에 「만추」가 상영된다는 것을 뒤늦게 발견하고, 이 영화라도 보고 떠나야 마음이 진정될 것임을 깨달았다.

가장 늦은 시간대인 저녁 아홉시로 비행기 예약을 미루어놓고, 다섯시 영화를 기다리자니 하루 종일 할 일이 없었다. 해운대 백사장을 이리저리 걸어도 보고, 찻집에 들어가 카페모카를 마셔도 보지만 다섯시는 아직 멀기만 하다. 문득 해운대 한쪽 끝에 있는 미포에 오륙도행 유람선이 있다는 것을 기억해낸 나는 점심을 먹은 후 배에 올랐다. 역시 호수든 강이든 바다든 물에 접한 도시에서는 유람선을 타주어야 한다. 돌이켜보면 한 번도 후회한 적이 없다. 천 원을 주고 새우깡을 사들고 배 한구석에 앉아 졸다 보니 어느새 오륙도다. 느릿느릿한 세월을 수십 년간 반복해 살아온 듯한 선장의 설명이 이어지면서 배는 오륙도를 돌아 다시 미포 선착장으로 향한다. 설마 이런 것으로 갈매기를 유혹할 수 있을까 싶었지만 선미로 가서 새우깡을 공중에 던지기 무섭게 갈매기들이 몰려든다. 뺄도 없다. 인간이 던져주는 음식을 먹고사는 삶이 아니라 '비행이라는 꿈'을 위해 몸을 던지는 '조나단 갈매기'는 역시 소설에서나 볼 수 있을 뿐. 배에서 내려 바닷가 벤치에 노숙자처럼 누워본다. 그렇게 잠시 가을의 정취를 느끼다 보니 어느덧 탕웨이를 만나야 할 시간이다.

남편을 살해한 혐의로 미국의 교도소에 몇 년째 복역하던 중국인 탕웨이는 어머니가 사망하자 장례식을 위해서 72시간 동안 석방된다. 무표정하게 시애틀로 가는 버스에 몸을 실은 탕웨이는 여러 가지 방식으로 여성들을 시중드는 이상한 직업을 가진 한국인 청년 현빈과 우연히 마주친다. 자유를 낯설어하는 탕웨이는 두서없는 삶을 살아가는 옆자리의 현빈이 썩 맘에 들지 않는다. 버스에서 내려 가족들에게 돌아왔지만 탕웨이의 감정과 동떨어진 채 진행되는 가족들의 애도는 어쩐지 남의 일 같다. 그렇게 짧고 어색한 자유를 보내던 탕웨이는 현빈과 다시 마주치고 시애틀의 유원지에서 즐거운 시간을 보낸다.

어머니의 장례식 뒤에 이어진 소란.

그 과정에서 느끼는 지난 세월에 대한 탕웨이의 비통함과 애절한 울음.

그런데 그 감정에 유일하게 교감하는 사람은 뜻밖에도 이방인인 현빈이다. 짧은 자유와 감정적 사치를 내려놓고 이제 탕웨이는 교도소로 돌아가야 할 시간인데, 이상한 감정은 탕웨이를 놓지 않는다. 교도소로 돌아가는 길의 안개 낀 휴게소에서 두 사람은 길고 깊은 입맞춤을 하고, 갑작스런 이별이 다가온다.

다시 세월은 흐른다.

비로소 자유의 몸이 된 탕웨이.

탕웨이는 석방되는 날 만나자던 현빈의 말을 기억하고 그 휴게소의 커피숍에서 현빈을 한없이 기다린다.

원작이 있었고, 여러 차례 리메이크가 있었지만 나는 현빈이 과연 나타날지, 나타나지 않을지 알 수 없었다. 영화를 보다 보면, 가끔 그런 순간들이 있다. '주인공의 정서와 동일시된 내 감정이 요구하는 바'와 '그 요구가 배반되어야만 예술이 된다'는 딜레마에 빠지는 순간들. 그들은 어찌되는가.

만난다. 만나지 못한다.

만나야 한다. 만나서는 안 된다.

언젠가는 만난다. 영원히 만나지 못한다.

잊는다. 잊지 못한다.

모두 사라진다. 사랑도, 기억도. 아니 그렇지 않다.

영화가 끝나고 엔딩 크레딧이 올라간다. 음악은 계속 이어지고, 나는 늦가을에 피어난 두 사람의 짧은 인연을 생각하며 어두운 좌석에 계속 앉아 있다. 불이 켜지자 나는 영화 속의 몽환적인 안개에 휩싸인 듯 흐느적거리며 극장에서 호텔로 돌아간다. 차는 필름을 거꾸로 돌린 듯 호텔에서 다시 공항으로 달린다. 차가 화려한 광안대교를 건널 때 나는 의상이 부실했던 「색계」의 탕웨이를 잊고, 무거운 코트를 입은 「만추」의 탕웨이를 생각한다. 그리고 차창 밖으로 늦가을의 대기가 서서히 가라앉을 때 나도 모르게 떠올려본다. 내가 만났던 사람들과 헤어졌던 사람들 그리고 끝내 다시 만나지 못한 사람들을. 이제 어떤 사람은 이름을 잊었고, 어떤 사람은 얼굴도 잊었으며, 어떤 사람은 만났는지조차 희미하다.

사랑하기보다는 추억하기에 좋은 시간, 늦가을이다. ○2010

재능을 쓰는 다른 방법

고통받는 이들에게 자선을 베풀거나 그들이 당하는 부당함에 대하여 말하는 많은 사람들이 절대로 그들과 같은 처지가 되려고는 하지 않는다. 고통받는 이들은 무엇을 베풀어야 하는 대상으로 고정된다. 심지어 어떤 사람들은 그들에게 베푸는 행위를 통해 자신의 허영을 채움으로써 그들을 두 번 모욕한다. 그렇게 대단하고 그렇게 자비심이 강한 사람들이 가장 못 견뎌하는 것은 그들이 베풀어야 할 대상과 그들에게 베푸는 자신이 결국은 동일하다는 지적이다. 내가 '노블레스 오블리주'라는 말을 혐오하는 이유는 그것이 '나는 너희와는 다르다는 이분법'을 결코 포기하지 않겠다는 발상의 표현이기 때문이다. 물론 아무것도 하지 않는 나보다는 비록 가증스럽더라도 베풀고 있는 사람들이 고통받는 이들에게는 실제로 도움이 되기는 할 거다. 그들이 다른 손으로는 고통이 만들어지는 구조에 철저히 기여하고 있지만 않다면 말이다.

이 영화에 대한 이야기를 여러 번 들었지만, 처음 듣고 나서 두 달이 되도록 보러 가지 않았다. 일반적인 사회생활을 하는 사람이 왜 굳이 이런 영화를 선택하겠는가. 아프리카, 한센병, 헌신하는 의사이자 신부, 뜻밖의 투병 그리고 죽음. 어디서 많이 들어본 이야기 아닌가. 게다가 TV에 방영했던 것을 수정, 편집하여 만든 다큐멘터리 영화라니, 3D 영화가 대세인 요즘 세상에 너무 물정을 모르고 극장에 걸린 것 아닐까. 그러나 살다 보면 저 잘난 척 톱니바퀴처럼 굴러가는 세상이 못마땅할 때가 있다. 과연 내가 제대로 살아가고 있는 것인지 불안해질 때가 있다. 게다가 어떤 때 몸은 마음보다 먼저 자신의 결핍을 알아챈다. 나는 어느 휴일에 갑자기 컴퓨터로 「울지 마 톤즈」가 어느 극장에서 상영되고 있는지 찾고 있는 내 손을 발견했다. 그런데 심하다. 영화를 보려면 성북구 아니면 김포공항 안의 영화관까지 찾아가야 한다. 비록 서울이지만 성북구에 대해서는 김광섭 시인이 노래한 「성북동 비둘기」 외에는 아는 것이 없다. 그래서 나는 비행기를 탈 목적이 아닌 것으로는 두번째로 김포공항을 찾았다. 다른 한 번은 법무법인에서 나를 담당했던 비서의 결혼식 때문이었다.

국제공항에서 국내공항으로 전락할 처지에 놓이자, 잉여 공간을 웨딩홀과 상가와 극장 등으로 개조한다는 매우 자본주의적인 발상이 과감하게 현실화된 공간. 그 공간에서 상영되는 「울지 마 톤즈」. 전혀 어울리지 않는 두 조합이었기에 나는 그 영화를 다른 관객 없이 혼자서 보게 될 가능성도 배제하지 않았다. 아무리 많아야 다섯 명이리라. 그 중에 두 명은 분명히 영화평론가일 것이고, 한 명은 개봉 영화는 모두 다 보는 영화광이리라. 또 한 명은 비행기를 놓치고 3년 만에 영화를 보느라 제목도 정확히 모르고 들어온 어느 아저씨일 것이다. 다른 한 명에 대해서는 말하지 않겠다. '식당집 개 삼 년이면 라면 끓일 줄 안 다'는데, 내가 영화계에서 굴러먹은 게 몇 년인가. 다섯 명 이상이면 내가 손에 장을…… 그런데 이게 무슨 일이지? 언뜻 보기에 점유율이 50퍼센트는 되어 보인다. 이럴 리가…… 라면도 못 끓이는 자신을 위 로하는 순간, 내레이션을 맡은 이금희 아나운서의 목소리가 객석에 울 린다. 그런데「울지 마 톤즈」라는 영화의 톤으로는 조금 이상하다. 듣 기만 해도 감동해야 할 것 같은 톤이 아니라 어쩐지 객관적이고 낭랑 하다. 나는 내레이션의 톤이 그런 이유를 어림짐작하기는 했지만, 영 화를 본 이후 나중에야 다른 경로로 정확히 들었다. 아나운서는 내레 이션을 삽입하면서 자신이 울지 않기 위해 애쓰고 있었던 것이다. 심 지어 화면을 보면 자꾸만 울게 되기 때문에 화면을 가려놓고 녹음을 했다고 한다.

어렸을 적 본 사진이 하나 기억난다. 아프리카의 밀림에서 무척 고 생한 서양 할아버지의 사진이었다. 사람들은 그를 슈바이처라고 불렀 는데, 아무튼 사진상의 할아버지는 전혀 고생스럽지 않은 표정이었다. 역시 밀림이 배경인 다른 사진도 기억나는데 베레모를 쓰고 수염이 인상적인 어떤 사나이의 사진이었다. 사람들은 그 사나이를 '체'라고 불렀다. 그 사나이는 무척 멋있게 보였는데, 할아버지만큼 오래 살지는 못했다. 나는 두 사람 다 그럴듯하다고 생각했지만 추호도 내가 그렇게 살 생각은 없었다. 밀림이나 사막은 사람이 살기에 적합한 곳이 아니다. 나는 내가 왜 그렇게 살지 않는가를 남들에게 잘 설명하기 위해 매우 많은 시간을 할애하며 살아왔다. 그런데 어떤 사람들은 그런 삶을 동경하고 인간이라면 그래야 한다고 생각한다. 그 사람들의 거의 대부분은 일생 동안 생각만 하고 떠나지 못하지만 아주 가끔 어떤 사람들은 정말 그곳으로 떠난다. 물론 장소는 중요하지 않다. 본질은 '장소'가 아니라 '타인의 고통에 동참하느냐'이기 때문에 밀림인지 사막인지, 아프리카인지 남미인지가 중요하지 않다. 그곳은 소록도일 수도 있고, 시청 앞 광장일 수도 있다. 감옥일 수도 있고, 컵라면 용기가 굴러다니는 반지하의 컴퓨터 앞일 수도 있다. 아니 도리어 밀림이나 사막 같은 오지는 그 또는 그녀의 진정한 도피처일지도 모른다. 그러나 나와 무관해도 좋았던 이들, 무관심하다고 누구에게도 비난받을 일이 없는 이들을 찾아나서는 것에는 인생을 건 결단이 필요하다. 어려서 성당 근처에서 자랐고, 남달리 타인의 고통에 공감했으며, 신앙심이 두터운 이태석. 그는 커서 의사가 되고, 다시 신부가 되어 아프리카의 '수단'으로 떠난다. 나는 '수단'이라고 하면 '목적'을 떠올리거나, 기껏해야 지도상에 직선으로 그려진 특이한 국경선에 대한 인상만을 가지고 있다. 그런 나와 달리 이태석 신부는 자신이 보았던 여러 고통받는 지역 중에서 가장 고통받는 지역이었던 수단의 '톤즈'를 신중하게 선택하여 떠난다. 의사로서, 교육자로서, 그리고 수많은 무엇으로서, 버려진 삶에 기꺼이 동참했던 그는 고통받는 자들과 친구가 되어 같이 살았다.

이 영화는 다양한 재능이 있었지만, 그것을 자신을 위해 쓰지 않은 어느 사람의 이야기다. 별 볼 일 없는 재능의 밑바닥까지 짜낸 후, 그것을 어떻게 야무지게 포장하여 세상을 현혹시킬 것인지를 고민하라고 강요하는 세상에서, 그러한 허위에 찬 삶에 조용히 반대한 사람이 여기 있다. 이 영화를 보면 '신'이라 불리는 예수도 아마 우리 옆에서 노래하고, 우리와 함께 차를 마시는, 친구 같은 사람이었으리라는 생각이 든다. 어떤 사람은 인간이면서도 그저 무심히 인간을 넘어선다. 평범한 청년이지만 예수이고, 어디서나 만나는 중년이지만 신이다. 영화 속의 이태석 신부는 내게 성당이나 교회에 다니라는 말을 단 한마디도 하지 않았지만, 나는 영화관을 나오면서 어떤 감언이설에도 아랑곳하지 않고 지켜온 무신론을 하마터면 버릴 뻔했다. 공항 화장실에서 얼룩진 얼굴을 감추려 세수를 하다 보니 본 적도 없고, 이제 세상에 없는 그가 그립다. 나도 그에게서 상처를 치유받고 싶다. ○2010

세상이 작동하는 방식

「부당거래」라니 너무 부당한 제목이다. 류승완 감독이 아니었더라면, 그리고 심미안을 믿을 만한 친구가 열렬히 구전 홍보를 하지 않았더라면, 극장에 갈 일도 없었다. 만일 홍보 담당자가 이런 제목을 제안이랍시고 결재를 올리면 이 친구와 계속 일을 해야 하는지를 고민해야 할 지경이다. 아무리 영화의 내용을 가장 적절하게 표현하고 있다고 한들, '부당'이라는 매우 추상적인 단어와 '거래'라는 가장 일반적인 단어를 조합해서 잠재 관객을 유혹하려 하다니, 어리석은 시도가 아니라면 지나치게 자신만만한 것이 아닐까. 아무튼 「부당거래」는 모험을 감행했고, 제목이 흥행에 도움이 되었는지는 여전히 의문이지만, 영화는 만만치 않았다.

줄거리에 대하여 미주알고주알 이야기하는 것은 이미 볼 사람은 다 본 영화에 대한 예의는 아닌 것 같다. 류승완 감독이 장르영화를 다루는 어떤 경지에 이르렀다는 것, 제법 긴 러닝타임이었지만 지루할 틈이 없었다는 것 그리고 류승범, 황정민의 연기가 작렬했다는 것만 지적하자. 한 가지 의문은 이 영화가 어떻게 검찰청의 촬영 협조를 받았는가 하는 점이다. 내 착각일 수도 있는데, 만일 촬영 협조를 받았다면 이건 자살골이거나 아니면 검찰이 그만큼 쿨해졌다는 증거다.

세상에는 '공식적인 선언'과 '실제적인 메커니즘'이 있다. 우리가 의무교육 과정에서 배우는 것은 '공식적인 선언'이다. '나라를 사랑해야 한다', '선량하게 살아야 한다', '세금을 정직하게 내야 한다', '완전범죄는 없다', '교과서 위주로 공부하면 된다' 등이 '공식적인 선언'이다. 그러나 사회에 나와 삼 년만 굴러먹으면 '실제적인 메커니즘'은 다르다는 것을 알게 된다. '군대 가면 바보다', '줄을 잘 서야 한다', '세금 제대로 내고 장사하는 사람은 없다', '전두환이 아직도 골프 치며 돌아다닌다', '부모의 재력이 아이의 스펙을 만든다'가 숨은 정답이다. 어떤 사회든지 어느 정도는 이상과 현실이 불일치한다. 하지만, 국민소득이 2만 달러를 넘었다느니, G20이니 하고 떠드는 나라에서 이렇게까지 선언과 진실이 불일치하니 국민들은 정신분열증에 걸릴 지경이다. 아마도 이 나라의 국민치고 두 가지 상충되는 요구 사이에서 딜레마를 느끼지 않는 사람은 없을 것이다. 이 문제에서 크게 고민하지 않고 선을 선택하는 사람들은 진정한 군자지만 그들의 삶은 가시밭길이다. 그 반대편에는 영악한 현실주의자들이 있고, 이들은 대체로 한세상을 잘살다 간다. 물론 가끔 감옥에 가는 경우도 있다. 금방 나와서 또 잘사는 게 문제지만.

이 영화 속에는 범죄자와 범죄자를 쫓는 자가 있지만 누가 정말 나쁜 것인지 판단하기는 어렵다. 진실과 허위가 구분되지 않으며, 선과 악을 제대로 가늠할 수 없다. 서로가 꼬리에 꼬리를 물고 있는 것이다. 이 영화는 '무엇이 선이고, 무엇이 진실인지조차 은밀한 메커니즘에 의하여 재생산되고 있는 우리 사회'에 대한 서글픈 우화다. 그 현상의 본질을 한마디로 요약하자면 '부당거래'이며, 그것은 '공정한 사회'라는 공허한 수사 아래 포장되어 있다. 조폭의 슬로건이 '착하게 살자'이고, 마피아가 동료를 부르는 이름이 '좋은 친구들'인 것이다.

누군가는 범죄자로 몰리고, 다른 누군가는 범죄자를 단죄하며, 결과적으로 어느 누군가는 처벌되지만 그 과정은 우리가 교과서에서 배운 대로 이루어지지 않는다. 만일 그 사회가 건강하다면, 우리가 공식적으로 배운 것이 상당히 정교하게 실현될 것이다. 그런데 지금 우리가 보고 있는 것은 무엇인가. 언론 보도만 보아서는 무엇이 진실이고, 무엇이 거짓인지 알 수 없으며, 검찰의 기소만 보아서는 누가 죄인이고 누가 죄인이 아닌지 알 수 없는 상황이 아닌가. 이 영화는 비록 주인공인 류승범의 캐릭터를 드라마적으로 과장하고, 황정민의 선택을 극단적으로 그렸지만, 우리 사회가 처한 전도된 현실을 매우 설득력 있게 보여준다. 권력이 미시적으로 작동하고, 법이 모욕을 당하며, 진실이 왜곡되는 살풍경한 현실의 속살을 상징적으로 보여주는 것이다.

그런데 '공정한 사회'가 아닌 '부당거래'의 사회를 사는 우리는 삶의 딜레마를 어떻게 해결하고 있는가. 여기 두 갈래 길이 있다. 인간의 길과 반인간의 길. 만일 인간의 길을 택했다면 어떤 방식으로 인간의 길을 걸을 것인가. 나는 그런 생각을 할 때마다 올리버 스톤 감독의 아주 오래된 영화 「플래툰」의 마지막 장면이 떠오른다. 인간성을 야수로 만드는 베트남 전쟁터에서 그래도 인간으로 남고자 했던 주인공이 바로 그 이유 때문에 정글에서 비장하게 쓰러져가는 장면을 잊을 수가 없다. 그 장면은 레마르크의 소설 『사랑할 때와 죽을 때』의 마지막 장면과 겹쳐진다. 비인간적인 세계대전의 포화 속에서 독일군에 속한 주인공이 가까스로 인간의 길을 걸으려 하자마자 자신의 그러한 선의 때문에 안타깝게 쓰러지고 마는 것이다.

아주 엄격하게 말해서 '인간의 길을 걸어야 한다'는 논리필연적인 원칙은 없다. 나는 그런 형이상학을 포기한 지 오래되었다. 그것은 그저 각자가 감당해야 할 윤리적 결단의 문제일 뿐이다. 그리고 누구나 자신 안에서 솟구치는 내면의 목소리를 따라간다. 나는 인간의 길을 포기한 사람들에게는 별로 관심이 없지만 인간의 길을 선택한 사람들과 그들의 운명에는 관심이 있다. 나는 「플래툰」을 보고 감동에 젖으면서도 그 장면을 비장하게 미화시킨 것은 잘못이라고 느꼈다. 그것은 사람들로 하여금 선을 택하는 것이 중요하지, 악에 이기는 것은 중요하지 않다고 여기게 할 수 있다. 심지어 악에 패배하는 것조차 아름답다고 여기게 할 수도 있는 것이다. 그러나 선을 택했다는 이유로 악에 패배하는 것은 가장 끔찍한 일이다. 선을 추구하는 사람들은 자신이 선하다는 사실 자체에서 자기만족을 얻는 것에 그치면 안 된다. 아름다운 영혼을 가진 것만으로는 부족하다. 살아남아야 한다. 야수들이 판을 치는 세상의 현실을 직시하고, 내 마음의 선을 이 세상의 선으로 어떻게 현실화시킬 것인가를 냉철하게 고민해야 한다.

선량한 사람들은 다른 사람들도 선량하다고 보는 경향이 있다. 그렇지 않은 사람들은 남들도 그렇지 않다고 보는 경향이 있어 선량한 이들의 있지도 않은 가면을 벗기고 싶어 한다. 일이 그렇게 되면 누가 이길지 예상하는 것은 어려운 일이 아니다. 나는 그것이 가슴 아프다. 조금은 인간이기도 하고, 조금은 야수이기도 한 나는, 나보다 훨씬 좋은 사람들이 '부당거래'의 세상을 속속들이 이해하고, 좀더 많이 살아남았으면 좋겠다. 그들의 시체 위에 건설된 것이 아니라, 그들과 함께 맞이하는 '진짜 공정한 사회'라면 제법 아름다울 것 같다. ○2011

사랑과 감각을 찾아서
떠난 이후

모모하우스에서 입장권을 사고 시간이 남았다. 그사이에 늦은 점심을 먹고 오려 하는데, 저편에서 누군가 나를 부른다. 선배가 그의 연인과 있었다. 사회적으로 쉽지 않은 경계를 보란듯이 뛰어넘어 만남으로써 주위 사람들에게 '나는 대체 뭐하고 사는 걸까'라는 자괴심을 안겨준 커플. 그들의 영화관 나들이는 남다르게 보였다. 나는 홀로 식사를 마치고 들어와 객석에 앉는다. 그 커플은 내 앞쪽에 앉았고 영화는 시작된다.

한국의 부르주아들에게서 보기 힘들 것 같은 품위와 격식을 갖춘 이태리 명문가. 그들이 살고 있는 저택과 그들의 몸짓 하나하나는 잘 정돈된 그들의 세계를 유감없이 보여준다. 어려서부터 '격식'을 몸에 맞지 않는 옷처럼 힘들어하는 내게도, 그들의 견고한 세계는 우아한 정신과 건실한 성격의 표상으로 여겨진다. 부유함이 그들에게 우아함과 건실함을 주었는지, 그 반대인지는 '달걀이 먼저인가, 닭이 먼저인가' 와 같은 문제겠지만, 그들의 세계는 그 자체로 잘 완성된 예술품과 흡사하다. 그러나 보이는 것과 보이지 않는 것이 일치하는 경우가 얼마나 있는가. 그 부르주아 성채의 안주인이 알고 보면 사랑에 빠져드는 '차탈레 부인'이며, '인형의 집'을 나가게 될 '노라'일 줄 누가 알겠는가. 여주인공 엠마는 이러한 여인들의 고전적이고도 새로운 판본이다.

러시아 태생으로 이태리 명문가의 며느리가 된 주인공 엠마는 완벽한 아내, 훌륭한 어머니이며, 가족들도 모두 그에 못지않다. 그러나 가문의 속사정은 시간이 경과할수록 간단치 않다. 딸은 여자를 사랑하고, 남편은 전통적인 가업을 글로벌 금융 기업에게 팔게 된다. 그러한 삶의 미세한 균열들은 엠마의 삶에 일정한 파장을 일으키지만, 적어도 겉으로는 그녀가 자신의 세계를 벗어나는 결정적 동기가 되지 않는다. 그 계기는 뜻밖에도 음식이다. 아들의 친구이자 요리사인 안토니오가 만든 음식이 주는 쾌감은 엠마가 잊고 있던 감각을 일깨우고, 그것은 안토니오에 대한 욕망으로 번져간다.

'아들의 친구인 요리사가 해주는 음식을 계기로 그와 금지된 사랑을 하게 된다'라는 설정은 훨씬 그럴듯한 동기를 요구하는 스토리텔링의 관점에서 보면 상당한 무리수다. 더군다나 나같이 음식을 '먹기 괴로운 것', '맛없는 것', '맛있는 것'으로밖에 구별하지 못하는 투박한 미각을 가진 사람으로서는 받아들이기 어렵다. 그러나 잘 생각해보면 그러한 계기는 그저 무리인 것은 아니다. 인간의 삶에서 '생존을 위한 식

욕'이라는 원초적 욕구는 '미식'이라는 욕망으로, '종족 번식을 위한
성욕'이라는 근원적 욕구는 '에로티시즘 또는 사랑'이라는 욕망으로
확장되어 있다. 이처럼 가장 일차적인 욕구라는 공통점을 지닌 '식욕'
과 '성욕'이 문화 속에서 다른 차원의 욕망으로 변모되고 투영된 것이
'미식'과 '사랑'이라면, 엠마가 '미식'을 제공하는 요리사를 사랑의 대
상으로 욕망하게 되는 것은 매우 논리적이다.

이렇게 시작된 '욕망이라는 이름의 전차'가 어디로 갈지 궁금해하
는 관객들이 뜻밖에 만나는 것은 그 아들의 죽음이다. 명백히 영화「데
미지」를 연상시키는 아들의 돌연한 죽음에 대해 엠마에게 법적 책임
을 물을 수는 없겠지만, 도덕적 책임은 명백하다. 그러므로 아들의 장
례식을 치르는 엠마의 비탄을 보면서 우리가 예상하는 것은 이 가련한
여인의 참회다. 그런데 영화는 우리의 기대를 다시 한 번 배신한다. 아
들의 애인과 사랑에 빠진 「데미지」의 주인공은 아들의 죽음에 죄책감
을 느끼고 홀로 은둔해버리지만, 엠마는 그것을 또다시 계기로 삼아
본격적으로 '인형의 집'을 나서는 노라의 면모까지 갖춘다. 감각과 사
랑을 찾는 그녀의 행로는 부르주아 세계를 벗어나고, 가족을 초월하
며, 죄책감마저 가로지르는 것이다. 마침내 엠마가 어두운 동굴에서
안토니오와 함께 사랑에 빠져 있는 마지막 장면은 격식과 윤리의 세계
에서 감각과 사랑의 세계로 이행한 그녀의 무아지경을 상징적으로 보
여준다.

소유한 것을 모두 버리고 사랑에 몸을 던진 후의 세계는 과연 낙원

일까. 어차피 영화는 삶의 한 단면을 보여주며, 이 영화는 의도적으로 절정에서 멈추었다. 물론 작가가 왕자와 결혼한 신데렐라의 지리멸렬한 결혼생활까지 다루어야 할 이유는 없다. 그렇지만 삶의 단면을 그렇게 면도날처럼 잘라낸 영화는 늘 정당화되는 것일까. 작가에게 우리가 보고 싶어 하는 지점 이후에도 지속될 수밖에 없는 삶을 보여주어야 할 의무는 전혀 없고, 그 미래가 이럴 수도 있고, 저럴 수도 있는 것이라면 더욱 그렇다. 그러나 그 미래의 불길한 전조가 분명한 경우에도 의도적으로 멈추는 것은 이 영화가 결국 여성의 최고급 판타지이기 때문은 아닐까.

이제 그녀에게는 부도 지위도 없다. 여전히 아름답지만 나이는 점점 속일 수 없다. 안토니오에게 친구의 어머니가 언제까지 사랑스러울지, 안토니오가 언제까지 그녀에게 연정을 바칠지는 알 길이 없다. 우리는 집을 나간 '노라'가 그럭저럭 잘해볼 것이라고 낙관할 수는 있다. 그러나 엠마가 또 다른 엠마인 '안나 카레니나'나 '보바리 부인'의 운명에는 이르지 않을지라도, 그러한 운명을 지루하게 늘인 어떤 낙담과 우여곡절에 이르리라는 것을 예감하지 않기는 어렵다. 이 영화가 많은 여성들에게 '인생을 걸고, 나도 한번……'이라는 용기를 줄지는 모르겠지만, 이 영화는 의도적으로 미완성한 '탐미적인 환상'이다. 관객들은 경비행기를 타고서 미처 가보지 못한 미지의 세계를 두 시간 동안 안전하게 내려다보지만, 그 세계에 착륙하여 산다는 것이 실제로 무엇인지는 경험할 수 없다. 이 영화는 무척 감탄스럽다. 그러나 '가보지 않은 세계의 비경을 담은 아름다운 유화'일지언정, '매우 거칠지도 모를 그 세계의 지리학'은 아니다. 그래서 이 영화는 진정으로 그 세계에 관심 있는 사람에게는 위험천만한 유혹일지도 모른다. ○2011

온전함을 위한 가혹한 도정

영화 「블랙 스완」은 이미 너무 많은 사람들을 매혹시켰지만, 이 영화의 무엇이 나를 매혹시켰는지는 분명하지 않다. 나는 '편안한 산책' 같은 영화를 좋아하지도 않지만, 과도한 긴장을 요구하는 영화도 부담스러워한다. 비록 잔혹하다고까지 말할 수는 없지만, 신경을 자극하는 장면으로 가득한 이 영화를 내가 왜 두 번이나 보고 심지어 세 번도 볼 수 있다고 생각했을까. 아무도 울지 않는 이 영화의 무엇이 내 속의 무엇을 건드렸기에 나는 비탄과 감동의 눈물 한 줄기를 흘렸을까. 알다시피 어떤 예술도, 어떤 영화도, 그저 객관적으로 존재하는 텍스트는 아니며, 각 개인은 저마다의 주관적인 경험과 감정과 사유의 총체적 자산을 가지고 텍스트와 대화하게 된다. 비록 많은 사람들이 공통적으로 체험하는 것이 있지만, 그것은 우연의 일치이거나 어떤 경향을 보여주는 것일 뿐, 우리는 각자 자신의 모든 존재를 걸고 어떤 작품을 마주한다.

뉴욕 발레계의 재능 있는 발레리나 니나는 마침내 「백조의 호수」의 주인공으로 발탁된다. 니나에게는 '백조'와 '흑조'라는 상반되고 적대적인 두 역할을 동시에 수행할 것이 요구된다. 그런데, 본래 모든 '역할'은 단순히 기능적인 것이 아니라 성격의 문제이기도 하다. 문제는 니나에게 순수한 백조적인 성격은 갖추어져 있으나, 욕망을 대변하는 흑조적인 성격은 결여되어 있어 그녀의 흑조 연기는 생동감이 없다는 것이다.

최고의 발레리나가 되고 싶어 하는 그녀는 일생의 기회 앞에서 오히려 파멸의 위기에 직면하고, 계속되는 환각과 신체적인 변화에 시달린다.

딸을 통하여 못다 핀 발레리나의 꿈을 대리만족하려는 왜곡된 엄마. 니나에게 밀려난 선배 발레리나의 파멸이 보여주는 우울한 미래. 그녀의 자리를 위협하는, 생래적으로 흑조적인 성격을 타고난 릴리. 카리스마 넘치는 발레단장의 유혹인지 단련인지 알 길 없는 요구들.

이러한 다중적인 과제 앞에서 과연 니나는 위협적인 경쟁자를 물리치면서도 선배가 걸어간 파멸의 길을 회피할 수 있을까. 단장의 유혹을 뿌리치면서도 그의 버림을 받지 않을 수 있을까. 그리고 마침내 어머니의 욕망이 아닌 자신의 욕망을 실현할 것인가. 그 모든 과제는 그녀가 흑조의 역할을 제대로 할 수 있는가에 모아지고, 그것은 백조인 그녀가 흑조의 캐릭터를 자기 속에 받아들일 수 있는가의 문제가 된다.

칼 구스타프 융은 이렇게 말한 적이 있다. "나는 선한 사람이 되기보다 온전한 사람이 되고 싶다." 백조와 흑조, 순수와 욕망, 선과 악, 사랑과 증오 따위의 온갖 이분법으로 나누어진 세계는 사실 세계의 모습 그 자체는 아니다. 자연은 선악을 모른다. 무심한 자연은 말없이 생성되고 변화하고 사라질 뿐이다. 그러한 이분법은 자연에서 문명의 세계로 넘어온 인간이 자신과 타인과 세계를 인식하는 시선에 내재되어 있는 인간적인 것일 뿐 본래적인 것은 아니다. 문명은 그 세계를 유지하기 위하여 존재에서 당위를 이끌어내고, 자연에서 선을 추출해낸다. 그리고 그 아이들에게 진실한 것, 선한 것, 아름다운 것의 가치를 내면화하도록 요구한다. 문명의 그러한 기획이 인간의 본질에 잘 맞았더라면 아이들은 더욱 행복해졌을 것이고, 이 세계는 더 나아졌을 것이다. 하지만 인간은 문명에 속해 있지만 무엇보다도 자연의 자식이다. 자연은 그러한 이분법에 저항한다. 그래서 어두운 욕망은 끝내 거세될 수 없고, 우리가 우리 자신 속의 어둠을 몰아내려 할 때마다 어둠은 점점 응축되어 폭발 직전에 이르고, 자기 안의 그림자를 부인할 때마다 그 그림자는 자기를 놓아달라고 절규한다.

이 영화는 엄마로 대변되는 문명이 훈육한 선의 세계는 온전한 세계가 아니며, 그러한 억압을 이겨내야만 비로소 온전해질 수 있다는 가혹한 진실에 대한 은유다. 극도의 신경증에 시달리며, 혼란의 극한을 이겨낸 니나는 마침내 소녀에서 여인으로, 백조에서 흑조로 완성된다. 그 과정은 수많은 인간이 걸었고, 무수히 많은 작품이 보여준 인간 승리의 기록이다. 아로노프스키 감독은 유망한 발레리나가 역경을 딛고 프리마 발레리나가 되는 짧은 여정을 통하여 그 고통과 불안과 환희를 음울하면서도 눈부시게 표현하고 있다.

내가 이 영화에 빠져든 이유는 아마도 그러한 힘겨운 여정이 남의 것으로 생각되지 않았기 때문이리라. 우리는 백조로만으로도, 흑조로 만으로도 살 수 없다. 선과 악을 그리고 빛과 어두움을 우리 속에 종합함으로써만 우리는 비로소 온전해진다. 벼랑 끝까지 몰린 니나는 자신의 것이 아니라고 부정했던 그러나 기실 자신 속에 가능성으로 존재하면서도 은폐되어 있던 자기 자신을 회복하고 받아들임으로써, 어머니를 극복하고, 단장을 만족시키고, 릴리와 관객의 찬탄을 이끌어낸다.

이 영화에서 무엇을 보는가 하는 것은 각자의 자유이다. 어떤 이는 '흑조를 탐한 백조의 파멸'을 보기도 하고, '전시되어야 하는 신체의 고행'을 본다. 어떤 이는 '소녀의 불경한 성인식'을 보기도 하고, '발레계의 어두운 이면'을 보기도 한다. 또 어떤 이는 '자신의 것인 줄 알았던 타자의 욕망을 몰아내고 주체가 욕망을 회복하는 과정'을 읽어낸다. 내게 이 영화는 선악의 이분법을 넘어서 비로소 성숙한 인간이 되는 미성년의 가혹한 투쟁의 기록으로 보인다. 그것은 내가 여전히 그러한 투쟁의 와중에 있기 때문일지도 모르겠다. 이 영화를 보고 나서 잠을 못 이루던 어느 밤에 나는 트위터에 이렇게 썼다. "영화 블랙 스완이 자꾸 생각난다…… 얼룩말에게서 배우자. 우리, 얼룩스완으로 살자."○2011

'가진 것 없는 생명'의
나날들

토요일이건만 일찍 잠든 탓에 새벽에 잠이 깬다. 할 일이 많으나 오늘은 아무래도 영화를 보아야겠다. 가장 손쉽게 영화를 볼 수 있는 방법은 멀티플렉스를 찾아가는 것. 집에서 가장 가까운 멀티플렉스는 고속터미널에 있다. 일상에서 벗어나 어떤 가상의 이야기로 도피하고자 하는 사람에게 '터미널 옆 극장'이라는 진부한 배치는 '미술관 옆 동물원'보다 훨씬 당혹스럽다. 당혹감을 억누르며 터미널 옆 극장에 도착했는데, 아니나 다를까 내가 보고 싶은 영화인 「무산일기」, 「고백」, 그리고 「파수꾼」은 상영작 목록에 없다. 나는 마지못해 한 작품을 선택하고, 한 시간을 기다린 후에 영화를 본다. 대실패다. 나는 '가족 간에 지지고 볶는 이야기'의 상투성을 견디지 못하고 중간에 극장을 나온다. 이대로는 일하러 갈 수 없다. 잃어버린 토요일 아침 시간을 다시 보상받아야 한다. 나는 다시 이화여대 안의 극장 '모모하우스'를 찾아간다. '모모하우스'로 가기 위해 들어선 캠퍼스는 싱그러운 바람과 꽃 향기와 햇빛으로 찬연하다. 나는 극장으로 들어가 '탈북자'를 다룬 영화라는 「무산일기」의 표를 산다. '무산일기'라니, 대체 무슨 뜻일까.

탈북자는 남한 사회에 스며든 이질적인 존재다. 조선족, 돌아온 재미교포, 이주노동자, 탈북자와 같은 이질적인 존재들은 피부색, 남한에 유입된 이유, 외국에서 살던 곳, 살던 곳에서의 사회경제적 위치에 따라 우리 사회에 배치된다. 어떤 이들은 내국인보다 우대받지만 어떤 이들은 사회의 밑바닥에 놓여진다. 그들 개인이 어떤 사람들인지, 어떤 사연이 있었는지는 상관없다. 우리도 모르는 사이에 2만 명을 헤아리게 된 탈북자들은 과거에 간첩, 귀순자에 대하여 남한 사람들이 가지는 이미지와 오버랩되면서 가장 환대해야 할 사람임에도 가장 이물적인 사람들이 되었다. 「무산일기」가 세상에 나타난 가장 직접적인 이유는 감독이 주인공과 같은 이름을 가진 탈북자 출신의 친구를 가졌기 때문이다. 젊은 나이에 병으로 세상을 떠난 것으로 알려진 그의 삶이 영화 속 '승철'의 삶과 어느 정도 포개지는지는 알 수 없다. 그러나 그가 남한에서 겪은 삶이 감독의 연출에 녹아들어 있으리라는 것은 의심의 여지가 없다.

남한 사회에 적응하려고 안간힘을 쓰는, 그러나 절대로 적응하지 못할 것 같은 함경도 '무산' 출신의 탈북자 승철. 그의 벌거벗은 삶을 담담하게 그린 이 영화는 결코 목소리를 높이지 않는다. 그리고 미리 파악된 어떤 관념에 맞추어 이야기를 지어내 우리의 감상을 끌어내려 하지도 않는다. 관객들은 벽보 따위를 붙이는 주변부의 허드렛일을 하며 살아가는 말수 적은 승철의 동선을 무심히 따라가다가 차츰 먹먹해진다. 산다는 게 이런 것인가. 이 영화는 대한민국이라는 '화려한 정글'에서 돈도, 친구도, 능력도, 근성도 없이 살아간다는 것이 얼마나 잔인한 것인가를 적나라하게 보여준다. 승철이 어떻게든 살아보려고 온 대한민국은 누군가에게는 기회의 땅이겠지만, 아무것도 가지지 못한 사람에게는 여전히 어떠한 생명도 피어날 수 없는 황무지일 뿐이다.

비록 이 영화가 구체적으로 보여주는 것은 탈북자들의 희망 없는 고단한 삶이지만, 그것은 탈북자만의 것은 아니다. 승철의 난감한 삶을 구성하는 기본적인 조건은 탈북자라는 신분에서 왔지만, 그가 겪는 삶의 난관은 그 신분에서 직접 발생하는 것이라기보다는 그 신분이 만들어낸 조건, 즉 '가진 것 없음'에서 온다. 그래서 이 영화의 제목은 '함경도 무산에서 남한으로 온 탈북자의 일기'라는 뜻으로 읽히지만, 동시에 이 땅 어디에서나 불 수 있는 '아무것도 가진 것 없는 무산자의 일기'라고 읽히기도 한다. 이 영화는 단순히 탈북자의 이야기가 아니라, 이 땅에서 자기의 주권을 주장할 수 없는 모든 잊혀진 사람들, '그저 소모되는 벌거벗은 생명'만을 가진 모든 사람들의 보편적 이야기다.

그렇게 외롭고 힘겨운 승철에게도 그가 마음을 준 존재들이 있다. 하나는 노래방 주인이자 교회를 같이 다니는 여신도이고, 다른 하나는 '남한 사람도 아니고, 북한 사람도 아닌 자신'처럼 '진돗개와 풍산개의 잡종'인 백구다. 그런데 여자는 끝내 그와 소통할 수 없고, 개는 느닷없이 죽어버린다. 승철이 길가에 쓰러져 있는 백구를 한없이 바라보고 있는 모습은 마치 그가 자신의 시체를 보는 것과 같았다.

그 암울한 장면의 여운을 안고 영화관을 나섰을 때에도 교정의 풍경은 여전히 아름다웠다. 이 아름다움과 저 비참함이 공존한다는 것이 믿기지 않을 지경이지만, 어쩔 수 없이 삶은 희비극이다. 문제는 누구에게는 삶이 주로 희극인데, 누구에게는 주로 비극이라는 사실이다. 찬란한 햇빛 아래 벚꽃이 바람에 날리는 이 천국이 '벌거벗은 생명들'에게도 천국일 리는 없다. 이 무렵이면 많은 매체에서 뜻도 모르는 채 수도 없이 읊조리는 「황무지」의 첫 구절 '4월은 가장 잔인한 달'이라는 표현은 승철에게 바쳐져야 한다. 생명이지만, 생명력을 발휘할 수 없는 승철에게, 죽은 땅에서 라일락을 키워냄으로써 생명의 힘을 일깨워주는 4월만큼 잔인한 것이 또 있을까. 누구나 첫 구절만 아는 그 긴 시의 서두에는 그리스어로 '쿠마에의 무녀' 이야기가 짧게 쓰여 있다. 죽지 못해 살고 있는 그 무녀는 아이들이 무엇을 원하느냐고 묻자 이렇게 대답한다. "죽고 싶어." 이 사회는 탈북자이든, 비정규직이든, 노숙자이든, 또 어떤 다른 이름을 가졌든, 현실의 정치적 셈법에서 배제된 생명들로 하여금 '쿠마에의 무녀'처럼 대답하고 싶게 만든다. 물론 그 생명들에게 이 봄날의 햇볕과 바람과 꽃향기를 나누어주는 것을 이 사회가 언제까지나 거부할 수는 없을 것이다. 그러나 그날이 오기는 올 텐데 언제 올지 모른다는 것은 무서운 일이다. 그리고 내가 한가로이 영화를 보러 다니는 휴일에도 어떤 사람들은 그날이 오는 것을 지연시키기 위해 몹시도 분주했으리라는 상상보다 내 마음을 복잡하게 하는 것은 없었다. 2011

지금도 계속되는
'불의 절벽'

예전에 기무사 수송대가 있던 공간에 자리 잡은 '백성희 장민호 극장'에서 이달 초순 「불의 절벽2」라는 공연이 있었다. 달리 방법이 없어 '공연'이라는 표현을 사용하기는 했지만, 어떤 장르로 규정하기 어려운 「불의 절벽2」를 과연 '공연'이라고 부르는 것이 맞는지는 모르겠다. 연출자는 아방가르드 정신으로 예술의 개념에 대해서 문제를 제기하는 작업들로 알려진 미술가 임민욱 씨이고, 실제 고문 피해자인 김태룡 씨와 유려하고 따뜻한 글을 쓰는 정신과 의사 정혜신 씨가 무대에 올랐다.

공연이 시작되기 전에 주최 측은 윤동주 시인의 「서시」가 인쇄된 종이를 관객들에게 나누어주었다. 자세히 보면 요즘 보기 드물게 손으로 조판한 인쇄물이다. 곧 알게 되지만, 그것은 감옥생활 중에 조판을 배운 김태룡 씨가 직접 조판하여 인쇄한 것이다. 공연의 후반부에 이 극장의 독특한 공간을 활용한 퍼포먼스와 영상이 이어지기는 했지만, 그것을 제외하면 공연의 내용은 단순한 편이다. 무대에 오른 고문 피해자와 의사가 고문과 그로 인해 파괴된 그의 삶 그리고 지금 살아가는 모습에 대하여 담담히 이야기를 주고받는다. 그런데 다큐멘터리라고 하기도 뭐하고, 연극이라고 하기도 뭐한 이 '다큐연극'이 불러일으키는 공감은 놀랍다.

고문은 힘이 세다. '마녀라는 자백'도 받을 수 있는데 '간첩이라는 자백'을 받지 못할 이유가 없다. 자백에 뒤따르는 끔찍한 결과를 알면서도 인간의 신체적 약점은 그것을 피하지 못한다. 온 가족이 굴비처럼 엮인 채 잡혀가는 상황은 생각만 해도 끔찍하다. 고문에 뒤이은 역겨운 재판 과정을 거쳐 김태룡 씨의 아버지는 사형당하고 김태룡 씨는 십구 년의 감옥생활 끝에 디지털 시대에 쓸모가 없는 조판 기술을 배워 출소한다. 그의 할아버지는 비극을 견디지 못하고 스스로 목숨을 끊었다. 김태룡 씨가 잡혀갈 때 갓난아이였던 아들은 성인이 되었고, 지금은 서울 어딘가의 나이트클럽에서 무명 가수로 일한다. 김태룡 씨가 감옥에 갇혀 있던 길고 긴 시간 동안 아들을 얼마나 그리워했을지는 짐작이 간다. 아들은 또한 어땠을까. 연출자는 지난 세월에 대하여 결코 아버지와 이야기하지 않는 아들의 노래를 나이트클럽에서 몰래 녹음해 온 후 들려준다. 그 무심한 대중가요는 얼마나 슬펐던지. 그리고 김태룡 씨가 감옥에서 아들을 생각하며 불렀다는 노래를 자리에서 일어나 직접 부를 때 울지 않는 관객은 없었다.

현실의 곳곳이 '불의 절벽'인 이 세상에서 어쩌면 우리는 극을 만들어내기 위해 그렇게 애쓸 필요가 없을지 모른다. 그저 고통받는 자들을 불러와 이야기를 듣기만 하면 그것이 극보다 더한 극이 된다. 물론 처참한 현실을 불러들이는 것이 '상처의 전시'가 되어서는 안 된다. 현명하게도 이 작업의 참여자들은 관객들에게 공감을 강요하지 않고, 그 고통에 스스로 동참하게 만들었다.

　사실 이 공연을 통하여 가장 변화한 사람은 관객들이 아니라 김태룡씨 자신일 것이다. 그가 겪은 고통을 보상하는 것은 불가능하지만, 그에게 공감하는 관객들로 인해 그의 상처는 조금이나마 아물었으리라. 「불의 절벽2」는 극과 다큐의 경계를 허물고 각종 장르를 횡단하면서, 여전히 수많은 사람들이 낭떠러지에 서 있는 이 벌거벗은 시대에 '예술이 무엇을 할 수 있고 무엇을 해야 하는지'를 보여주었다. 만일 「불의 절벽3」이 만들어진다면 이번에는 35미터 크레인에 오른 진짜 노동자 김진숙의 이야기를 듣고 싶다. ○2011

어떤 변호사의
불타는 통과의례

지난 10월 초에 영화 「화이」의 시사회가 있었다. 영화계 인사들을 주로 초대하는 시사회가 있는 날에는 인근의 술집에서 늦은 밤의 뒤풀이가 있기 마련이다. 그런 자리에 가면 감독, 배우, 스태프 그리고 다양한 영화계 인사들이 밤을 잊은 채 술을 마시며 교류를 한다. 그날 술자리에는 주연배우인 김윤석 씨와 가깝기 때문인지 송강호 씨도 있었다. 간혹 그런 자리에서 마주치기 때문에 송강호 씨도 나를 알고는 있지만 사적인 대화를 나눈 적은 거의 없었다. 그런데 그날은 어쩐 일인지 내게 말을 붙이며 옆자리에서 따로 이야기를 좀 하자고 했다. 대배우가 송사라도 있는 것일까 하고 들어보니, 곧 「변호인」이라는 영화가 개봉하는데 변호사인 나도 관심을 가져주었으면 한다는 것이었다. 시사회가 다가왔다. 어떤 경우에도 불청객은 되지 말아야 한다는 것이 평소의 지론이지만, 정식 개봉 전에 영화를 보고 싶은 마음을 이기지 못하여 지인을 통해 표를 구한 후 시사회에 갔다.

노무현 전 대통령에 관한 영화를 만들겠다는 시도들은 이전에도 여러 번 있었고, 영화 「변호인」의 시나리오가 완성되어 촬영하고 있다는 소식을 간간이 듣기도 했다. 그때마다 나는 한 시대를 풍미한 그의 인생을 어떻게 다루는 것이 좋을지에 관하여는 잘 떠오르지 않았다. 자칫하면 너무 의도가 앞서는 계몽적인 영화가 될 위험도 있었고, 그의 공과에 대한 논쟁이 여전히 진행 중인 상황도 녹록지 않았다. 영화 「변호인」은 나의 우려와 불안을 충분히 불식시켰다. 영화의 주요한 설정은 그가 모델이라는 것을 뚜렷이 환기시켜주었지만, 내가 만난 것은 아주 인간적인 한 명의 사람이었다.

영화의 전반부는 고졸 학력의 한 변호사가 수완을 발휘하여 성공하는 과정을 보여준다. 바닷가에서 작은 요트를 타고 있는 이미지로 대표되는 이 시기의 그를 그렇다고 단순히 속물적인 변호사로 치부할 수는 없다. 단란한 가정생활은 인간적인 면모를 보여주며, 당시 너무나 팽배했던 법조계의 브로커 사용이나 전관예우에서 벗어난 그는 상대적으로 괜찮은 변호사다. 간혹 플래시백으로 보여지는 그의 고난에 찬 시절들은 더욱 그를 돋보이게 한다. 고졸 출신으로 공사장에서 막노동을 해야 했던 그는 너무 생활이 힘들어 고시 공부를 중도에 포기하려다가 다시 책을 손에 쥔다. 어떤 의미에서는 흔한 클리셰지만 담백하고 안정된 연출은 그런 주인공에게 깊은 공감을 느끼게 한다. 그의 한계는 다른 곳에 있다. 고교 동창생 모임에서 술을 마시다 급기야 싸움

을 하게 되는 장면으로 압축해서 보여지는 정치적 인식의 한계가 그것
이다. 초라한 학력으로 성공을 위하여 매진해온 그로서는 대학생들이
극렬하게 시위를 하며 저항할 수밖에 없는 처참한 시대 상황을 제대로
이해할 수 없었던 것이다.

그저 수완 좋고 사람 좋은 변호사였던 그의 인생은 단골 식당의 아
들이 고문조작 사건으로 재판을 받게 되면서 급격히 변모한다. 이른바
시국 사건들이라고 불리던 정치적 재판에 개인적인 인연으로 변호인
이 된 그는 살벌한 정치적 현실과 직접 마주친다. 그리고 그가 타고난
인간에 대한 연민과 정의감은 이런 어처구니없는 세상과 맞서 싸우겠
다는 결의와 에너지로 급속히 전환된다.

나는 영화 속 사건의 모델이 된 이른바 '부림사건'에서 노무현 전 대
통령이 실제로 어떻게 변론했는지는 알지 못한다. 아마도 영화에서 표
현된 것처럼 드라마틱하지는 않았을 것이다. 그러나 영화는 당시의 정
치적 재판이 어떤 식으로 전개되었는가에 관하여 충분히 가늠할 수 있
는 방식으로 보여준다. 고문으로 받아낸 자백과 형사소송법이 실종된
재판은 죄 없는 사람들을 죄인으로 만들어 감옥으로 보내는 일련의 정
치적 과정이다. 그 과정은 어이없는 신념으로 가득 찬 고문 기술자들
과 일신의 영달에만 관심 있는 허깨비 법률가들의 손을 거쳐 완성된
다. 그 과정에 우연치 않게 끼어들어 헌법과 인권을 외치는 주인공의
분투는 눈물겹다.

영화의 시대적 배경인 1981년에 나는 고등학생이었다. 요즘은 부자

가 최고의 신분이지만 당시만 해도 법조인이 되는 것은 듣보잡이 신데렐라가 되는 최상의 길이었다. 시골에서 태어나 가난을 극복하겠다고 서울에 온 선친은 공부에 재능을 보이는 둘째 아들이 판사가 되기를 바랐다. 멋모르는 아들은 그에 순종하다가 대학을 갈 무렵이 되자 이건 좀 아니다 싶어 법대에 가지 않겠노라고 고집을 피웠다. 대학에 원서를 내기 전날까지 버티던 아들은 "그럼 너의 뜻대로 하라"고 아버지가 물러서자, 미안한 마음에 "아뇨, 법대에 갈게요"라고 말하고 말았다. 그렇게 1984년에 입학한 대학은 순진한 내가 기대한 대학이 아니었다. 학업을 중단하고 노동자가 되겠다는 어느 선배의 이해할 수 없는 선택을 보면서 나는 이 세상에 내가 잘 모르는 비밀이 있다는 것을 감지했고, 학과 공부를 제쳐두고 비밀을 풀기 위해 노력한 끝에 고문이 자행되고 헌법이 휴지 조각인 세상의 민낯을 알게 되었다. 이 나라에서 법률가가 되는 것은 그러한 악의 공범이 되는 것이었고, 그것을 도저히 선택할 수 없었던 나는 사법시험 준비를 그만두고 휴학을 했다. 그러고 나서 몇 달 후 부모님과 마지막으로 타협한 것이 인권 문제를 다루는 변호사가 되어 부모님도 어느 정도 만족시키고 내 양심도 버리지 않는 것이었다.

그런 수상한 과정을 거쳐 변호사가 된 내게 이 영화는 감정이입 없이는 볼 수 없는 영화였다. 이 영화는 말 그대로의 의미에서 영웅적이었던 수많은 당시 사람들의 행동에 비한다면 가소롭기 짝이 없던 나의 혼란스런 시절을 계속 상기시켜주었다.

영화 「변호인」은 그저 노무현 전 대통령의 이야기가 아니다. 이 영화는 너무나 힘겨운 조건에서 신분 상승을 이루어야 했기에 유예될 수밖에 없었던 어떤 통과의례를 뒤늦게 겪게 되는 한 인간의 이야기다. 이것은 각별한 의지로 세상 속에서 자신의 생존과 주권을 확보한 한 개인적 인간이 타인의 그것을 위해 투쟁하면서 사회적 인간으로 발돋움하는 불타는 통과의례에 관한 이야기이다.

내가 막상 변호사가 되었을 때는 1987년 6월 항쟁 이후 민주화가 비틀거리면서도 계속하여 진전되는 시기였다. 내가 변론한 사람들 중에 고문을 받은 사람은 없었고, 법정은 여전히 불합리했지만 영화에서처럼 막무가내는 아니었다. 그런데 과연 우리는 더 좋은 시대에 사는 것일까. 적어도 이 시대는 사람을 고문하는 야만의 시대는 아니다. 그러나 사람에 대한 돈의 지배는 더욱 공고해졌고, 한계상황에 몰린 사람들은 여전히 생명을 버린다. 폭력은 줄었지만 사회는 더욱 간교해졌다. 권력과 돈이 사람들을 정교하게 관리하며 스스로 세상의 나쁜 법칙에 복종하게 한다. 그 와중에 과거의 망령들마저 되살아나고 있다.

망령이 부활하고 돈의 지배는 공고해지며 희망은 물에 빠져 있는 이 새로운 시대에 우리 각자는 어떠한 통과의례들을 겪고 있는가. 이 시대의 통과의례는 삶과 죽음 사이의 결단, 정의와 불의 사이의 선택보다 훨씬 미묘하고 복잡해졌다. 영화 「변호인」은 이 시대의 통과의례를 마주한 수많은 사람들의 번뇌와 통증은 과연 어떤 무늬일까 상상해보게 한다. ○2013

이야기꾼의 위기

시쳇말로 연식이 오랠수록 호기심도 감동의 물결도 줄어든다. 신체 정신적 노화와 연관이 있겠지만, 경험의 축적도 무시하지 못한다. 처음에는 놀라 자빠질 일도 겪을수록 그러려니 하게 된다. 대단한 지혜로 여겨졌던 말씀이 하나 마나 한 설교가 되고, 용서할 수 없었던 악이 구제불능인 인간이란 종의 불가피한 특질임을 알게 된다. 그런데 임박한 '멋진 신세계'는 사람들에게 방대한 간접경험을 손쉽게 제공함으로써 개인의 경험치를 극단적으로 확대하고 있다.

사정이 이렇다 보니 극장에 갈 때마다 점점 걱정이 앞선다. 주의 깊게 기사와 별점과 평론을 확인해도 자주 낭패한다. 영화는 분명 더 영리해졌는데 우리 또한 못지않게 영악해진 것이 문제다. 우리는 이미 너무 많은 영화와 드라마를 과식했다. 우리의 뇌는 수많은 내러티브를 기억하고 있다. 뒤죽박죽이기는 하지만, 온갖 장르와 기승전결의 모델을 알고 있다. 또한 우리가 가성비를 고려해 지불한 돈에 걸맞은 즐거움이 제공돼야 한다. 함부로 낯선 이야기로 어리둥절하게 하면 안 되며, 경쟁 사회에서 무용한 교훈이나 통찰을 주려는 속 보이는 짓을 해도 안 된다.

이제 이야기꾼들은 이야기 홍수 속에 살아온 관객에게 아첨하며 며칠 내에 수백만 명을 유혹해야 살아남는 '왕좌의 게임'을 해야 한다. 그런데, 두 시간에 참신하고도 낯설지 않은 이야기를 펼치는 미션은 너무 아슬아슬한 서커스가 아닌가. 공중그네에서 떨어질 때 그들을 기다리는 것은 보호용 그물이 아니라 파산과 경력의 종말이 아니던가.

이야기를 만들려는 사람들은 조지프 캠벨의 『천의 얼굴을 가진 영웅』이라는 책을 알고 있다. 그리고 그 책에서 영감을 얻은 '길을 떠난 영웅'이라는 패턴으로 이야기를 만드는 매뉴얼에 익숙할 것이다. 이 방법론은 관객을 유혹할 수 있는 십계명을 돌판에 새겨준 동시에, 이야기꾼들을 도그마에 가두었다. 관객의 주머니를 털려면 어떻게 해야 하는지 알려주었지만, 그토록 정형화된 패턴을 지켜야 한다면 과연 이야기란 인생을 바쳐 만들 가치가 있는 것일까. 이런 상황에서 규범을 내면화하는 것에 그치지 않고 창조적 일탈을 하면서도, 천만 관객을 자신 있게 유혹할 수 있는 사람은 과연 누구일까. 결국 영화라는 '왕좌의 게임'은 용 세 마리의 엄마쯤 되는 천재만이 생존할 수 있는 잔인한 놀이터였던가.

이런 도전이 새로운 것인지, 이야기의 역사에 늘 있던 딜레마의 변주일 뿐인지는 분명치 않다. 확실한 것은 유례없이 이야기에 친숙하면서도 인색한 관객들에 이어 우리를 기다리고 있는 것은, 인간과 비교할 수 없는 빠른 속도와 정교함으로 이야기를 생산할 인공지능이라는 존재다. 지난 세기에 전업 철학자나 시인이 되려는 낭만적인 기획이 생활인으로서는 얼마나 모험적이었지는 충분히 증명되었다. 이야기를 해보겠다는 기획은 많은 실패도 있었지만 전 지구적 스타들도 탄생시켰다. 이 기획은 앞으로도 작동할 수 있을 것인가. 인정하기 싫지만, 어쩌면 우리에게 남은 유일한 선택지는 어떻게든 부르주아나 그 배우자 또는 그 자식이 되는 것일지도 모른다. 그것이 아니라면, 어디서 용의 알이라도 주워서 부화시켜야 한다. ○2016

죽여주는 여자와
죽여달라는 남자

며칠 전 이재용 감독의 신작 「죽여주는 여자」의 상영회가 있었다. 오래전에 각본을 읽었기 때문에 내용은 알고 있었다. 의미심장한 이야기였지만 제작비를 쉽게 구할 수 있을까 싶었는데 뜻밖에도 짧은 시간에 마련한 모양이다.

이 영화를 볼 마음을 내기는 쉽지 않다. 달달하거나 감동적이거나 눈이 휘둥그레질 이야기들이 즐비한데, 할아버지들을 상대로 몸을 빌려주는 할머니의 이야기를 왜 보아야겠는가. 취향이 독특하거나 인류애가 넘치는 사람이 아니라면 또는 제작진의 지인이 아니라면 하기 어려운 선택이다. 몬트리올 국제영화제에서 각본상과 함께 윤여정 씨가 주연상을 받았다는 소식으로 만듦새가 만만치 않을 거라고 짐작은 했지만, 초청이 없었다면 스스로 영화관에서 관람했을지는 모르겠다. 그런데 오프닝 크레딧이 흘러가면서 나는 점점 영화에 몰입했다. 줄거리를 기억하고 있었음에도 두 시간 가까운 러닝타임이 전혀 길게 느껴지지 않았다.

주인공 소영(윤여정)은 끔찍한 세월을 견뎠고 지금도 통과하고 있지만, 고통스럽다고 징징대지 않는다. 감독과 배우들은 난감한 삶을 살아가는 이들을 우리와 별로 다르지 않은 사람들로 묵묵히 묘사한다. 그 무심한 듯 따뜻한 태도는 시간이 지날수록 마음을 사로잡는다. 어떤 점에서 소영과 그 주변인들은 부박하기 이를 데 없는 이 시대 평균인들보다 훨씬 견실한 마음의 소유자로 보인다. 물론 그 마음속 회한과 휘몰아치는 폭풍에 대해 우리가 뭘 알겠는가. 성적 만족을 주는 데 능란한 '죽여주는 여자'가 피치 못해 죽음을 원하는 사람들을 '정말로 죽여주는 여자'로 도약할 때, 우리는 소영이 그토록 담담하게 자신의 피부 안에 가둬둔 마음의 심연을 비로소 가늠하게 된다. 그녀가 성적으로 죽여주었던 남자들을 실제로 죽여줄 때, 그것은 범죄인 동시에 베풂이고, 해방인 동시에 살인이다.

이 영화가 한국의 이지러진 현대사나 노인 문제를 환기시키는 것은 어쩔 수 없다. 그것이 영화에 두터운 현실감을 제공한다. 그러나 영화는 지금의 현실을 넘어서 인간실존의 근본적 문제를 탐구한다. 살기 위해 몸을 빌려주는 사람과 그것이라도 빌려야 하는 사람들.* 그들 모두 병들고 고립되고 존엄을 잃어가는 생의 마지막 장에서, 다시 한 번

---

* 소셜 미디어에서 "몸을 어떻게 팔 수 있나? 그건 빌려주는 거다"라는 주장을 본 적이 있다. 그럴듯하다 생각하여 이 글에 사용한다.

자신을 빌려주는 소영의 이야기는 우리를 먹먹하게 한다.

이 무상하고도 절박한 이야기가 펼쳐지는 공간들은 집에서 멀지 않다. 주말마다 그 거리와 산자락을 거닐며 마음을 가다듬고 체력을 가꾸었건만 이제는 익숙했던 풍경과 마주치는 사람들이 다르게 보인다. 배회하던 소영이 눈에 어른거린다. 소영에게 죽여달라 애원하던 노인들이 눈에 밟힌다. 이 영화는 나와 전혀 다른 삶을 사는 사람들로 치부했던 이들을 이웃이나 지인처럼 느끼게 해주었다. 나는 영화를 보면서 '저런 삶도 있구나' 하고 느끼기보다는 그들을 삼킨 운명이 내게도 다가오고 있다고 느꼈다. 나는 그 점이 이 영화의 가장 좋은 점이라고 생각한다. ○2016

정원사 챈스의 외출

폴란드 망명자 출신의 코진스키는 1971년 『정원사 챈스의 외출 (*Being There*)』이라는 소설을 썼다. 소설은 1979년 피터 셀러스와 셜리 맥클레인의 주연으로 영화화되었다. 미국에서 영화로 만들어지자 우리나라에 책이 번역되었고, 그것을 내가 읽은 모양이다. 책은 두어 차례 더 번역된 후 절판되었고, 영화는 수입되지 않은 것 같다. 영화는 『죽기 전에 꼭 봐야 할 영화 1001편』에 「챈스」라는 제목으로 수록되어 있다.

아주 어려서 고아가 된 이후 중년이 되기까지 정원사로 살아온 챈스는 평생 저택 밖으로 나간 적이 없다. 지능이 매우 부족한 그의 유일한 낙은 TV를 보는 것이고, 그는 현실 세계와 TV 프로그램을 제대로 구별하지 못한다. 고령의 주인이 죽자 그는 주인의 고급 신사복을 입고 처음으로 세상에 나오는데, 길을 가다가 엘리자베스의 차에 치인다.

엘리자베스는 대통령과 자주 독대할 정도로 저명한 재계 인사 랜드의 부인인데, 챈스가 치료차 그 집에 머무르면서 일이 점점 꼬인다.

성이 따로 없는 그는 '정원사 챈스'라고 자기를 소개했건만 '촌시 가디너' 씨라고 불리게 된다. 정원 일밖에 아는 게 없어 무슨 질문에도 그에 터를 잡아 대답하는데, 그것이 사업이나 경제에 관한 탁월한 비유로 여겨진다. 갑작스럽게 랜드의 집을 방문한 대통령은 동석한 그에게 미국 경제에 대해 묻는다. 그는 "성장에는 각기 계절이 있습니다. 뿌리가 살아 있는 한, 다시 봄과 여름이 오면 모든 것은 정상으로 회복됩니다"라는 선문답을 하고, 대통령은 경제 낙관론에 대한 심오한 비유로 받아들여 연설에 인용한다. 대통령의 연설 이후 중요한 인물이 된 그는 TV에 초대된다. 멋진 외모와 (지적 장애로 인한) 평화로움과 솔직함을 지닌 그는 현안의 본질을 은유적으로 표현할 줄 아는 인물로 큰 인기를 모으고, 급기야 오해된 대화와 미디어의 호들갑 속에 부통령 후보로 내정된다.

이 이야기는 그저 코미디인가. 최근 정치 상황을 보면서 나는 중학 시절에 읽은 이 책이 자꾸 머리에 떠오른다. 물론 우리의 지도자는 챈스 같은 지적 장애인이 아니다. 하지만, 그가 수천만 명의 운명을 좌우할 수 있는 이해력과 판단력을 가졌다고 자신 있게 말할 수 있는 사람은 누구인가. 지금의 사태는 윤리적이고 법률적인 문제일 뿐만 아니라 그에게 결여된 근본적 판단 능력과 무관하지 않다. 민주주의 국가에서 준비된 원고 없이는 기자의 질문을 받을 수 없는 지도자가 어떻게 가능한가. 그가 원고 없이 말한 것을 녹취한 문장에는 언어의 구조가 자주 와해되어 있다. 나는 솔직히 그가 정상적으로 서강대에 입학하고 졸업했다고 믿기지 않는다. 그는 성공한 정유라일지도 모른다. 어떤 조직의 팀장을 맡아도 문제를 일으킬 것 같은 그가 어떻게 대통령이 되었을까. 앞으로 긴 시간 한국 정치의 숙제가 될 것이다. 아버지의 빗나간 후광이 막대한 정치적 자산을 남겼지만, 모리배가 활개를 치는 후진적 정치와 왜곡된 언론 환경의 배양 없이 이러한 참사가 가능했을까.

논픽션 작가라면 그의 전기에 도전해야 한다. 제대로 써진다면, 한국 현대사와 한 인간의 눈물겨운 분투 그리고 공동체의 위기를 그처럼 잘 드러내는 텍스트는 향후 100년간 불가능할 것이다. ○2016

얼어붙은 시간

「너의 이름은」이라는 제목의 일본 애니메이션이 개봉한다고 할 때 대수롭지 않게 생각했고, 진부한 제목은 곧 잊었다. 그런데 볼만하다는 이야기가 들려오기 시작하더니, 급기야 안 보면 저만 손해인 형편이 되었다. 내러티브의 비약과 판타지는 심리적 경계를 넘을 듯 말 듯 아슬아슬했으나, 아름다운 그림과 이야기의 힘찬 전개는 내 마음속의 낭만을 충분히 뒤흔들었다. 영화관에서 집으로 돌아와서는 이름도 생소했던 감독의 전작인 「언어의 정원」을 다운로드해서 보았고, 한국 관객의 호응에 고무된 감독의 트윗을 우연히 발견하기도 했다. 시효를 다한 줄 알았던 타임슬립이라는 소재로 이렇게 호소력 있는 작품을 만든 것을 보니, 꺼진 불도 정말 다시 보아야 한다.

시간을 자유로이 가로지르는 영화와 달리 시간에 관한 우리의 일상적 경험은 틀에 박혀 있다. 강물이 유유히 바다로 흘러가듯 시간은 무심히 그리고 도도하게 흘러갈 따름이다. 이런 시간에 대해 두려움에 휩싸인 시절이 있었다. 시간이 모든 것을 무상하게 만든다는 사실, 그로 인해 어떤 사건도, 어떤 의미도, 어떤 사람도 끝내 해체되고 용해될 뿐이라는 압도적인 사실이 주는 공포가 있었다. 그때 가까스로 나를 버티게 해준 생각은 이런 것이었다. '비록 다시 거슬러 올라갈 수는 없지만, 생각과 몸짓과 사건을 비롯해 우리가 살아냈던 모든 것은 그 시간들 속에 영원히 얼음처럼 빙결되어 있으리라.'

아인슈타인은 물리학자이자 오랜 친구였던 미켈레 베소가 죽은 후 그의 부인에게 보낸 편지에서 이렇게 썼다. "이제 그는 저보다 조금 앞서 이 기이한 세상을 떠났습니다. 그것은 어떤 의미도 없습니다. 물리학을 믿는 우리 같은 사람에게 과거와 현재와 미래라는 구별은 끈질기게 지속되는 환상에 지나지 않습니다." 그로부터 한 달 후 아인슈타인도 세상을 떠났다. 나는 아인슈타인이 뜻하고자 한 바를 이해하기 위해서 여러 번 이 문장을 읽었으나 물리학 지식이 부족해서인지 허사였다. 막연한 느낌이 아니라 말 그대로의 의미에서 그 뜻을 이해하게 된다면 내 삶의 시작과 지속과 소멸을 훨씬 편안히 받아들일 수 있으련만, 이 문장은 내게 여전히 모호하다.

그러던 나는 작년 말 교양물리학 책을 읽다가 전에 못해본 생각에 이르렀다. 그것은 '우리가 살아낸 모든 것이 시간 속에 영원히 얼어붙어 있으리라'는 생각의 새로운 버전이다. 물리학자들은 이 우주를 '가로, 세로, 높이'라는 공간의 차원 셋과 시간의 차원 하나를 더한 4차원의

'시공간 연속체'로 이해할 수 있다고 한다. 그렇다면, 혹시 이 세계의 모든 역사는 그 시초부터 종말까지 하나의 연속체로서 이미 모두 존재하며, 단지 우리는 각자의 시간을 통하여 그것을 차례대로 경험하는 것이 아닐까. 어쩌면 아인슈타인은 과거와 현재와 미래에 대한 구별을 부정했던 편지에서 그 비슷한 생각을 전달하고자 했던 것이 아닐까.

물리학적으로는 가능하지 않은 타임슬립에 관한 영화들은 실제 가능성과 무관하게 삶의 내밀한 감정을 자극하고 상상력을 충족시킨다. 그리고 옳든 그르든 나름의 방식으로 시간을 이해하려는 우리의 노력은 삶의 유한성에 따르는 비극적 예감으로부터 우리 자신을 해방시켜줄지도 모른다. ⊙2017

"내 인생은 괜찮았어."

강금실(법무법인 원 변호사)

보통 때 나는 조광희 씨를 '조변호사님'이라고 부른다. 변호사끼리는 성 다음에 변호사를 붙여 부르는 게 통상적이기 때문이다. 여기에서는 편하게 '광희'라 불러본다. 광희는 나보다 열 살 아래다. 90년대 말 내가 판사를 그만둔 후 변호사 개업을 하고 "민주사회를위한변호사모임(민변)"에 들어가서 만나게 됐다. 얼굴이 동그스름하고 눈썹이 굵고 까만데 끝이 살짝 처져서 착한 느낌을 주는 인상을 가졌다. 벌써 만난 지 이십 년 가까이 되었지만, 지금은 머리가 하얗게 새었을 뿐 순하고 담백한 목소리까지 그대로이다. 민변에서 친해진 변호사 동료들과 만들게 된 '법무법인 원'에 광희도 합류해서 이제는 같은 사무실에서 일하는 사이가 됐다.

광희의 두드러진 특징이 있다면 댄디하다 할까, 무엇하나 과하거나 지나쳐서 남성성의 부담감을 주는 경우가 전혀 없다. 맥주를 즐기되

가벼이 마시는 스타일이고 한 번도 흐트러지는 걸 본 적이 없다. 한때 신촌의 '아웃사이더'라는 카페의 경영자로 참여한 적도 있다. 변호사로서는 영화 관련 영역의 최고 전문가로 정평이 나 있다. 그가 영화 전문 변호사가 된 데에는 아마도 영화인들이 광희를 만나면 어투나 문화가 딱딱한 법조인이라는 느낌을 받지 않고 자연스레 소통되는 덕분이 클 것이다. 나는 광희를 법률가이지만 만연체의 법조인 문장이 아니라 서정적이고 문학적인 문장력을 갖춘 몇 안 되는 이 중 한 사람으로 꼽는다.

광희는 노래는 별로 잘하는 편이 못 되는데 노래 부를 기회가 있으면 언제나 김광석의 「이등병의 편지」를 불렀고, 이 노래를 광희가 불러서 알게 될 정도였다. 그가 이 노래를 아주 진지하고 슬프게 부를 때면 공감이 된다기보다는 왠지 그와 어울리지 않는 듯해서 의아한 느낌을 받곤 했다. 광희가 몇 년 전 모 잡지에 발표한 「당신의 인생은 정말 괜찮았나요?」를 읽고서야 그가 왜 청승맞은 음조의 「이등병의 편지」를 불러댔는지 이해할 것도 같았다. 광희는 시쳇말로 전형적인 차도남 분위기인데, 시골에서 올라와서 악착스레 사신 부모님 덕에 서울 남자로 성장했으나 사회에 적응 못하는 불안을 안고 있는 외로운 소년의 정체성을 간직하고 있었다.

이 책에 실린 글들을 읽다 보니, 의외로 광희와 내가 여러 가지 공통된 개인사를 갖고 있다는 사실을 확인하게 됐다. 내가 여고 시절에 산 적이 있었던 모래내에서 광희가 태어났으며, 대학교에 들어가서 신림

동에 있는 대학에 가느라고 맨날 타고 다녔던 '142번' 시내버스를 초등학생 광희도 타고 다녔다는 것이다. 그는 스물네 살 겨울에 「정복자 펠레」라는 영화를 보았고, 나는 삼십대 후반에 그 영화를 봤는데, 광희는 그때 "인생에서 가장 괴로운 시절을 통과하고 있었다". 그는 미지의 세계로 떠나는 어린 소년 펠레의 모습에서 삶의 꿈을 찾을 수 있었다. 이 개인적 체험은 나에게서도 비슷하게 반복됐다. 한편으론 이십년 가까이 만나왔고 자주 어울려왔음에도 광희에게 의미 있는 시점의 추억들을 책을 보고서야 알게 되었다는 점에서 내가 사람들에게 관심을 기울이고 삶에 관해서 대화하는 능력이 부족하지 않았는가 하는 자책을 하게 된다.

광희나 나나 민주화운동 시절에 청년기를 보내야만 했던 것이 사회적 삶에 결정적 영향을 미쳤다. 나는 대학 75학번이고 광희는 84학번이다. 삶에 대해 질문하고 회의하는 시기에 독재정권을 겪은 게 세계관과 직업의 선택, 그리고 살아가는 방식에 깊이 드리워졌다. 광희의 민주주의와 정치에 대한 관심과 소양은 그리 해서 형성된 것이리라고 생각된다. 특히 김대중정부와 참여정부를 지나 이명박정부 시기에 많은 영역에서 민주주의의 퇴행이 일어났고, 우리 사회에 어느 정도 민주주의가 정착됐으리라는 예상을 깨는 수난 시대를 겪어야 했다. 그래서 돌이켜보면 광희와의 기억 중에서는 2010년 법무법인 원의 동료로서 함께 죽기 살기로 매달렸던 한명숙 전 국무총리 형사사건 재판이 제일 또렷하게 남아 있다. 그 당시에 광희는 강남역 일대에서 두 번이나 경찰로부터 불심검문을 받았다. 그때 우리 마음이 참 스산했다.

또 하나 잊을 수 없는 기억은 2006년에 내가 서울시장 선거에 출마했을 때 광희가 비서실장을 맡아 고생했던 일이다. 때마침 광희는 영화사 CFO로 이직하기 위해 다니던 로펌을 그만둔 시기였다. 그렇다하더라도 두 달 동안 새벽부터 밤까지 전혀 경험 없던 선거판에 뛰어들어 시간과 에너지를 쏟아붓고 헌신한다는 게 쉽지 않은 일이었는데, 선뜻 도와줬던 그 고마움을 평생 간직하고 있다. 광희는 선거가 영화제작과 비슷하다고 얘기했다. 그래서 선거 경험이 이후 영화사 일이나 영화 관련 업무를 하는 데 도움이 되었다 하니 그나마 다행이었다. 광희는 결벽에 가까울 정도로 정리 정돈을 깔끔하게 하는 사람이다. 선거 막판에는 새벽부터 목동 집에서 강남 우리 집까지 와서 나를 수행해주고 함께 일정을 소화했는데, 우리 집에 잠간 들른 그 와중에도 마루에 어질러진 책이나 소지품들을 참지 못하고 정리해줬다. 식구들은 의자에 올라가 내 책장을 정리하던 광희를 종종 떠올리곤 지금도 이야기를 한다.

광희의 글 중에서 아버지께서 임종 전에 하셨다는 "내 인생은 괜찮았어"라는 말이 가슴에 와닿는다. 내가 어쩌지 못하는 출생의 환경, 타고난 성격과 유전적 소질들, 사회 전반의 여건들, 그런 와중에 한 인간으로 겪어가는 삶의 여정은 참 복잡미묘하고 실수투성이이며 좌절과 허무함과 사랑의 기쁨들로 점철된다. 내 나이 육십이 넘었고, 광희도 이제 오십이 넘어 중장년이 됐다. 내가 보기에 정직하고 담백하며 글

잘 쓰고 노래는 조금 못하는 광희는 영화 전문 변호사로도 성공을 거두었고, 가슴에 외로운 소년을 묻어두었으되, 별 탈 없이 댄디한 자기 정체성을 잘 유지해온 것 같다. 그리고 자신이 지닌 글쓰기의 소질을 이렇게 발휘하게 되니 이제 "내 인생은 괜찮았어" 할 수 있을 것 같다. 그리고 나도 광희 같은 좋은 사람을 친구로 가까이 두었으니 "내 인생은 괜찮았어" 할 수 있을 것 같다.

누가 순한 조광희를
화나게 했나

임범(문화평론가·시나리오 작가)

　2000년대 초반 영화판엔 활기가 넘쳤다. 화제작이 끊이지 않았고 관객 기록 상한선이 수시로 깨졌다. 스크린쿼터 운동도 있어서 영화 기자를 하던 나로선 취재할 게 많았다. 당연히 영화인 술친구들이 늘어갔는데 그래도 기자는 어쩔 수 없이 기자였다. 취재원과 막역해지기 힘듦을 새삼 느낄 때가 있었고, 영화인들이 모인 자리에서 한창 술 마시다가 문득 '남의 잔치에 와 있다'는 이물감에 젖기도 했다. 그때 영화판에 나 비슷한 존재, 딱히 영화인은 아니지만 영화인들과 수시로 부대끼던 이가 한 명 있었다. 조광희 변호사였다.

　조광희는 1990년대 후반부터 영화 검열 조항의 위헌제청 소송 등 영화 관련 송사들을 맡았고, '영화 전문 변호사 1호'로 자리매김하면서 당시 큰 영화사 네댓 곳의 자문 변호사도 맡았다. 그를 처음 만난 건, 영화감독 임상수를 볼 때였다. 임상수가 입이 걸고 독설이 심하기로 유명한데, 조광희가 그와 친한 걸 보고 생각했다. '순하고 점잖은 사람이구나.' 영화판 속 비영화인끼리의 유대감? 여하튼 반가웠다. 법조기자를 할 때 개인적으로 표현의 자유에 대해 관심이 많았는데, 마침 그는 표현의 자유와 관련한 소송을 전공으로 하고 있었다.

당시 조광희가 쓴 글에 이런 대목이 있다. "표현의 자유는 자라고 있는 사람, 여전히 꿈을 꾸는 사람, 그리고 억압받는 사람들이 다 자랐거나, 더 이상 꿈꾸지 않거나, 권력을 가진 사람들에 대해 요구하는 최소한의 권리다. (……) 젊고, 불온하고, 발칙한 상상력을 가진 이들에게 표현의 자유를 주는 것이 두려운가. 그렇다면 당신은 너무 많이 가졌거나, 나이에 상관없이 늙은 것이다." 그때나 지금이나 한국 사회가 표현의 자유의 소중함을 잘 모른다 싶을 때가 많다. 조광희의 글엔 남다른 깊이감이 있었다. 그와 친구하지 않을 이유가 없었다.

조광희는 외모만큼이나 매너도 준수하지만 점잖고 매너 좋은 게 장점이기만 할까. 사람이 뭔가 부족하거나 과해서 매력 있게 보일 때도 있지 않나. 조광희는, 음식으로 치면 심심한 서울 음식 같다. 자세히 보면 그 심심함 안에 푸근함과 정감이 있는데, 그걸 알기까지 시간이 좀 필요하다. 조광희가 말수가 적기 때문에 더 그렇다. 건축가 조건영이 조광희를 안 지 얼마 안 됐을 때, 둘이 한 시간 가까이 한 택시를 탄 적이 있었단다. "조광희는 왜 그렇게 말이 없냐? 딱 한마디 하더라. 날씨 좋죠?"

조광희의 '말수 적음'은 여행할 때 좋다. 여행은 서로 별말을 안 해도 불편하거나 어색하지 않은 사람끼리 가는 게 좋지 않나. 육 년 전 뉴질랜드에 갔다. 조광희는 당시 초등학교에 다니던 딸과 함께 왔다. 저녁 때 내 방에서 술을 마시자고 불렀더니, 딸이 혼자 있기 무섭다고 했다. 변호사 부녀의 대화는 달랐다. "아동학대로 고발할 거야."(딸) "아빠랑 같이 아저씨 방에 가 있다가 아빠 술 다 마시면 같이 오자. 그렇게 너와 아빠의 이해관계를 조절하자."(조광희) 몇 년 뒤 제주도에 갔다. 조광희는 뚜껑이 열리는 차를 타보지 못했다고 했다. 파란색 미니 컨버터블을 하루 렌트했다. 교대로 운전하며 섬을 돌았다. 늙은 게이로 보였을지 모르지만, 우린 별말도 없이 풍경과 기후에 집중했다. 제주시에 들어와서도 뚜껑 열고 달리다가, 그때 제주도에서 술집 '소설'을 하던 염기정에게 목격당했다. "멋진 차에 남자 둘이 타고 있는데, 보니까 흰머리(조광희)와 대머리(나)더라고."

2006년 조광희는 변호사 일을 잠시 접고 영화사 '봄'의 대표로 갔다. '영화판 속 비영화인'에서 아예 영화인으로 전향했던 것이다. 봄으로 옮기기 직전에 수개월 동안, 강금실 당시 서울시장 후보의 대변인 일도 했다. 마흔 살 되면서 하고 싶은 일을 좇아 자유롭게 움직이는 그가 멋있었다. 하지만 때가 안 좋았다. 영화계는 그때부터 찬바람이 불기 시작해 제작 편수가 급감했다. 그가 신인 감독들 술 사주며 격려하는 모습을 자주 봤는데, 준비하던 영화들이 줄줄이 투자가 안 돼 엎어졌다. 지난해부터 조광희는 변호사 일을 다시 시작했다. '원'이라는, 민변 변호사들이 대거 포진해 있는 큰 로펌으로 들어갔다.

얼마 전부터 조광희는 조금 달라졌다. 진보적인 태도야 예나 지금이나 여전하지만, 예전에 그가 쓴 글들은 차분하고 온화했는데, 최근의 글들은 투쟁적이다. 이건 두말할 것 없이 이명박 정부 이후 민주주의의 퇴행 때문이고, 따라서 그의 글에 담긴 분노와 선동은 정당한 것이 겠지만, 난 아직도 설득과 유혹이 좋은데, 내가 별달리 실천하는 게 없으니…… 뭐랄까, 순하고 점잖은 조광희를 분노하게 만드는 이 상황이 아쉽다고 할까.

* 임범, 『내가 만난 술꾼』, 자음과모음, 2011.

그래봐야 인생, 그래도 인생
ⓒ 조광희

1판 1쇄 발행 | 2018년 4월 30일

지은이 | 조광희
펴낸이 | 정홍수
편집 | 김현숙 이진선
펴낸곳 | (주)도서출판 강
출판등록 | 2000년 8월 9일(제2000-185호)

주소 | 서울시 마포구 동교로 17안길 21(우 04002)
전화 | 02-325-9566
팩시밀리 | 02-325-8486
전자우편 | gangpub@hanmail.net

값 14,000원
ISBN 978-89-8218-229-7   03810

이 도서의 국립중앙도서관 출판예정도서목록(CIP)은 서지정보유통지원시스템 홈페이지
(http://seoji.nl.go.kr)와 국가자료공동목록시스템(http://www.nl.go.kr/kolisnet)에서 이용하실 수
있습니다.(CIP제어번호: CIP2018011644)

* 잘못 만들어진 책은 구입처에서 교환해드립니다.